Heibonsha Library

母娘《ははむすめ》短編小説集

平凡社ライブラリー

Heibonsha Library

母娘《ははむすめ》短編小説集

フラナリー・オコナー、ボビー・アン・メイスンほか著
利根川真紀編訳

平凡社

本著作は平凡社ライブラリー・オリジナル版です。

目次

自然にもとる母親

The Unnatural Mother

シャーロット・パーキンズ・ギルマン

「まったく！」と、年老いたミセス・ブリッグズが険しい表情で首を振りながら言った。「母親たるもの、何があろうと自分の子を見捨てることなどしないものなのに！」

「しかも、その子どもを町のお荷物として残していくんですからね！」とスザンナ・ジェイコブズが口を挟んだ。「あたかもあたくしたちが、自分の子の面倒を見るだけじゃ足りないとでも言うみたいじゃありませんか！」

ミス・ジェイコブズは裕福なオールドミスで、快適な農場と家屋敷を所有し、経済的に困窮したいとこを雑役婦兼話し相手兼事業見習いとして住まわせてふたりで暮らしていた。対照的に、ミセス・ブリッグズは十三人の子を産み、そのうち五人は幸いまだ生きていたので、ミス・ジェイコブズに欠けているかもしれない母親としての感情は、ミセス・ブリッグズが確実に補うことができた。

「私は思うんですの」と、村の婦人服仕立て屋である小柄なマーサ・アン・シモンズが甲高い声で言った、「初めに自分の子を救い出して、それから町のためにできることをしようとすれば良かったのにって」

マーサは既婚だったが夫と死別し、世話の必要な病弱な息子がひとりいた。

ブリッグズ家の末娘は三十六歳だったが未婚で、母親の目には今でも幼い子どものままだった。その末娘がこのとき思い切って発言した。

「聞いていると、あのお嬢さんが私たちのためにしてくれたことを、誰も考えてないみたいだわ――もしあのお嬢さんが自分の子を残していかなかったら、私たちはみんな確実に、自分たちの子どもを亡くしてたはずなのに」

「マリア・アメリア、おまえが判断する必要はないんだよ」と彼女の母親が急いで応じた。「おまえには自分の子がいないんだし、母親たるものの義務についておまえが判断することはできないんだから。母親であれば自分の子を残していってはいけないんだよ、何が起こったとしてもね。神様はあの女が面倒を見るために子どもを与えたんだし――よその子どもたちを与えたわけじゃないんだからね。おまえに教えてもらう必要はないよ！」

「あの女は自然にもとる母親でしたよ」とミス・ジェイコブズが厳しい声で繰り返した、「あたくしは初めから言ってましたけど！」

「何があったんですか？」と市から派遣された委員が尋ねた。彼女はビジネスの観点からさまざまな出来事に関心を持つのだが、みんなはそのことを知らなかった。「その女性は何をしたんですか？」と彼女は訊いた。

詳細を聞き出すのは難しいことではなかった。難しかったのはむしろ、多くの情報とたがいに矛盾する主張のなかから、うまく取捨選択することだった。だが、市の委員が頭のなかで整理してみると、どうやら次のようなことだった。

ひどい非難に晒されている女性の名前はエスター・グリーンウッドで、彼女はここトッズヴィルで暮らし、ここで亡くなった。

トッズヴィルは製粉の村だった。名前の由来はトッド一族がその昔村を見下ろす美しい高台に住んでいたからで、それはちょうど、かつて中世のライン川沿いの追いはぎ貴族たちの城がそれぞれ支配する小さな町を見下ろしていたのと同様だった。製粉所や製粉工たちの家は、川沿いに建てられていた。川のごく近くに住むことになった理由は、谷の幅が狭く、背後の丘の連なりは行き来するには険しすぎ、一方で水力が魅力的だったからだ。村の上方にはダムの貯水湖があり、傍らの細道を除いて谷全体に広がり、湖面は美しく青く穏やかで、湖畔にはユリやアヤメが咲き、水中にはカワカマスやスズキがたくさん生息していた。この湖は人びとに魚を与え、氷を与え、製粉所に動力を与え、製粉所は日々の糧を与えてくれた。ブルー湖は有益であると同時に彩りも添えていた。

この美しく活気のある村で、エスターは、悲しみに暮れる男やもめの父親にあまり手をかけられずに育った。若い妻を亡くし、その前には三人のかわいい赤ん坊も亡くし――エスターだけが彼のもとに残されたので、この娘《こ》にはあらゆる機会を与えるつもりだと彼は言っていた。

「それがそもそもあの娘《こ》を苦しめることになったんだよ！」と婦人たちはみな市の委員の女性に熱心に説明した。「あの娘《こ》は母親を持つということを知らずに育って、典型的なおてんば娘になってしまったんだよ！　まったくあの娘《こ》ったら、どんな天気だろうと、まるでインディアンみたいに何マイルも田舎をさまよい歩いて！　それに父親のほうは助言なんてまるで聞こうとしなかったんだからね！」

この話題になると、みんながてんでに口を出した。この自分勝手な父親は医者で、しかも頼りになる地元の医者というわけではなく、いくつもの「主張」に取りつかれたよそ者の医者だったようだ。

「あの医者の言うことときたら、聞いたこともない話ばかりでしたわ」とミス・ジェイコブズが説明した。「めったに薬も出そうとしなかったんですよ。『自然』が治してくれるのであって僕には治すことができないって」

「実際あの医者には治すことができなかった――これは確かなことだね」とミセス・ブリッグズが同意した。「奥さんも子どもたちも、言ってみればあの医者にかかって死んでいったんだからね！「医者の不養生」っていうのはこのことだよ」

「でも、お母さん」とマリア・アメリアが口を挟んだ。「あの奥さんは結婚する前から病弱だったそうよ。それに子どもたちはポリー、ポリオだったかしら、あのなんと言ったか、誰も助けられない病気で亡くなったんじゃなかった？」

「それはそうかもしれませんけど」とミス・ジェイコブズが認め、「でもね、それでもやっぱり薬を出すのが医者の仕事ですからね。もし「自然」があるだけでよいなら、あたくしたちは医者なんかいらなくなりますから！」

「私は薬を信じているよ、心からね。うちの子どもたちの具合が良くても悪くても、大事をとって春と秋にはいつもたっぷり薬を与えることにしていたよ。そしてもし何か問題があるようだったら、さらにたくさん薬を飲ませたよ。そのために自分を非難したことなんかないね」とミセス・ブリッグズはきっぱりと言い放った。それから家族の墓地を思い出して、譲歩して敬虔そうに付け加えた、「神はお与えになると同時に奪い給うこともある、って聖書にあるとおりだけどね」

「あの男があの娘《こ》にどんな服を着せていたか、まったく見ものでしたよ！」とミス・ジェイコブズが続けた。「町の恥でしたね。だってね、遠目には男の子だか女の子だか、見分けもつかなかったんですから。それに裸足でね！　すっかり大きくなるまで裸足で歩きまわらせていたので、あの娘《こ》の姿を目にするのはあたくしたちにとって本当に屈辱でしたね」

野性的で活発な子ども時代のおかげで、エスターは、地元の従順で行儀のよい少女たちとはまったく異なる思春期を迎えたようだった。彼女のことを知っている人たちにはたいてい好かれていたし、地元の子どもたちは彼女を崇拝していたが、立派な既婚婦人たちは頭を振って、「風変わりな《クィア》」女の子はろくな結果にならないと予言した。

十五歳まで髪を短くしていたことなど、彼女の外見が詳しく回想された――「少年のようにショートヘアに刈り上げていてね――面倒を見る母親がいないことが、本当に気の毒に思えたもんだよ――服装ときたら、靴やストッキングを身に着けたときでさえ、ほとんど破廉恥の域だったね。ただのギンガム――茶色のギンガム――の服で、しかも裾がとても短かったんだよ！」

「私には、あのお嬢さんはとても素敵に見えたわ」とマリア・アメリアが言った。「あのお嬢さんのこと、私だってはっきり思い出せる！　私たち子どもに本当によくしてくれたの。私より五つか六つ上で、その年頃の女の子といえば、年下の子と関わりたがらないものよ。でも、あのお嬢さんは優しくて愉快だった。私たちをキイチゴ摘みやいろんなハイキングに連れていってくれて、新しいゲームをしたり、新しいことを教えてくれたりしたの。あのお嬢さんほどいろいろなことをしてくれた人は、他に思い出すことができないわ！」

マリア・アメリアの薄い胸は感情で盛り上がり、目には涙を浮かべていたが、彼女の母親はそんな娘をいくらか厳しく叱責した。

「そういう言いぐさはどうだろうね――おまえのためにこつこつ働いて、奴隷のように尽くしてきた母親の前で！　まったく何もすることがない若い娘だったら、年下の子どもたちに愛想よくすることもできただろうさ。あの分別のない哀れな父親は、女の子がすべき仕事をあの娘《こ》にちっとも教えなかったんだからね――当然ながら父親には教えられないことなんだから」

「少なくともあの男は再婚して、あの娘《こ》に新しい母親を与えることもできたはずですよ」とスザンナ・ジェイコブズはきっぱりと言ったが、あまりにもきっぱりとした物言いだったので、思わず市の委員は彼女の表情をしばらく観察し、その自分勝手な父親が再婚しなかったとしても、それは機会がなかったせいではないのだと結論づけた。

ミセス・シモンズはミス・ジェイコブズを同情を込めて見やると、思慮深そうに頷いた。

「ええ、確かに、あの人は再婚すべきでしたわ。男性は育児に向いてなんかいないんですもの。いったいどうして男性に育てられるのかしら？　母親には本能があります――つまり、すべての自然な母親には本能があるってことですわ。ところが、なんていうことでしょう！　ちっとも母親らしくない女もいるんですの――子どもがいる場合でもですわ！」

「まったくあんたの言うとおりだね、ミセス・シモンズ」と十三人の子を産んだ母親が同意した。「それは神聖な本能というものだよ。その本能を向けられない子がいたら、気の毒なものだ。それでこのエスターという娘《こ》だけど。この娘《こ》が他の娘《こ》たちのようでないことは、みんなずっとわかっていた――あの娘《こ》は、洋服や遊び仲間や、女の子だったら当然するようなことにまったく関心がない様子で、いつも年下の子どもたちの一団を引き連れて丘を歩きまわっていたからね。町にはあの娘《こ》を追いかけていかない子はいなかった。幼い子どもたちが、エスターおばさんがこう言ったと引き合いに出したり、エスターおばさんがしてくれたことを自分の母親に話したりして、あの娘《こ》はどの家庭にも少なからず問題を引き起こしたよ。あの娘《こ》自身、まだ若い娘にすぎなかったのにね。まったく、実際のところあの娘《こ》はボーイフレンドやなんかよりも、こうした小さな子どもたちのほうを大事にしているようだった――それは自然なことではなかったね！」

「でも、その娘《こ》は結婚したんですよね？」と市の委員が続けた。

「結婚！　そう、あの娘《こ》は最後には結婚したんだよ。私たちはみな、あの娘《こ》が結婚することはないだろうと思っていたんだけど、あの娘《こ》はしたよ。父親がいろいろなことを教えた後では、あの娘《こ》のあらゆる機会を台無しにしてしまったように見えたのにね。あの娘《こ》が受けた教育はまったくひどいもんだったね」

「あの男は医者だったのですから」とミセス・シモンズが口を挟んだ、「事情がちがったんだと、私は思いますの」

「医者だろうと医者でなかろうと」とミス・ジェイコブズは厳しい口調で割り込んだ。「若い女性をあんなふうに育てるなんて、大変な恥ですよ」

「マリア・アメリア」と娘の母親が言った、「気付け薬を取ってきてくれないかい。二階の客間にあると思うから。マーシア叔母さんがこの前来たときに、発作を起こしただろう――覚えていないかい？――そのとき、気付け薬が必要になったんだよ。一番上の引き出しを見てきておくれ――そこにあると思うから」

三十六歳で未婚のマリア・アメリアはおとなしく出ていき、残りの婦人たちは市の委員のほうに身を近づけた。

「これまで聞いたなかで一番衝撃的な話なんだよ」とミセス・ブリッグズが呟いた。「あの男――父親――が自分の娘に、どうやって赤ん坊が産まれてくるかを話して聞かせたというんだから！」

みんなが固唾《かたず》を呑んだ。

「あの男は教えたんですの」と小柄な婦人服仕立て屋が熱心に同調した。「あらゆる詳細をですよ。まったくひどい話ですわ！」

「あの男は言ったのさ」とミセス・ブリッグズは続けた、「おまえはいずれ母親になるのだから、今後自分の身に起こることを理解しておくべきだってね！」

「あの男のところを、年配の既婚女性を集めた教会の婦人団が訪問したんですよ」とミス・ジェイコブズが厳しい口調で説明した。「みんなはあの男に、その件が町中のスキャンダルになっていると告げたんです――そしたらあの男がなんて言ったと思います？」

再度、固唾を呑む沈黙が広がった。

二階では、マリア・アメリアの足音が階段に近づくのが聞こえた。

「母さん、あそこにはないみたいなんだけど！」

「それじゃあ、脚付きタンスの一番上の引き出しを探してみておくれ。二階のどこかにあるはずだから」と母親は答えた。

それから、低くくぐもった声で囁いた。

「あの男は私たちに言ったんだよ――そう、私はその婦人団の一員だったのさ――あの男が言うには、若い女性は、母親として自分の身に起こることを理解するまで、子どもを産むための父親を選ぶという義務を果たそうとしないだろうってね！　それがあの男の使った表現だよ――「父親を選ぶ」ってね！　若い女が考えるべきことだろうかね――子どもを産むための父親だなんて！」

「本当にね、しかもさらに」とミス・ジェイコブズが割って入った。彼女は婦人団の一員ではなかったものの、その事情に通じているようだった。「あの人は婦人団に言ったんですよ――」だがミセス・ブリッグズは手を振って彼女を黙らせ、急いで続けた――。

「あの男は何も知らない娘に教えたんだよ――梅毒のことまでね！　本当だよ！」

「本当に驚きましたわ！」と婦人服仕立て屋が言った。「その話が漏れて、町中の知るところになったんですの。そんな話の後では、この土地の男は誰もあの娘《こ》と結婚しようとはしませんでしたの」

ミス・ジェイコブズはあくまでも自分が話の舵を取るつもりだった。「あの男ときたら、そんなことを教えたのは「あの娘《こ》を守るため」だと言ったんですよ！　娘を守るですって、あきれてしまうわ！　夫婦生活から守るって！　あたかも、この世の不道徳を知り尽くした若い女と結婚したがるような男が、ひとりでもいるとでもいうようにね！　はっきり言いますけど、あたくしはそんなふうには育てられませんでしたよ！」

「若い娘は何も知らないままにしておくべきだよ！」とミセス・ブリッグズが厳かに宣言した。「だって私が結婚したときには、これから起こることについて、生まれる前の赤ん坊みたいに知識がなかったんだし、私の娘たちもみなそんなふうに育てられたんだから！」

そこに、マリア・アメリアが気付け薬を持って戻ってきたので、ミセス・ブリッグズは声を大きくして続けた。「でも、結局あの娘《こ》は結婚したよ。しかもとても風変《クィア》わりな夫とね。その男は芸術家か何かで、雑誌とかそういうものに絵を描いてたけど、なんでも聞くところによると、あの娘《こ》がその男に初めて出会ったのは丘をさまよっているときだったとか。ともかく、地元の人が知っている馴れ初めはそんなことだった——ふたりして、このあたり一帯をほっつき歩いていて、男のほうは絵の具を持ってね！　ふたりは結婚して、あの娘《こ》の父親と一緒に住むことになったんだよ。というのも、娘が父親をひとり残していくことはできないと言い張ったからで、夫のほうは、自分はどこに住もうと構わない、どこでも仕事道具を持ち歩くからということだったね」

「あの人たちは一緒にいてとても幸せそうだったわ」とマリア・アメリアが言った。

「幸せだって！　まあ、そうだったかもしれないね。私には、かなり風変わりな家族《クィア》に見えたけどね」そう言うと、彼女の母親は思い出してかぶりを振った。「三人はしばらくうまくやっていたけど、父親が死んで、あのふたりは――いえね、あれは所帯を持ったとはとても呼べやしないね――ふたりの暮らし方ときたら！」

「呼べないですね」とミス・ジェイコブズが言った。「ふたりは家のなかで過ごすより戸外で過ごすことのほうが多かったですからね。あの娘《こ》はどこにでも夫についていきました。そしてあけっぴろげな愛情表現ときたら――」

この思い出に一同は深い非難を露わにした。市の委員とマリア・アメリアだけは別だった。

「あの娘《こ》には子どもがひとりできて、女の子だったよ」とミセス・ブリッグズが続けた、「生まれたときからあの娘《こ》が自分の子をないがしろにするのを見るのは、本当に心が痛んだね。あの娘《こ》には母親的な感情というものが、まったくないようだったのさ！」

「でも、その方は子どもたちがとても好きだったって、みなさん、おっしゃったんじゃなかったかしら」と市の委員が異議を唱えた。

「ああ、子どもたちのことはね、そうだよ。あの娘《こ》は町のどんな汚い顔をした悪童とも、カナダ人の連中とさえも、親しくしてたよ。製粉工の子どもたちにいつも取り巻かれて、ピクニックなんかに出かけたり――あの娘《こ》はそれを「野外学校」と称してね――そんなばかげた考えに染まってたんだよ。ところが、自分の子どもという話になると！　いやはや――」

ここでぞっとしたように、話し手は一瞬押し黙った。「あの娘《こ》は、自分の子のためにベビー服一枚作ったこともなかったんだよ！　靴下の片方でさえね！」

市の委員が興味を持った。「あら、それじゃあ、その方は赤ん坊をどうしていたのかしら？」

「神のみぞ知るだね！」と年老いたミセス・ブリッグズが答えた。「赤ん坊が小さかったときには、あの娘《こ》は私たちにその子をめったに見せようとしなかったよ。恥じてたんだね、間違いないよ。でもそれは、母親にしてはおかしな感情だね。だって、私は自分のどの赤ん坊のこともとても誇りにしていたもの！　それに私は赤ん坊たちがかわいく見えるようにいつもしていた！　一晩中徹夜で縫物をしたり洗濯したりしたけど、自分の子どもたちの見栄えはいつもよくしていたよ！」すると教会の墓地にある八つの小さな墓石が目に浮かび、かわいそうに年老いた目は涙でいっぱいになった。これらの墓石を、彼女は今でも美しく見えるよう努力を怠ることがないのだった。「あの娘《こ》ときたら、子どもにほとんど何も着せず、子犬のように原っぱに転がるままにしていたよ！　まったく、インディアン女だってもっとましな扱いをするだろうに。インディアン女だってしばらくは子どもたちを着飾らせておくもんだよ。あの赤ん坊はインディアンよりもひどい扱いを受けたわけさ！　もちろん、私たちはみなできる範囲のことはしてあげたよ。それが正しいことだと思ってたからね。でもあの娘《こ》はそれをとても嫌がっていて、私たちはあの娘《こ》を放っておくしかなかったんだよ」

「その赤ん坊は死んでしまったんですか？」と市の委員が訊いた。

「死んだかって！　とんでもない！　ほら、さっき通り過ぎていったのが、その子どもだよ。しかも見事に逞しい女の子に育ってね。ミセス・ストーンが引き取ってくれたおかげで、無事に成長しそうだよ。ミセス・ストーンはいつもリトル・エスターのことを考えていたんだもの。あの子が母親を亡くして良かったことは確かだね！　あんな扱いをあの子がどうやって乗り切れたのか、本当に奇跡だよ！　だってね、あの子の母親はどうやら最後まで、母親らしさの爪の垢ほども持ち合わせてなかったんだからさ！　自分の子が生まれた後も、よその小さな子どもたちのことを相変わらずかわいがっていたようで、それは自然にもとることだよ。それで、何が起こったかというと、こういうことなのさ。あの一家は谷の上のほうに住んでいて、村よりも湖のほうに近かったんだよ。夫は出かけていて、その夜、湖沿いの道をドレイトンから馬車で帰ってきたみたいでね。そこであの娘《こ》は夫を迎えに外に出ていった。夫の姿を探してダムのほうまで行ってみたにちがいないね。私たちが思うに、馬車が湖の向こうにくっきりと見えたんだろうさ。おそらく夫が家に到着してリトル・エスターを無事助け出してくれると見込んだんだろうね――私たちが考えつく唯一の説明はそんなところさ。で、あの娘《こ》がどう行動したかと言うとね。正気な母親たるもの、いやしくもあんなことができるかどうか、あんたが自分で判断してみてくださいよ！　たぶんあんたもどこかで読んだと思うけど、三つの村を根こそぎするほどの被害をもたらした大嵐のときの出来事なのさ。それで、あの娘《こ》はダムまで行くと、決壊しそうになっていることを見て取って――あの娘《こ》はそういうことを理解するのがいつも得意だったからね。すぐさまくるりと向きを変えて走っていった。ジェイク・エルダーが迷子になった牛を追って丘の上に来ていてね、あの娘《こ》が走るのを見ていたんだよ。どうしてあの娘《こ》が慌てているのかは、遠すぎてわからなかったけど、女があんなふうに走っていくのを見たのは初めてだったと、あの人は言ってたね。

「そしてね、信じがたいことだけど、あの娘《こ》は自分の家の脇を走り過ぎて――止まることもせず――そちらに目を向けることもしなかったのさ。ただ村を目指して一目散に走っていった。もちろん、恐怖で頭がおかしくなっていたのかもしれないけど、あの娘《こ》がそんなふうになるはずはない。ちがうね、あの娘《こ》は、なんの罪もない自分の赤ん坊を死んでいくに任せようと決心したんだと、私は思うね！　ここまで夢中で駆け下りてきて、危険が迫っていることを知らせて、そしてもちろん私たちは下の村に馬を走らせて伝えて、結果として三つの村ではひとりも死者が出なかったんだよ。私たちが慌てて対応しはじめるやいなや、あの娘《こ》は駆け戻っていったけど、そのときには遅すぎたのさ。

「ジェイクにはすべてが見えていたんだけど、何かしようにも彼には遠すぎてね。足が竦《すく》んでしまうほど、本当にひどかったと言っていたよ。あの人が見ていると、馬車は申し分なく軽快に進んできたんだけど、ダムに近づくと、グリーンウッドは危険を察知したと見えて、気が狂ったように鞭を使った。おわかりでしょうが、この男が父親でね。それでも、もう少しのところで間に合うことができず――ダムは決壊してしまって、水が津波のようにこの男を襲った。母親のほうはほとんど門のところまで戻ってきていたんだけど、そのとき、家と彼女に水が襲いかかって――その後何日間もふたりの遺体は見つからないままだったのさ。川の下流まですっかり流されてしまっていたからね。

「あの家は頑丈で、少し高いところに建っていたし、湖とのあいだには大きな木も何本かあった。家は土台から流されて、あの下のほうに見える石造りの教会の脇まで流されてきて、でも粉々になってはいなかった。そしてあの赤ん坊はベッドのなかで泳ぎまわっているところを発見されて、溺れかけていたけど、まだ溺れ死んではいなかった。奇跡的だったのは、あの赤ん坊が風邪をひいて死ぬこともなくて、まだここで生きているってこと——きっと体質が丈夫なんだろうね。親戚は誰もあの子に関わろうとしないんだよ——だから、ここで私たちがあの子の面倒を見ているのさ」

「ああ、お母さんったら」とマリア・アメリア・ブリッグズが言った。「私にはどうしても、あの人が自分の義務を果たしたように見えるわ。お母さんもわかっているはずよ、もしあの人が警告してくれなかったら、三つの村すべてが流されて跡形もなくなっていたはずなんだから——千五百人もの人がよ。そしてもしあの人があの赤ん坊を抱きあげるために立ち止まっていたとしたら、ここに間に合うように来ることはできなかったはずよ。あの人は製粉工の子どもたちのことを考えていたんだと思わないの?」

「マリア・アメリア、私はおまえのことが恥ずかしいよ!」と年老いたミセス・ブリッグズが言った。「でも、おまえは結婚もしていないんだし、母親でもないんだからね。母親の義務は自分の子にたいしてのものなんだよ! あの娘《こ》はよその子の面倒を見るために、自分の子をないがしろにした——神様はよその子どもたちの面倒を見るようにあの娘《こ》に与えたわけではないんだよ！」

「そうですよね」とミス・ジェイコブズが言った。「そして、ここにあの娘《こ》の子どもが残って、町の厄介者になっているわけですよ！　あの娘《こ》は自然にもとる母親でしたよ！」

幻の三人目
The Shadowy Third

エレン・グラスゴー

その要請があったとき、ロマンチックなときめきに震えながら電話から向き直ったことを覚えています。偉大な外科医ローランド・マラディックとは一度しか話したことがありませんでしたけれど、十二月のその午後に感じたのは、彼と一度でも話すことは——一時間だけでも手術室で処置する彼の姿を見ることは——今後の人生で経験するはずの精彩と興奮をすべて無に帰してしまうような冒険だったということです。あれから長年腸チフスと肺炎の患者を担当してきていても、私の若い鼓動に走った甘美な震えを今でもまだ感じることができます。病院の窓から冬の陽ざしが看護婦たちの白い制服の上に斜めに差していた光景が今でも目に浮かぶのです。

「ドクターは私の名前を直接おっしゃらなかったんです。人違いということはあるかしら?」信じがたいながらも有頂天になって、私は看護婦長の前に立っていました。

「いいえ、人違いではないわ。あなたが降りてくる前に、私はドクターと話していたの」ミス・ヘンフィルの厳しい顔は、私に向けられるとすぐに和らぎました。彼女は大柄で確固とした意志を持った女性で、母方の遠い親戚にあたるカナダ人でした。北部の病院の——患者たちはさておき——理事会が、真っ先に選びそうな種類の看護婦だと、私は南部から、ヴァージニア州リッチモンドからやってきて一か月もしないうちにわかりました。持ち前の厳しさにもかかわらず、当初からヴァージニア出身のいとこである私に目をかけてくれました――個人的感情が含まれていたわけではないので「好んで」くれたという言葉を使うのは憚《はばか》られます。何はともあれ、見習い期間を終えたばかりの南部出身の看護婦が、ニューヨークの病院の看護婦長を務める親戚を自慢できることなど、めったにあることではありません。

「それで、ドクターはこの私のことだとはっきりとおっしゃったんですね？」事のなりゆきがあまりにも素晴らしかったので、私はとにかく信じることができずにいました。

「ドクターは、先週の手術のときにミス・ハドスンを担当した看護婦を指名したんですよ。あなたに名前があることなど覚えていなかったんでしょうね。私がミス・ランドルフのことですかと確認すると、ドクターはただ、ミス・ハドスンの担当看護婦に依頼したいのだと繰り返してらしたわ。彼が言ったのは、その看護婦が小柄で快活だということ。これが当てはまる看護婦はひとりふたりいるけど、その誰もミス・ハドスンの担当ではなかったのですからね」

「それじゃ、これは紛れもなく本当のことなんですね！」私の鼓動は高鳴りました。「六時に伺えばいいんですね？」

「一分でも遅れてはだめよ。昼間シフトの看護婦はその時間に勤務が終わるの。ミセス・

マラディックは一瞬たりともひとりにしておけないから」

「心の問題なんですね？　そうすると、ますますドクターが私を選んだのが不思議なんです。だって、私は心を病んだ患者さんの担当歴がほとんどないんですもの」

「それを言えば、どんな患者の担当数もそれほどないわね」とミス・ヘンフィルは笑顔で言い、その笑顔を見ると、他の看護婦たちはこんな彼女の一面を知っているのだろうかと不思議に思うのでした。「マーガレット、あなたがニューヨークでつらい仕事を経験していけば、経験不足以外にも無くなるものは、とんでもなくたくさんあるのよ。あなたはその共感力と想像力を、いつまで持っていられるでしょうね？　結局のところ、あなたは看護婦よりも小説家のほうに向いていたんじゃないかしら？」

「私、患者さんに感情移入せざるをえないんです。そうすべきではないということですね？」

「問題は、人が何をすべきかではなくて、必ずしなければならないのは何か、ということですよ。共感や意気込みがすっかり尽きてしまって、患者から何も、感謝の言葉さえも、得るものがなくなったら、そのときには、あなたが自分をすり減らさないように私が懸命になっている理由がわかるようになるわ」

「でもきっと、この患者さんの場合は――ドクター・マラディックのためにということになりますね?」

「あら、ええ、もちろん――ドクター・マラディックのためね」私が打ち明け話を求めているのが、彼女には見て取れたのだと思います。というのも、間もなくざっくばらんな様子でこの問題に一筋の光を投げかけてくれたからです。「ドクター・マラディックがあれほど魅力的で優秀な外科医だということを考えると、これはとても悲しい症例だわね」

しっかり糊がきいた制服の襟を越えて、一挙に頬に血がのぼってくるのを感じました。「私はドクターとは一度しか話をしたことがありません」と私はもごもごと言いました、「でも魅力的ですよね、とても親切ですしハンサムですしね?」

「患者たちは彼に夢中ね」

「ええ、私も見ました。みんなドクターの回診を首を長くして待ってます」患者や他の看護婦と同様、私もまた気づかれない程度にどきどきしながら、ドクター・マラディックの日々の回診を楽しみにするようになっていました。彼は女性たちのヒーローになるべく生まれてきたのだと思います。病院での私の初日に、彼が車から降りてくるのをブラインドの隙間越しに覗いた瞬間から、彼が舞台の主役を割り振られていることを疑ってみたことはありません。彼の魔力——彼が自分の病院全体にふりまいている魅力——に気づいていなかったとしても、私でも感じていたのは、彼がドアのベルを鳴らした後や、階段に彼の堂々とした足音が聞こえはじめる前に、夜明けのそよ風のような、待ち構える静けさが生じることでした。翌年のひどい出来事の後でさえ、ドクターについての私の第一印象は残っていました。それは気取りがないと同時に華麗な彼の様子でした。そのとき、ブラインドの隙間越しに覗き、黒い毛皮のコートを着たドクターが弱い陽ざしの舗道を渡ってくるのを目にして、疑いの余地なくわかったのは——ある種の確実な予知力でわかったのです——自分の運命が彼の運命と将来にわたって分かちがたく結びついていることでした。繰り返しますが、私にはこのことがわかったのです。ミス・ヘンフィルなら私の予知が、雑多な小説から感傷的に拾い集めたものにすぎないと今でも言うでしょうけれども。この親戚は私が影響を受けやすいと思っていましたけど、私が運命的なものを感じた理由はたんに一目惚れだったからではありませんでした。それはただ彼の外見によるものだけではなかったのです。彼の外見以上に——輝く黒い瞳や、銀褐色の髪や、つやのある浅黒い顔以上に——彼の魅力や見栄えの良さ以上に、美しい響きと共感に満ちた彼の声が私のハートを射止めたように思います。誰かが後で言っているのを聞きましたが、まさにそれは、つねに詩を語るべき声だったのです。

だからあなたにはなぜかがわかるでしょう――もしあなたがこの初めの段階で理解できなければ、不思議な出来事をあなたに信じさせることなど、私にはお手上げです！――その話が召喚命令として届いたとき、私がその要請に応じたのはなぜかがあなたにはわかるでしょう。彼が私の手伝いを求めた後では、身を引いて見ていることなどできなかったのです。どんなに行くのをやめようとしたところで、しまいには行かなければならないことがわかっていたんです。当時の私はまだ小説を書きたいと思っていましたから、「運命」についてしばしば語ったものでしたが（その後そういったお喋りがいかに愚かなものかを私は学びました）、ローランド・マラディックの人格という蜘蛛の巣にとらえられるのが私の「運命」だったのでしょう。でも、一顧だにしてくれないドクターへの恋煩いを募らせた看護婦は、私が初めてではありません。

「マーガレット、要請に応じてくれて良かったわ。あなたにとってとても意義深い体験になるでしょう。ただ、あまり感情的にならないようにしてね！」ミス・ヘンフィルは話しながら、手にニオイテンジクアオイを何本か握っていたのを覚えています――患者のひとりが病室の鉢植えから切ってプレゼントしたもので、その花の匂いは今でも私の鼻孔に――というか私の記憶に――漂っています。そのときから――ああ、長い時間が経過しました――ミス・ヘンフィルもまたその蜘蛛の巣にとらえられていたのだろうかと、私は考え続けています。

「患者さんの病状についてもう少し知りたいのですが」私は謎を解く光を求めていました。

「ミセス・マラディックにお会いになったことはありますか?」

「あら、ええ、ありますよ。結婚して一年ちょっとしか経っていないんだけど、初めの頃は奥様も時どき病院にやってきて、ドクターの回診のあいだ外で待っておられたものです。その頃はとても魅力的な感じの女性で——必ずしも美しいというわけではないけど、きれいでほっそりしていて、これまで私が見てきたなかで最も愛らしい笑顔を浮かべてましたね。初めの何か月かは、奥様がドクターにあまりにも夢中だったので、私たちは仲間うちでよくそのことを微笑ましい笑い話の種にしていました。病院からドクターが出てきて、舗道を渡って車のところに来ると、奥様の顔がぱっと明るくなって、そんな様子はお芝居のように見る価値があったわ。奥様を見ていて飽きるということがなかったの——私はそのときは看護婦長ではなくてね、だから昼間のシフトの合間に窓の外を眺める時間がいくらでもあったのよ。一、二度、患者の誰かに会わせたくて、奥様は小さなお嬢さんを連れてきたことがあったわ。その子は奥様にそっくりだったから、どこで見かけても母親と娘だってわかったはずよ」

ミセス・マラディックが初めてドクターに会ったとき、連れ子がひとりいる未亡人だったことは、私も聞き知っていましたが、ここで未知の新情報を求めていた私は尋ねました、

「ずいぶんと財産があったんでしたっけ?」

「莫大な財産ね。もし奥様があれほど魅力的でなかったなら、きっと人はドクター・マラディックが彼女の財産目当てで結婚したんだと噂したでしょうね。ただし」と彼女は思い出そうとしながら言いました、「彼女が再婚した場合には、その財産は彼女が使えないように管理されているというような話だったと思うわ。詳しくはどういう仕組みだったか、どうしても思い出すことができないんだけど、とにかく風変わりな遺言で、子どもが幼いうちに死去した場合を除いて、ミセス・マラディックはその財産を手にすることができないということだったと思うわ。気の毒なのは――」

若い看護婦がオフィスに入ってきて何かを求め――手術室の鍵だったように思います――ミス・ヘンフィルは急いで出ていってしまい、話は途中のままになりました。ちょうどそこで彼女が話をやめてしまったのが、私にはとても残念でした。かわいそうなミセス・マラディック! たぶん私が感情的すぎたのですが、お会いする前から私は彼女の悲哀と奇妙さを

感じはじめていたのでした。

私の準備は数分しかかかりませんでした。その頃は、いつもスーツケースに荷物を詰めたままにしていて、急な呼び出しにもすぐ移動できるようにしていました。十番通りから五番街に曲がり、玄関へと続く階段を上がる前に一瞬足を止め、ドクター・マラディックが住む屋敷を見上げたときには、まだ六時になっていませんでした。霧雨が降っていて、ミセス・マラディックにとってこの天気がいかに憂鬱だろうかと、角を曲がりながら考えていたのを覚えています。それは古い屋敷で、壁は湿っぽく（それは雨のせいだったかもしれませんが）、黒い玄関ドアに続く石段には、装飾された小柱が支える鉄製の欄干がついていて、ドア上部の古風な扇形の明かり取りからは薄暗い光が瞬いているのが見えました。後になって私は、ミセス・マラディックがその屋敷で生まれて――彼女の旧姓はカローランでした――他の場所にはついぞ住みたがらなかったことを知りました。彼女のことをよく知るようになってからわかったことですが、彼女は人や場所に強いこだわりをいだく女性でした。ドクター・マラディックは結婚後、マンハッタン北部の住宅地に引っ越そうと説得を試みましたが、彼の願いに反して、ロウアー五番街にあるこの古い屋敷から彼女は動こうとしませんでした。彼女の優しさやドクターへの愛情にもかかわらず、たぶん彼女は住む場所については頑固だったのでしょう。こうしたかわいらしく物腰の柔らかな女性は、つねに裕福だったような場合には特に、時どき驚くほど頑固なものです。あれから私はそんな人たち――愛情が強く知力が弱い女性たち――をたくさん看護してきましたので、一目でも見ればすぐそのような種類の人を見分けられるようになりました。

ベルを鳴らすと少し遅れてドアが開かれ、屋敷に入ると、玄関の広間はかなり暗くて、図書室の暖炉の火がちらちら照らす光があるだけでした。私が名乗り、夜間シフトの看護婦だと告げると、召使は、私のようなつまらない存在は照明をつけるに値しないと判断したようでした。彼は年老いた黒人の執事で、おそらくミセス・マラディックの母親の代から働いているようで、後になってわかったのですがサウスキャロライナ州の出身でした。階段を上がろうと彼が私の前を通り過ぎたとき、「あん子の遊び終わるまで、明かりさつけたりしないんさ」と南部なまりで彼がそっと呟くのが聞こえました。

玄関広間の右側の柔らかい光に誘われて私は図書室に向かい、恐る恐る敷居を越え、濡れたコートを火で乾かそうとかがみました。足音が少しでも聞こえたらすぐ立ち上がるつもりでそこにかがみ、葉のない蔓植物が絡みついた湿っぽい外壁を見た後では、この部屋はなんて心地よいのだろうと考えていました。そして古いペルシャ絨毯の上に暖炉の火が織りなす不思議な形や模様を見ていると、ゆっくりと向きを変える自動車の明かりが、窓の白いシェードを通して私のほうに差し込んできました。その光にまだ目がくらんだまま薄暗がりを見まわすと、隣の部屋の暗がりのほうから赤と青の子ども用のボールが転がってくるのが見えました。少しして、私の向こうに転がっていくボールを取ろうと下手な努力をしていると、小さな女の子が奇妙な軽やかさと優雅さで、戸口から空気のように走り出てきて、知らない人がいるのを見て驚いたかのようにすぐに立ち止まりました。小柄な子どもで――あまりにも小さく痩せているので、敷居付近の磨き上げられた床でもまったく足音がしませんでした。そしてこの子を見ているうちに、これまで見たことがないほど落ち着いた、かわいらしい顔をしていると思ったのを覚えています。せいぜい六つか七つでした――それは後で判断したことです――が、まるで老人の威厳のような、奇妙に取り澄ました威厳をもって立っていて、謎めいた目で私のほうをじっと見上げていました。タータンチェックの服を着て、赤いリボンを髪に飾り、前髪が額にかかり、伸ばした髪は肩に届いていました。まっすぐな茶色の髪の毛から、小さな足に履いた白いソックスと黒い上靴にいたるまで、彼女はとても魅力的でしたが、私がとりわけ鮮やかに思い出すのは彼女のその奇妙な目の表情で、ちらちらする光のなかでその目の色は何色とも決めかねました。目の表情が不思議だったのは、それが子どもの表情ではまったくなかったからです。それは、深い経験を示す表情、苦い知識を示す表情でした。

「ボールを取りにきたの?」と私は訊きました。でも友達になろうとする問いかけがまだ私の口から出かかっているときに、召使が戻ってくるのが聞こえました。慌ててボールをもう一度つかもうとして私はまたしくじり、それは応接間の薄暗がりに転がっていってしまいました。それから私が顔を上げると、子どもも部屋からいなくなっていました。私はその子どもを追いかけることはせず、年老いた黒人の後について二階の心地よい書斎に入っていくと、そこであの偉大な外科医が私を待っていました。

十年前、看護婦のきつい業務が私から多くのものを奪ってしまう前には、私はよく赤くなったもので、そのときもドクター・マラディックの書斎に足を踏み入れると、頬がシャクヤク色にほてっていることに気づきました。もちろん私は愚か者でした——そのことは自分が一番よくわかっています——けれども、私はそれまで一瞬でも彼とふたりきりになったことがありませんでしたし、この男性は私にとってはヒーロー以上の存在で、彼は——今となっては、この告白にあたって赤面する理由は何もありませんが——ほとんど神のような存在だったのです。あの年の頃には私は外科手術の驚異に夢中になっていて、手術室のローランド・マラディックは、私などより年長のもっと分別のある人さえも夢中にするほどの魔術師でした。彼の高い評判と驚くべき技術に加えて、四十五歳になっても、彼は人が想像しうるかぎりの最も素晴らしい容貌の男性だったことは確かです。彼がもし無作法だったとしても――私にたいして明らかに失礼だったとしても、それでも私は彼を崇拝していたでしょう。そんな彼が手を差し出して、女性たちを夢中にする魅力的なしぐさで私に挨拶してくれたとき、私は彼のために死んでもよいと思ったのでした。彼の手術を受けた女性は誰でも彼に恋してしまう、という噂が病院に広まっていたのも不思議ではありませんでした。看護婦にかんしては――そう、彼の魅力を逃れた人は誰もいませんでした――五十歳以下であったはずのないミス・ヘンフィルでさえもです。

「ミス・ランドルフ、来てもらえて嬉しいよ。先週僕がミス・ハドスンの手術をしたときに担当でしたね?」

私は頭を下げました。さらに赤面することなしに、口をきくことなどどうしてもできなかったからです。

「あのとき、きみの快活な顔に気づいたんだよ。僕が思うに、快活さこそがミセス・マラディックが必要としているものなんだ。妻は昼間シフトの看護婦のことを陰鬱だと思っていてね」彼の目が私にあまりにも優しく注がれたので、私が崇拝していることに完全に気づいていないわけではなかったのだと、あのときから私は感じています。言うまでもなく、私が彼の虚栄心をくすぐったのは小さなことでした——なにしろ看護学校を終えたばかりの看護婦です——けれども、ある種の男性たちには、喜びを得るにあたってどんな賛辞も小さすぎるということはないのです。

「きっときみは最善を尽くしてくれるだろうね」彼は一瞬だけ躊躇し——彼の顔に浮かぶ愛想のよい笑顔の下の不安を私が感じ取るのに十分な時間でした——重々しく付け加えました、「僕らは、もし可能なら、妻を入院させずにすめばと思っているんだよ」

私はお返しにもごもご言うことしかできず、彼は妻の病気について注意深く選んだいくつかの言葉で伝えるとベルを鳴らし、女中に上の階にある私の部屋に案内するように命じました。階段を昇って三階に着く頃、実際には彼が何も話してくれなかったことにようやく気づきました。ミセス・マラディックの病の性質について、私はこの屋敷に入ってきたときと同様に混乱したままだったのです。

私の部屋はとても快適なことがわかりました。ドクター・マラディックの求めによってだと思うのですが、私はこの屋敷で寝泊まりすることになっていて、病院の小さく質素なベッドの後では、女中が案内してくれたこの部屋の気持ちのよい様子は嬉しい驚きでした。バラの壁紙が貼られ、窓には花模様の更紗木綿のカーテンがかかり、その窓からは家の裏手にある小さな幾何学式庭園を見下ろすことができました。これについては女中が教えてくれました、というのも、もう暗かったので、大理石の噴水と一本のモミの木がある以上のことは私には見分けがつかなかったからです。モミの木は年代ものに見えましたが、後からわかったのは、それがほぼ毎年植え替えられているということでした。

十分間で看護婦の制服に着替えると、私の患者のところに行く準備ができました。でも、なんらかの理由で――今日にいたるまで、なぜ彼女が初め私を嫌がったのか不明なのですが――ミセス・マラディックは私に会おうとしませんでした。彼女の部屋のドアの外に立っていると、昼間シフトの看護婦が私を部屋に入れるよう、彼女を説得しているのが聞こえました。けれどもその甲斐もなく、しまいには私は自分の部屋に戻り、この哀れな婦人が気まぐれをやめて私に会うことに同意するまで待たなければなりませんでした。それは夕食が終わってだいぶ経ってからのことで――十時というより十一時に近かったに違いありません――ミス・ピーターースンは私を呼びに来たときにはすっかり疲れ切っていました。

「今晩はひどいことになりそうよ」と彼女が言ったのは、私たちが二階に降りていく途中でした。すぐにわかりましたが、どんな出来事や人にかんしても最悪を予期するのが彼女のやり方でした。

「奥様はよくこんなふうにあなたを引き留めておくんですか？」

「あら、そんなことないわ、奥様はたいていはとても思いやりのある人だから。これ以上ないほど優しい人よ。それでも、幻覚があるから――」

ここでもまた、ドクター・マラディックとのとき同様、説明は謎を深めただけのように感じました。ミセス・マラディックの幻覚は、それがどのような形をとるものであれ、この屋敷のなかでは明らかに避けたり言い逃れしたりすべき話題なのでした。「奥様の幻覚というのはどんなものですか？」という問いかけが私の口の先まで出かかって――でも言葉が私の唇を通る前に、私たちはミセス・マラディックのドアの前に着いてしまい、ミス・ピータースンは私に黙るように身振りで示しました。私を入れるためにドアが少し開いたとき、ミセス・マラディックはもうベッドに入っているのが見え、明かりは消え、常夜灯の燭台が小テーブルの上に灯っているだけで、本とガラスの水差しがその傍らにありました。

「私は入らないことにするわ」とミス・ピータースンは囁きました。そして私が敷居を跨ごうとしたとき、部屋の薄暗がりから、タータンチェックの服を着たあの小さな女の子が私の脇をすり抜けて、廊下の電気の明かりのなかに出てきました。女の子は両腕に人形を抱いていて、人形の裁縫道具かごをドアのところに落としました。ミス・ピータースンがその玩具を拾ったに違いありません。というのは、私がすぐにそれを拾おうと振り返ったときには、それはもうなくなっていたからです。小さな子が起きているには遅い時間だと思ったのを覚えています――しかも子どもはひ弱そうにも見えました――でも結局のところそれは私の仕事ではありませんでしたし、四年間の病院勤務が、自分に関係ないことには首を突っ込むなと教えていました。看護婦がまず初めに学ぶのは、一朝一夕にして世の中を正そうとすべきではないことです。

私がミセス・マラディックのベッドの脇の椅子まで歩いていくと、彼女は寝返りを打って、見たこともないほど優しく悲しく微笑んで私のほうを見ました。

「あなたが夜間シフトの看護婦さんね」と彼女は穏やかな声で言い、話しはじめた瞬間から、彼女の病状――いわゆる幻覚症――には何もヒステリーじみたところや暴力的なところがないことが、私にはわかりました。「あなたのお名前を前もって訊いておいたんだけど、忘れてしまって」

「ランドルフ――マーガレット・ランドルフといいます」初めから私は彼女が好きになり、

そのことは彼女にもわかったに違いないと思っています。

「あなた、とても若く見えるわね、ミス・ランドルフ」

「二十二なんですけど、そうは見えないみたいです。よく年齢より若く見られます」

しばらく彼女は黙っていて、私はベッドの脇の椅子に落ち着くと、初めは午後、次にはついさっきこの部屋を出ていくのを見かけた小さな女の子に、彼女が驚くほど似ているな、と考えていました。ふたりとも、ごく微かに紅潮した同じ小さなハート型の顔をして、茶色にも亜麻色にも見える同じ色合いのまっすぐな柔らかい髪をして、同じ大きな落ち着いた目をして、あいだがとても離れたその目が弓なりの眉の下にありました。けれども私を最も驚かせたのは、ふたりともがあの謎めいた、ぼんやり驚いているような表情で私を見ることでした――ただし、ミセス・マラディックの顔にあっては、そのぼんやりした感じが時どきはっきりとした恐怖に――驚いたような恐怖のひらめきとさえ言えるものに――変化するように思われました。

私は静かに椅子に座っていて、ミセス・マラディックの薬の時間がくるまで、言葉を交わすことはありませんでした。そして私が右手にグラスを持って彼女のほうにかがみ込むと、彼女は枕から頭を上げて、激しさを抑えた囁き声で言いました。

「あなたは親切そうだわ。私の小さな娘を見ることができたかしら?」

左腕を枕の下に差し入れながら、私は彼女に陽気に微笑もうとしました。「ええ、二回お見かけしましたよ。奥様にそっくりなので、どこであの子を見てもわかりますわ」

彼女の目が輝き、病気が彼女の容貌から生気や活力を奪ってしまう前は、彼女がどんなに美しかったかがわかりました。「それじゃ、あなたは良い人だわ」彼女の声は張りつめていてとても低く、ほとんど聞こえないほどでした。「良い人でなければ、あの子が見えたはずはないんですから」

これは大変奇妙な気がしましたが、私はただ「こんなに遅くまで起きているのは、華奢な身体に障るように見えましたわ」と言いました。

彼女の痩せた顔に震えが走り、一瞬、泣き出すのではないかと思いました。彼女が薬を飲んだので、私はグラスを燭台用の小テーブルに戻し、ベッドにかがんでまっすぐな茶色の髪を額から後ろに撫でると、その髪の手触りはシルクの紡ぎ糸のように細くて柔らかでした。彼女から見つめられるとすぐに彼女を愛さずにいられなくなる何かが——それが何だったのかは私にはわかりませんが——彼女にはありました。

「あの子はいつもあんなふうな軽やかな空気のような感じだったの。一日たりとも病気になったことはなかったんですけどね」と、短い沈黙の後に彼女は穏やかに答えました。それから私の右手を探してつかむと激しい口調で囁きました。「主人には言ってはだめよ――誰にもあの子を見たことを言ってはだめよ！」

「誰にも言ってはだめなんですか？」初めにドクター・マラディックの書斎で、その後ミス・ピータースンと階段を降りてくるときに感じた、暗中模索のなかにあって自分が一筋の光を求めている、あの印象がまた戻ってきました。

「誰も聞いていないことは確かかしら――ドアのところには誰もいない？」と、私の左腕を押しのけて重ねた枕の上に身を起こしながら、彼女は尋ねました。

「絶対に大丈夫ですよ。廊下の明かりも消えてますから」

「そしてあなたはあの人に言ったりしませんね？　約束してください、あの人に言ったりしないって」彼女の漠然とした怪訝な表情のなかに、一瞬激しい恐怖が走りました。「あの人はあの子に戻ってきて欲しくないの。あの人があの子を殺したからなの」

「ご主人が殺したですって！」謎を照らす光が閃光となって私に押し寄せたのはその時でした。これがミセス・マラディックの幻覚だったのです！　彼女は自分の娘――私がこの部屋から出ていくのをこの目でしっかり見たあの少女――が死んでいると信じていて、しかも自分の夫が――病院で私たちが崇拝している偉大な外科医が――娘を殺したと信じてしまっているのです。みんながこの恐ろしい妄想を謎のベールに包んでおこうとしたのも無理はありません！　ミス・ピータースンでさえ、この忌まわしい一件をあえて光のなかに引きずり出そうとしなかったのも、無理はありません！　それは誰もが正視するに忍びない種類の幻覚でした。

「誰も信じないことを、人に話してもしかたありません」と彼女はゆっくりと続け、私の右手を握り続けていましたが、彼女の指があれほど細くなかったら私の手が痛くなってしまいそうな強い握り方でした。「あの人があの子を殺したということを、誰も信じないの。あの子が毎日この屋敷に戻ってくることを、誰も信じないんです。誰も信じない――それでもあなたにはあの子が見えたんですよね――」

「ええ、私はお嬢さんを見ました――でも、なぜご主人はお嬢さんを殺さなければならなかったんですか？」すっかり頭のおかしい人に話すときのように、私は慰めの口調で言いました。でも、彼女の頭がおかしくないことは、見ている私には誓って言えるほどでした。

しばらく彼女は不明瞭な呻き声をあげていましたが、それはあたかも自分の頭に浮かんだことの恐ろしさゆえに、言葉にすることができないかのようでした。それから彼女は乱暴にむきだしの細い腕を広げました。

「なぜならあの人は私を愛していなかったからなの！」と彼女は言いました。「あの人は私を愛していなかったんです！」

「でも、ご主人はあなたと結婚なさったんですよ」と私は彼女の髪を撫でながら優しく言い聞かせました。「もし愛していなかったなら、なぜ結婚などなさったのでしょうか？」

「夫は財産が――私の娘の財産です――欲しかったんです。それは私が死ねば、すべて夫のものになります」

「でも、ご主人はすでにお金持ちです。お医者様ですもの、お金はたっぷりあるはずです」

「それでは十分ではないんです。あの人は何百万も手に入れたいの」彼女は厳しく悲劇的な口調になりました。「いいえ、あの人は私のことを愛していませんでした。あの人は初めから――私と知り合う前から――誰か他の人を愛していたんです」

彼女を納得させようとしても無駄だということがわかりました。もし彼女の頭がおかしくなかったとしても、あまりにも深い恐怖と落胆から、境界線を越えて狂気に踏み込む手前まできていたのです。一度は階段を昇っていって、あの子を子ども部屋から連れてこようとさえ思いましたが、一瞬ためらううちに、ミス・ピーターースンやドクター・マラディックがずっと前にこうした方策は全部試してみたのだろうと気づきました。明らかに、できることは彼女をなだめて静かにさせることしかないようでした。そこで私はそうすることにつとめ、やがて彼女は浅い眠りに落ち、それは朝まで続きました。

朝七時には私は疲労困憊で――仕事をしたからというより、同情心を強く持ち続けたためでした――女中のひとりが早朝のコーヒーを持ってきてくれたときには、本当にありがたいと思いました。ミセス・マラディックはまだ眠っていて――睡眠が取れるように私が服用させたブロム剤と抱水クロラールの混合薬が効いていたからでした――一、二時間後にミス・ピータースンが交代にやってくるまで、彼女はそのまま目を覚ましませんでした。それから私が下の階に降りていくと、食堂には人の気配がなく、銀器の管理をしている年老いた女中頭がいるだけでした。彼女がほどなく私に説明したところによると、ドクター・マラディックは屋敷の反対側にある居間で朝食の給仕を受けているということでした。

「それでお嬢さんは？　あの子は子ども部屋で食事をするのかしら？」

彼女は驚いた視線を私に向けました。後になって私は考えてみたのですが、あれは不信感を表す視線だったのでしょうか、それとも不安を表す視線だったのでしょうか？

「小さなお嬢さんなんかいませんよ。聞いてないんですか？」

「聞いてないか、ですって？　聞いてないですよ。だって、昨日お嬢さんを見かけたばかりですよ」

彼女が私に向けた表情は――今になって思えば確かなのは――警戒感に満ちていました。

「お嬢さんは――これまで見たなかで一番かわいらしいお子さんでしたけどね――ほんの二か月前に肺炎で亡くなったんですよ」

「でもあの子が死んでいるはずはないんです」こんなことを言ってしまうなんて愚かでしたが、衝撃を受けてすっかり気が動転していました。「昨日たしかに見かけたんですよ」

彼女の顔の警戒感が深まりました。「そこがミセス・マラディックの困ったところなんです。奥様は、まだあの子のことが見えると信じているんですから」

「でもあなたにもあの子が見えるでしょう？」私は無遠慮にその質問を突きつけました。

「いいえ」彼女は唇を固く結んでいました。「私には何も見えませんよ」

結局私が間違っていて、やがて説明を聞くにつれ、恐怖が増しただけでした。子どもは死んでいて――肺炎で二か月前に亡くなったのでした――にもかかわらず私はこの目でその子が図書室でボールで遊んでいるのを見ましたし、両腕に人形を抱えて母親の部屋からそっと出ていくのも見ました。

「この屋敷には別の子どもがいますか？　召使の子どもがいたりしますか？」私が手探りしていた霧のなかに一筋の光が差し込んできました。

「いいえ、いませんよ。ドクターたちは子どもをひとり連れてこようとしてみましたが、お気の毒な奥様はすっかり取り乱してしまって危ないところだったんです。それに、ドロシーアほど物静かで愛らしい子どもなんて、他にはいないんですから。タータンチェックの服を着てスキップをしているあのお嬢さんの姿を見かけると、私はよく妖精を思い浮かべたものでしたよ。世間では、妖精は白か緑しか着ないと言われてますけれどもね」

「彼女を——あの子どものことですけど——見た人は、他に誰もいないんですか。召使の誰かは？」

「ゲイブリエル爺やだけですね。ミセス・マラディックのお母様がサウスキャロライナから連れてきた黒人の執事ですよ。黒人たちはある種の千里眼があるって言いますでしょ——そういうことを言うのにこの言葉でいいのかどうか、私にはわかりませんけどね。でも、黒人たちは本能的に超自然の現象を信じるように思えますし、それにゲイブリエルはとても高齢で耄碌《もうろく》していて——玄関のベルに応えたり、銀器を磨いたりする以外は仕事もしませんから——あの爺やが見たものに注意を払う人なんかいませんけどね」

「子ども部屋はもとのままにしてあるんですか？」

「いいえ。ドクターは玩具をすべて小児科病院に送らせてしまいました。それがミセス・マラディックには大きな悲しみになりました。でも、奥様の主治医のドクター・ブランドンによれば――看護婦たちもみな同じ考えだったんですけど――あの部屋をドロシーアが生きていたときのままにしておかないことが、奥様にとっては一番良いことだったんです」

「ドロシーア？　それがあの子の名前だったのですか？」

「そうです、神の贈り物という意味ですよね？　ミセス・マラディックの最初のご主人、ミスター・バラードのお母様にちなんだお名前でした。そのご主人は落ち着いた寡黙な方で、ドクターとは正反対の方でした」

ミセス・マラディックのもうひとつの妄想のほうは、看護婦や召使たちからこの女中頭にまで聞こえてきているのだろうかと、私は気になりました。でも、彼女はそれについては何も言いませんでしたし、お喋りな人のようでしたので、その噂は彼女のところに届いていないと考えるのが妥当だと思えました。

　その後朝食を済ませ、そのまま上階の自分の部屋に戻らずにいたところ、主治医である、高名な精神科医のドクター・ブランドンと初めて話すことになりました。初対面でしたが、一目見た瞬間から、ほぼ直感的にどんな人か見定めることができました。かなり正直な人のようでした——彼にたいしては苦々しい思いをいだくようになりましたが、正直さについては今もはっきり言えます。彼の思考に赤い血が欠けていたのは彼のせいではありませんし、長年異常現象に携わったために、生きることとすべてを病と見做す習慣ができてしまったことも、彼のせいではありませんでした。看護婦なら誰でも私の言うことが理解できると思いますが、彼は本能的に患者を個別に扱うより集団として扱う類の医師でした。背が高く厳《いか》めしく、ひどく丸い顔をしていました。話しはじめて十分も経たないうちに、ドイツで教育を受けて、そこであらゆる感情を病理学的兆候と見做すことを学んだことがわかりました。この人は人生から何を得るのだろう、と私はよく考えたものでした——むきだしの基本構造以外のあらゆるものを分析して捨て去るような人は、人生から何を得るのでしょうか。

　やっと自分の部屋に戻ったときにはとても疲れていて、ドクター・ブランドンにされた質問も彼が私に与えた指示も、ほとんど覚えていませんでした。わかっているのは、頭が枕につくやいなや眠りに落ちたということです。昼食をどうするか訊きにきた女中は、私の昼寝を邪魔しないことにしました。午後になって彼女がお茶を運んできたときも、私はまだぐったりしてうとうとしていました。私は夜間シフトの看護に慣れていましたが、日暮れから日の出までずっとダンスをし続けたような感じでした。お茶を飲みながら考えていたのは、ミセス・マラディックの幻覚のように、すべての患者が私の同情心に強烈に影響したわけではなかったのは、幸いだったということでした。

昼間のあいだ私はドクター・マラディックを見かけませんでしたが、七時に早めの夕食を終えて、いつもより一時間長く勤務を続けているミス・ピータースンと交代するために向かっていると、そんな私を彼は廊下で見かけ、書斎に来てくれと声をかけてきました。ボタン穴に白い花を挿した夜会服姿の彼は、これまでになくハンサムに見えました。女中頭によると、彼はある公の晩餐会に出かけるところでしたが、彼はいつでもどこかに出かけていましたから特別なことではありませんでした。あの冬は、自宅で食事をしたことは一晩もなかったように思います。

「ミセス・マラディックは問題なく夜を過ごしたかね?」彼は部屋に入るとドアを閉め、振り向きながら親切そうな笑顔を浮かべて質問し、まずは私を寛《くつろ》がせてくれようとしているようでした。

「奥様はお薬を飲まれた後は熟睡されました。お薬は十一時に差し上げました」

しばらく彼は無言で私を見つめ、彼の人格——彼の魅力——が私だけに向けられているのを私は意識しました。それはあたかもいくつもの光線が一点に集まるその中心に自分が立っているかのようで、彼の印象はそれほど強烈なものでした。

「妻は自分の——自分の幻覚について、なんとなくでも触れたりしたかね?」と彼は尋ねました。

警告がどのようにして私に届いたのか——どんな目に見えない感覚認識の波がそのメッセージを伝えたのか——私にはわかりません。でもドクターの素晴らしい存在を前にしてそこに立っていると、この屋敷のなかで私がどちら側の人間なのかを選ぶべき時が到来していることを、あらゆる直感が私に警告していました。その屋敷にいるあいだ、私はミセス・マラディックの側かあるいは彼女に対立する側か、どちらかに立たなければならないのでした。

「奥様はとても理性的にお話しされました」と私は少ししてから答えました。

「なんと言っていたかね?」

「どう感じているかを話されました、お嬢さんがいなくなって寂しいこと、毎日少し部屋のなかを歩きまわるということでした」

彼の顔が変わりましたが、どう変化したかは、初め私にはわかりませんでした。

「きみはドクター・ブランドンには会ったかね?」

「午前中にいらして、私に指示を与えてくださいました」

「彼の診断によれば、今日の妻の様子はあまりよくないそうだ。妻をローズデイルに入院させたほうがよいということだったよ」

私は密かにでも、ドクター・マラディックの胸中を理解しようと思ったことは一度もありません。彼は誠実だったかもしれません。私は自分が知っていることだけをお話ししています――私が信じたり想像したりしたことではなく、ということです――人間というのはときには超自然現象と同じくらい計り知れず、不可解なものです。

彼が私をじっと見ているあいだ、私は内部の葛藤を意識していましたが、それはあたかも自分のどこか深いところで敵対する天使たちが戦っているかのようでした。ついに決断したとき、私は理性から行動したというより、ある密かな思考の流れの圧力に従ったのだと思います。そのときでさえ、私が彼に逆らっているあいだも、彼はたしかに私を虜にしていたのでした。

「ドクター・マラディック」と私は初めて物おじせずに彼に視線を上げました、「奥様は私と同様に、あるいはドクターと同様に、正気だと私は信じています」

彼はびくっとしました。「それじゃ、妻はきみとあまり話をしなかったんだね？」

「奥様は思い違いをしているかもしれません。神経が参っていて、お気の毒なほど悩みを抱えていらっしゃいます」と私は思い切ってこの点を口にしてから、「でも、奥様は――私は自分の将来を賭けてでも言いますが――精神科病院に送るのがふさわしい患者さんではありません。奥様をローズデイルに送るのは愚かな、残酷なことです」

「残酷と言うのかい?」困った表情が彼の顔をよぎり、彼の声はとても優しくなりました。「僕が家内にたいして残酷にできるなどと、考えてないだろうね?」

「はい、そう思ってなどいません」私の声も和らいだ。

「僕らは今後もこのまま対応していくことにしよう。おそらくドクター・ブランドンにも、何か別の案があるかもしれないしね」彼は懐中時計を取り出すと、置時計の時刻と比べました――その神経質そうなしぐさは、狼狽や困惑を隠そうとしているかに思われました。「そろそろ行かなければならん。朝になったら、またこの件について話すことにしよう」

けれども翌朝私たちがそれについて話すことはありませんでしたし、私がミセス・マラディックを看病した一か月間を通して、彼女の夫の書斎に私がふたたび呼び出されることもありませんでした。めったにないことでしたが、私が廊下や階段で彼に出会ったときには、彼はこれまでどおりに魅力的でした。けれども、彼の礼儀正しさにもかかわらず、あの晩彼は判断を下し、もう私のことは使えないと決めたのだろうと私はずっと感じていました。

日が経つにつれ、ミセス・マラディックは力を回復していくようでした。初めて一緒に過ごした晩以来、彼女が子どものことを話すことは二度とありませんでしたし、夫にたいする恐ろしい非難を一言なりともほのめかすようなことも二度とありませんでした。大いなる悲しみから回復しつつあるどんな女性とも変わらず、ただ一層魅力的で、一層優しいのでした。彼女とかかわることになった人が、誰でも彼女のことを愛したのは不思議ではありません。彼女のまわりに神秘的な愛らしさがあったからで、それは闇の神秘ではなく光の神秘のようでした。私がいつも感じていたのは、彼女が、女性がこの地上でなりうる限りの天使だったということです。ただし、天使のようだったとはいえ、彼女が夫を嫌うと同時に恐れていると思われることが私には時どきありました。私が屋敷にいるあいだ、彼が彼女の部屋に入ってくることは一度もありませんでしたし、最後のときの一時間前まで、彼女の口から彼の名前を聞くこともありませんでしたが、それでも、廊下を歩く彼の足音が聞こえると、彼女の顔に浮かぶ恐怖の表情から、彼女の魂そのものが彼の接近に怯えていることが私にはわかりました。

一か月間を通して、私がその子をふたたび目にすることはありませんでしたが、ある晩、私がミセス・マラディックの部屋に不意に入っていくと、窓の下の張り出しに、子どもたちが小石や小箱を並べて造るような小さな庭ができているのを目にしました。私はその話をミセス・マラディックに持ち出しませんでしたが、しばらくしてから女中がシェードを下げたときには、その小さな庭が消えてしまっていることに気づきました。そのときから私がしばしば考えてきたのは、あの子は私たちにだけ見えないのだろうか、母親の目にはまだあの子が見えているのだろうか、ということでした。ですが、直接訊いてみることなしにそれを知ることはできませんでしたし、ミセス・マラディックはとても具合がよく、忍耐強くしていたので、私はあえて聞いてみることもできませんでした。彼女の様子はこれまでになく順調でしたし、まもなく散歩に行けるかもしれないと、私は思いはじめていたのですが、そこに突然終わりがやってきたのでした。

それは一月の穏やかな日——冬のさなかに春の予感を運んでくるような日で、午後になって下の階に降りていくとき、私は廊下の突き当たりの窓でちょっと立ち止まって、庭の柘植《つげ》の木でできた迷路を見下ろしました。砂利の敷かれた小径の中央に、楽しそうに笑う二体の大理石の少年像のついた古い噴水があって、その朝ミセス・マラディックを楽しませるために噴水の元栓が開けられたのですが、降り注ぐ陽の光を受けて、今は水が銀のようにきらきら輝いていました。一月に空気がそんなに柔らかく、春らしくなるのを感じたことはありませんでした。庭を見下ろしながら、ミセス・マラディックを連れ出して、陽ざしを一時間ほど浴びてもらうのは良いアイデアのように思えました。これまで部屋の窓から入ってくる空気以外に、彼女が新鮮な空気に触れるのを許されずにいることがとても奇妙でした。

けれども、部屋に行くと、彼女は外出したがらないことがわかりました。彼女はショールにくるまって開いた窓辺に座っていて、その窓からは噴水を見下ろすことができました。私が入っていくと、読んでいた小さな本から彼女は目を上げました。窓の下の張り出しには水仙の鉢植えがあり——彼女は花がとても好きで、私たちは彼女の部屋にいつも植物を絶やさないようにしていたのです。

「ミス・ランドルフ、私が何を読んでいると思います?」と彼女は穏やかな声で尋ね、私が薬の分量を量るために燭台用の小テーブルに行くあいだ、詩を読み上げました。

「『あなたにパンが二つあったなら、一つを売って水仙を買いなさい、パンは身体を養い、水仙は魂を喜ばせるから』これ、とても美しいと思いませんか?」

私はええ、美しいですね、と言い、それから、下に降りて庭を少し歩いてみませんかと誘ってみました。

「あの人が嫌がると思うわ」と彼女は答えました。夫のことを口にしたのは、私がこの屋敷で彼女と話した初めの晩以来のことでした。「あの人は私が外に出るのが嫌なんです」

私はその考えを一笑に付そうとしましたが、その甲斐はありませんでしたので、しばらくすると私は諦めて他のことを話しはじめました。そのときでさえ、ドクター・マラディックにたいする彼女の恐怖が空想の産物ではないことなど、私には思いもよりませんでした。もちろん、彼女の頭がおかしくないことはわかっていました。でも、正気の人でもときには不可解な偏見を持ったりすることも知っていましたので、私は彼女の反感をたんなる気まぐれか嫌悪の情として受けとめていました。そのときには、私にはわかっていなかったのです、そして——最後の瞬間が来る前に、このことを告白しておいてもかまいません——今になって、もっとよくわかっているということでもありません。私は実際に見た物事を書き記しているわけで、奇跡の方向にいかなる誇張もしてこなかったことを繰り返しておきます。

私たちが話しているうちに、午後の時間が経過していき——関心のある話題になると、彼女は朗らかに話していました——この屋敷での最初の夜以来私が密かに恐れていた事柄が話題になったのは、まさに日暮れ前の時間でした——生命の動きが、貴重な数分間のあいだぐったりとして勢いを失う、そんな重々しく静かな時間です。私が立ち上がって窓を閉めに行き、穏やかな空気のそよぎを求めて窓から身を乗り出したとき、部屋の外の廊下に抑えた足音が聞こえ、ドクター・ブランドンがいつもどおりにドアをノックする音が聞こえました。するど、私が部屋を横切って辿り着く前にドアが開き、彼がミス・ピータースンとともに入ってきました。この昼間シフトの看護婦は愚かな女だということが、私にはわかっていたのですが、このときは職業的な気取りを武器のように身に着け、しゃちほこばって、これまでになく愚かに見えました。

「外気に当たられて、良かったですな」ドクター・ブランドンが窓のところまで来たとき、どんなとんでもない自己矛盾の果てにこの人は神経病の高名な専門家になったのだろうと、私は意地悪くも考えました。

「今朝あなたが連れてきたもうひとりのドクターは誰ですか?」とミセス・マラディックが重々しく尋ねました。ふたりめの精神科医の訪問について私は初耳でした。

「奥様を治したいと本気で考えている人ですよ」彼は彼女の脇の椅子に座り、自分の長く青白い指で、彼女の手を落ち着かせるように軽く叩いていました。「私たちは奥様の治療を本気で考えていて、二週間ばかり田舎のほうで過ごしてもらおうと考えているんです。ミス・ピータースンが支度の手伝いに来てくれましたし、私の車もすぐに出せるようにしてあります。遠出にぴったりなこんな日も、なかなかないですからねえ」

ついにその瞬間が来たのでした。私にはすぐに彼が何を意味しているのかが理解できました、ミセス・マラディックも同様でした。彼女の瘦せた頰に赤みが差しては引いていき、私が窓のところから戻って両腕を彼女の肩にまわすと、身体が震えているのがわかりました。あの夜ドクター・マラディックの書斎で感じたように、周囲の空気から私の脳にうち寄せてくる思考の波に、私はまた気づいていました。その目に見えない警告に従わなければならないことはわかっていました、それが看護婦としての私の経歴と、正気だという私の評価を台無しにすることになってもです。

「あなたがたは私を精神科病院に連れていこうとしているのですね」とミセス・マラディックは言いました。

彼は愚かしい否定や言い逃れをしましたが、彼が話し終える前に、私はミセス・マラディックから彼のほうに衝動的に向き直りました。看護婦の立場では、これは目に余る謀反行為であり、この行動によって私の職業上の将来が台無しになることはわかっていました。それでも私はかまいませんでした——ためらいませんでした。自分を超える強い何かが、私を駆り立てていたのです。

「ドクター・ブランドン」と私は言いました、「お願いがあります——明日まで待ってください。お伝えしなければならないことがあるんです」

奇妙な表情が彼の顔に浮かび、私は興奮状態にあっても、彼が心のなかで私をどのグループに振り分けようか、どの種類の病気の兆候に当てはまるか検討していることがわかりました。

「なるほど、なるほど、すべてお伺いしましょう」と彼はなだめるように答えつつも、ミス・ピータースンのほうに目配せするのが見えて、彼女は衣装戸棚まで行き、ミセス・マラディックの毛皮のコートと帽子を取り出しました。

突然、ミセス・マラディックはまとっていたショールをいきなり投げ出し、立ち上がりました。「もし私を入院させたりしたら」と彼女は言いました、「私はもう戻ってきません。生きて戻ってくることなどありませんよ」

黄昏《たそがれ》がちょうど灰色に翳りはじめ、部屋の薄暗がりに立っている彼女の顔は、青白く花のように光っていて、窓の下の張り出しに置かれた水仙のようでした。「私は行くことなどできません！」と彼女はさらに甲高い声で言いました。「私は子どもから離れることなどできないわ！」

私には彼女の顔がはっきりと見え、彼女の声が聞こえ、それから――あの場面の恐ろしさが今もまた蘇ってきます！――ゆっくりとドアが開くのが見えて、あの小さな女の子が部屋を横切って母親のもとに走っていきました。あの子が小さな両腕を差し出すのが見え、母親がかがんで彼女を胸に抱きしめるのが見えました。激しい想いにしっかりと抱き合ったままなので、ふたりを包む暗がりのなかでひとつに溶け合うように見えました。

「これを見た後で、疑うことなどできますか？」と私はかなり乱暴に言葉を投げつけました――そして母と子の姿からドクター・ブランドンとミス・ピータースンのほうに向き直ると、思わず息を呑んだのは――ああ、その発見には衝撃がありました！――ふたりには子どもが見えていなかったのです。彼らのぽかんとした顔が示していたのは、確信ゆえではなく何も知らないがゆえの驚愕でした。彼らの目に映ったのは、母親のからっぽの両腕と、何か目に見えないものを抱擁しようとかがんだ彼女の素早く奇妙なしぐさだけでした。私の視力だけが――そしてあれ以来、共感の力があったからこそ私は物質的事物という網目を突き抜けて、子どもの霊的な姿を見ることができたのだろうかと自問自答しているのですが――私の視力だけが、現世の肉体性によって損なわれていなかったのでした。

「これを見た後で、疑うことなどできますか？」と、ドクター・ブランドンは私の言葉を投げ返してよこしました。人生が彼に肉体の目しか与えていなかったとして、それはこの哀れな男のせいでしょうか？　彼の目の前にある物事の半分しか見ることができなかったとして、それは彼のせいでしょうか？

でもふたりには見えていなかったのです。見えていない以上、彼らに話しても無駄だとわかりました。一時間も経たないうちに、彼らはミセス・マラディックを精神科病院に連れていってしまいました。彼女は静かでしたが、私と別れるときがくると少しばかり感情をあらわしました。最後に舗道に立っていると、彼女は子どもの死を悼んで身に着けていた黒いヴェールを上げて言いました。「ミス・ランドルフ、できるだけ長くあの子と一緒にいてあげてくださいね。私は戻ってくることはありませんから」

それから彼女が車に乗り込むと、車は走り出し、私はこみ上げる嗚咽《おえつ》を抑えながら彼女を見送りました。恐ろしいことだと感じながら、もちろん私にはその恐怖のすべてが理解できてはいませんでした。さもなければ舗道に静かに立っていられたはずがありません。実際、数か月後に彼女が精神科病院で亡くなったという知らせが届くまで、私にはそれが理解できていませんでした。彼女の病気がなんだったのかもわからないままでしたが、「心不全」がどうこうと言われていた記憶が微かにあります——なんにでもあてはまりそうな曖昧な用語です。彼女はたんに人生の恐怖ゆえに死んだのだと、私自身は信じています。

驚いたことに、ドクター・マラディックは妻がローズデイルに行った後も、私に屋敷のなかの彼の事務室付きの看護婦として勤務するよう頼んできました。そして彼女の訃報が届いてからも、私に辞めるように言ってくることはありませんでした。今でも、彼が私に屋敷にいて欲しいと望んだ理由がわかりません。ひょっとすると、彼の屋根の下で暮らしたほうが、私がゴシップを流す機会が少なくなると考えたのかもしれません。ひょっとすると、彼は自分の魅力の効果を私に試してみたいと思い続けていたのかもしれません。あんなに偉大な人だったのに、彼の虚栄心には信じがたいものがありました。道ですれ違いざまに振り向く人がいると、彼は喜びで顔を赤らめましたし、受け持つ患者の感情面の弱さにつけこまないでいる人ではないこともわかっていました。でもたしかに、彼の素晴らしさは格別でした！あれほど多くの女性の盲目的心酔の対象となっていた男性は、他にはまずいないでしょう。

次の夏ドクター・マラディックは二か月間海外に行き、彼が不在のあいだ私はヴァージニアで休暇を過ごしました。彼が帰国すると、仕事はこれまでになく忙しくなり――その頃には彼の評判は桁外れのものになっていました――私の毎日は予定が詰まり、急患対応に駆けまわることが続いたので、哀れなミセス・マラディックのことを思い出す時間は一分たりともないようなありさまでした。彼女が精神科病院に連れていかれたあの午後以降、屋敷にあの子どもが姿を現すことはありませんでした。そして私も、しまいにはあの小さな姿は目の錯覚だったのだと思いはじめました——私がかつて信じていたように亡霊などではなく——古い部屋の薄暗さのなかで変化する光が引き起こした光学的な悪戯《いたずら》だったのだ、と。幽霊が記憶から薄れていくのに、時間がかかることはありませんでした——特にあの冬のように、毎日が忙しく秩序だっている場合にはそうでした。ひょっとすると——誰にわかるでしょうか？——（私は自分に言い聞かせました）結局のところドクターたちが正しかったのであり、あの哀れな婦人は実際のところ頭がおかしかったのかもしれません。過去についてのこうした見方とともに、ドクター・マラディックにかんする私の判断は知らず知らずのうちに変化しました。しまいには彼を完全に無実だと考えるに至ったように思います。そして私が彼を潔白で申し分ないと判定したまさにその瞬間に、どんでん返しがあまりにも急激にやってきたので、私は今でもそれを思い出そうとすると、いつも息がつけなくなります。事柄の展開のあまりの激しさのために、私は際限のない想像力の渦に翻弄されることになったような気がするのです。

ミセス・マラディックの訃報が届いたのは五月で、ちょうどその一年後の穏やかな香しい午後、庭の古い噴水の周囲にところどころ群生する水仙の花が咲くなか、屋敷の一階にある事務室で報告書に時間を取られていた私のもとに、ドクターが近々結婚するという知らせを女中頭が持ってきました。

「予想できてもよかったことに過ぎませんけどね」と彼女は冷静に結論づけました。「このお屋敷は旦那様にはお寂しいのでしょう――とても社交的でいらっしゃるから。でも」と彼女はゆっくりと言い、一呼吸置きましたが、そのとき私の身体には震えが走りました。「でも、どうしても感じてしまうんですよ、あのもうひとりのご婦人にとって、お気の毒なミセス・マラディックの最初のご主人が奥様のために残された遺産をそっくり受け取るのは、おつらいことなんじゃないかって」

「それじゃ、かなりの財産が残されたんですね?」と私は好奇心に駆られて尋ねました。

「かなりのものですよ」彼女は手を振り、あたかも総額を表すのに言葉は役に立たないかのようでした。「何百万何千万もの額です!」

「もちろんこの屋敷も手放すんですね?」

「ええ、すでに手続きは済んでいるんですよ。来年の今頃には、レンガひとつ残ってはいないでしょうね。取り壊されて、その跡地には共同住宅が建てられるんですよ」

ふたたび震えが私の身体に走りました。ミセス・マラディックの古い屋敷が跡形もなくなってしまうと考えることは、私には耐え難かったのです。

「花嫁のお名前を伺っていませんでしたね」と私は言いました。「ドクターがヨーロッパ滞在中に出会われた方ですか?」

「それがね、違うんですよ! 旦那様がミセス・マラディックと結婚される前に婚約していた、まさにそのご婦人なんです。噂によると、旦那様に十分お金がなかったせいで、そのご婦人は婚約破棄したのだそうです。その後、ご婦人は海の向こうから来た貴族だか皇族だかと結婚したんですが、離婚なさって、今はかつての恋人と元の鞘に収まったというわけなんです。旦那様は今では、そのご婦人にとってさえ、十分なお金持ちになりましたからね!」

それはすべて真実だったのだろうと思います。新聞のなかの話のようにもっともらしく聞こえました。それでも、彼女が話しているあいだ、大気中に不吉な静寂を、微かな静寂を私は感じました。というか、感じたような気がしました。私が神経質になっていたのは間違いありません。女中頭がその知らせを持ち出した唐突さに私は動揺していました。けれどもそこに座っていた私は、その古い屋敷が耳を澄ませているような印象を強烈に感じていました——その部屋か庭のどこかに、不可視ではあっても存在するなんらかの気配がありました。

けれども、一瞬のちにレンガのテラスに開かれた長い窓から外を見たときには、人けのない庭に弱い陽が差しているのが見えただけで、柘植の木でできた迷路と大理石の噴水といくつかの水仙の群生があるだけでした。

女中頭が行ってしまい——召使か誰かが彼女を呼びに来たのでした——私が自分の仕事机に座っていると、あの最後の夕方、ミセス・マラディックが話した言葉が心に蘇ってきました。水仙が彼女を私のところに連れ戻してくれたのです。水仙が陽の光を浴びてそっと黄金色に咲いているのを見て、彼女がいたらどんなに喜んだだろうと思ったからでした。ほとんど無意識に、彼女が私に読んでくれた詩を私は繰り返していました。

「あなたにパンが二つあったなら、一つを売って水仙を買いなさい」——そしてその言葉がまだ私の唇にあるうちに、私が柘植の木の迷路に目をやると、噴水に続く砂利道を縄跳びをしていくあの子の姿が見えました。きわめてはっきりと、輪郭もくっきり、柘植の低木の植え込みのあいだを抜けて、噴水の脇の水仙が咲いているところまで、その女の子が子どもの言うダンスのステップでやってくるのが私には見えました。まっすぐな茶色の髪に、タータンチェックの服と小さな足、白いソックスと黒い上靴の足は、回している縄の上を軽快に跳び、そんな子どもの様子が、彼女が踏みしめる地面と同様に、また噴水のしぶきの下で笑っている大理石の少年たちと同様に、リアルに見えました。驚いて椅子から立ち上がると、私はテラスに一歩踏み出しました。あの子に手が届きさえすれば――話しかけることさえできれば――ついにすべての謎を解くことができると私は感じたのです。でも、テラスに私の服がはためく音がした瞬間に、その空気のような小さな姿は、迷路の静かな黄昏のなかに溶けてしまいました。呼吸が水仙を揺らすこともなく、影が光輝く噴水の上を滑ることもありませんでした。でも、気弱になって、神経という神経が揺さぶられ、私はテラスのレンガの階段に座ると泣き出してしまいました。ミセス・マラディックの屋敷が取り壊される前に、何か恐ろしいことが起こるという予感があったに違いありません。

その晩ドクターは外で食事をとりました。結婚予定の婦人と一緒に外出したと、女中頭が話してくれました。そして、彼が帰宅して階段を昇って自室に向かう音がしたのは、真夜中近くだったに違いありません。私は眠れずにいて、読み終えようと思っていた本をその午後事務室に置き忘れたので一階に来ていました。その本――それがどんな本だったか、今では思い出せません――は、午前中に読みはじめたときにはとても胸が躍るように思えたのですが、あの子の姿を見た後では、そのロマンチックな小説も看護の専門書のように退屈に感じました。行を目で追うのもしんどくなり、もうあきらめてベッドに行こうと考えていたときに、ドクター・マラディックが自分の鍵で正面玄関のドアを開け、階段を昇っていったのでした。「この予感に少しでも真実があろうはずがない」階段を昇っていく彼の規則正しい足音を聞きながら、私は繰り返し考えていました。「この予感に少しでも真実があろうはずがない」しかし、私は「この予感に少しでも真実があろうはずがない」と自分に言い聞かせながらも、変な胸騒ぎがして、屋敷のなかを歩いて三階の自分の部屋に向かうことに尻込みしていました。忙しい一日の後で疲れ切っていましたし、静寂と暗闇にたいして私の神経が病的な反応をしたに違いありません。生まれて初めて、未知のもの、見えないものを恐れるとはどういうことなのかを思い知りました。そして煌々と照る電灯のもと、本の上にかがんでいると、上の階のいくつもの部屋の広々としたからっぽの空間に何か音がしないかと、感覚を研ぎ澄ましている自分がいることにまもなく気づきました。予感に満ちた緊迫した静寂から、道路を走っていく車の音によって呼び戻されました。それからまた本に向かい、落ち着かない心をページに集中しようとすると、安心感が波のように押し寄せてきたのを思い出します。

そこに座っていると、机の上の電話が鳴り、私の張りつめた神経には驚くほど唐突に感じられました。看護婦長の声が慌てた様子で、ドクター・マラディックに病院にすぐ来てもらいたいと告げました。夜間の急な呼び出しには慣れていましたので、私は落ち着いてドクターの部屋に電話をかけて彼がしっかり応じる声を聞きました。まだ着替えていないから、すぐに下に降りていくよ、と彼は言いました。車を呼び戻しておいてくれたまえ、ちょうど車庫に着いた頃合いだろうから、と。

「五分したらそっちに行くから！」と彼はうきうきとした声で叫び、あたかも彼の結婚式のために私が彼を呼び出しでもしたかのようでした。

彼が自分の部屋の床を歩く音が聞こえたので、彼が階段のところに来る前に、電灯をつけたり彼の帽子とコートを用意したりしておこうと私はドアを開けて廊下に出ていきました。電灯のスイッチは廊下の突き当たりにあり、上の踊り場からもれる微かな明かりを頼りにそこに向かいながら、階段を見上げると、細いマホガニーの手すりのついた階段は薄暗く三階まで続いていました。そして、ドクターが楽しげにハミングをしながら急ぎ足で階段を降りはじめたまさにその瞬間、私にはっきりと見えたのは――私は死の床でも誓って言えます――階段が湾曲しながら降りてくる途中に、子どもの縄跳びの縄がゆるくとぐろを巻くように落ちていて、それはあたかもそそっかしい小さな手が落としていったかのようでした。飛びつくようにして私が電灯のスイッチを押すと、廊下が明かりで照らし出されました。けれども、私がそうしたとき、私の腕がまだ背後に伸ばされていたとき、そのハミングが驚きか恐怖の叫びに変わるのを聞き、階段の上の人影は大きく躓《つまず》き、もがくように両手を動かしながら何もない空間によろめきました。警告の叫びは私の喉から発せられないままとなり、彼が長い階段を真っ逆さまに落ちてきて、私の足元の床で止まるのを見ていました。彼の上にかがみ込む前から、額の血を拭い、無音の心臓を確認する前から、彼が死んだことが私にはわかりました。

何かが——世間が信じたように、薄暗がりで足を踏み外したのかもしれませんし、あるいは、私が証人になってもいいのですが、目には見えない裁きによるのかもしれません——何かが彼を、彼が最も生きたいと望んだまさにその瞬間に殺したのでした。

十七の音節《シラブル》

Seventeen Syllables

ヒサエ・ヤマモト

母が詩の創作に凝っていることをロージーが知ったのは、ある晩母が書いたばかりの詩を、彼女に認めてもらおうと声に出して読んで聞かせたときだった。それは猫についての詩で、ロージーは完全に理解し十分に味わったふりをした。日本語学校に毎土曜日（夏には水曜日も）通ってきたので、この何年ものあいだに習得した日本語の成果について母を失望させたくなかったからでもあった。それでも母はロージーの理解の深さを疑ったに違いない。というのも、自分が書こうとしている詩の種類について、後から説明したからだ。

あのね、ロージー、と母は言った。これは俳句なの。言いたいことすべてをたった十七音節《シラブル》のなかに込める詩で、五音、七音、五音の三行に分かれているのよ。さっき読み上げた詩では、一匹の子猫の魅力を捉えようとしていたの。三毛猫を飼うと幸運が訪れるという迷信にも触れながらね。

ロージーが「ええ、そうね、わかるわ。なんて素敵なんでしょう」と言うと、それを聞いて満足したのか、それともロージーの嘘を見破って諦めたのか、母は創作に戻っていった。実際のところ、ロージーは怠け者だった。英語はすぐに出てくるのだが、日本語は時間をかけて考える必要があり、その後でも自信がないまま口にすることになった（そして、たいてい笑われるのが落ちだった）。いいえ、違うのと言いたい場合にも、ええ、そうねと言ってしまうほうがずっと簡単だったのだ。それに、そのとき彼女が言おうとしていたのは、お母さん、日本からお母さんが取り寄せた雑誌の一つを昨晩見ていたら、後ろのほうに英語の俳句欄があって、気に入ったの。なかでも、眠りにつくまで何度もくすくす笑ってしまったフランス語まじりのこんな俳句があったの。

暁に　　It is morning, and lo!
上品に願う　　I lie awake, comme il faut,
現ナマを　　sighing for some dough.

さあ、どうやったらお母さんにわかってもらえるだろうか、この詩の悲しみをどうやったら伝えられるだろうか？　あらたまった日本語をロージーは断片的にしか知らなかったし、母の英語の理解はそれ以下、ましてやフランス語の知識は皆無だったからだ。ええ、そうね、と言ってしまうほうがはるかに簡単なのだった。

母の俳句の投稿先は、サンフランシスコで発行されている日刊紙『マイニチ・シンブン』

であることが判明した。ロサンジェルスのほうがもちろんハヤシ一家の暮らす農村には近かったし、この大都市では日本語の地元紙もいくつか発行されていたが、ロージーの両親は北のサンフランシスコの新聞の論調が好みだという。『マイニチ・シンブン』には週に一度俳句欄があり、母はウメ・ハナゾノという花にちなんだ筆名で、ひどく熱心な寄稿者になっていた。

そんなわけでロージーと父はしばらくのあいだ、母とウメ・ハナゾノというふたりの女性と暮らすことになった。母（トメ・ハヤシという名前）は家事、料理、洗濯に勤しみ、夫や、収穫期に雇っているメキシコ人のカラスコ一家とともに、茹だるような暑さのなか畑でせっせとトマトを摘み、涼しい小屋で何層にも箱詰めする作業をこなした。夕食の皿洗いが終わると姿を現すウメ・ハナゾノは、一心に何やらつぶやく別人で、話しかけられても答えないことが多く、居間のテーブルで深夜まで、鉛筆でメモ用紙に書き散らかしたり、太い薄緑色のパーカー万年筆で上質紙に丁寧に文字を清書したりすることに余念がなかった。

この新しい関心は、一家の日々の習慣にいくつかの影響を及ぼした。以前だったら、両親とロージーは早めに順に熱い風呂に入るとすぐに床に就くのが普通で、たまに例外として、両親が花札をしたり来客があったりした。今では、父が花札をしたくても、ひとり遊びをするしかなかったし（彼はいつも盛大にズルをするのだった）、友人が何人かやってくるときには、俳句を書いている人がそこには必ず含まれていて、そのささやかな集まりが二手に分かれると、父は文学的でない人たちをもてなし、母は詩人の客と興奮して意見を交換することになるのだった。

一家が外出したときも展開は同様だった。だが、ウメ・ハナゾノの一生はひどく短かった。一般に短いと言われる詩人としてもである——せいぜい三か月程度の寿命だった。

ある晩、一家は遠出して西隣の町に住むハヤノ一家を訪問した。これはロージーにとって苦痛であると同時に魅力的な出来事だった。魅力的だったのはハヤノ家に四人姉妹がいたからで、彼女たちはみな愛らしく、季節にちなんだ名前（ハル、ナツ、アキ、フユ）がついていた。苦痛だったのは、初めの出産以来ずっとミセス・ハヤノの様子がおかしかったからだ。かつては故郷の村一番の美人と評判だったミセス・ハヤノは、ロージーが見ていると、前かがみでゆっくりと足を引きずり、激しく震えながら（いつも震えているのだ）部屋のなかを動きまわったし、考えてみると、この体調のままでこの人はさらに三人の赤ん坊を妊娠し出産したのだった。ハンサムで背が高く逞しいミスター・ハヤノのほうをロージーは物問いたげに眺め、四人の可愛い友達のほうを眺めてみるのだが、結果として何かがはっきりするわけでもなかった。

しかし今回の訪問では、ミセス・ハヤノは一晩中揺り椅子に座っていて、いつもほど動きまわることも目立つこともなかったので、ロージーは大半の時間をほぼ何も感じずに過ごすことができた。しかもロージーは大部分の時間を娘たちの部屋で過ごした。お辞儀と挨拶が済むやいなや、いつもお喋りなハルが「ねえ、あたしの新しいコートを見てくれなくちゃ!」と言ったからだ。

それは大きめの襟がついたグレーとカーキとブルーのくすんだ格子柄のコートで、特段言うべきこともなかったので、ロージーは「へえー、いいね」と言った。

「いいですって?」とハルは憤慨して言った。「それしか言うことないの? 豪華でしょ! それに安かったのよ。たった十七ドル九十八セント、セールだったの。定価は二十五ドルだって店員さんが教えてくれたわ」

「へえー」とロージーは言った。普段から口数が少なく何か言うときにも恥ずかしそうに口を開くナツが、いかにも欲しそうにそのコートに手を触れると、ハルはそれを遠ざけた。

「あたしのよ」と彼女は言い、それを着て見せた。二つの大きなベッドのあいだの通路を気取って歩き、嬉しそうに微笑んだ。「あなたのお母さんにも見てもらわなくちゃ」

彼女は居間にいる大人の会話に飛び込んでいくと、ロージーの母親の前まで行って立ち、残りの娘たちはドアのところから見守った。ロージーの母は上手に羨ましそうにしてみせた。「あなたが飽きたら、それをもらってもいいかしら？」

ハルは喜んでくすくす笑い、ええ、そうねと言ったが、ドアのところからナツが「あたしに約束したじゃない、ハル」と不安げに訴えた。

ナツ以外のみんなが笑い、ナツはきまり悪そうに寝室に戻っていった。ハルは笑いながら戻ってくるとコートを脱いだ。「ナツ、あたしたちふざけてただけよ」と彼女は言った。「ほら、着てみてごらん」

ナツがコートのボタンを嵌《は》め、洋服ダンスの鏡に映った自分の姿を時間をかけて確認し、やっと脱ぐと、ロージー、アキ、フユが順番に着てみた。八歳のフユはコートのなかにすっぽり埋まってしまったので、姉たちとロージーは身体を折り曲げて笑い転げた。やがてハルの母親が震える声で、お茶と餅菓子の用意をして、桃の缶詰を開けてみなさんにお出ししてとハルに言ったので、みんなして居間に入っていった。ロージーは、自分の母とミスター・ハヤノが小さなテーブルで話し込んでいるのに気づいた――ミスター・ハヤノが『マイニチ・シンブン』に投稿しようと思っている俳句について議論していて、父のほうはソファの片隅に座って、『ライフ』という新しく刊行された写真誌をぱらぱらめくっていた。時おり、父はミセス・ハヤノのほうに写真を見せながら感想を口にした。彼女のような人は耳も少し遠いに違いないと考えて、いつも父は大声で彼女に話しかけた。

五人の娘たちは台所のテーブルでおやつを食べ、ロージーが桃のスライスを嚙まずに飲み込む芸当を四人に見せていたとき（つるつるする三日月形の桃をお茶でぐいっと流し込んでいたのだ）、父が空になった湯飲み茶碗と手をつけていない餅菓子の小皿を流し台に持ってきて、「行くぞ、ロージー、もう帰るよ」と言った。

「もう？」とロージーは訊いた。

「明日も仕事があるんだから」と父は言った。

父が苛立っているようだったので、ロージーは困惑しつつも最後の黄桃のスライスを飲み込むと立ち上がったが、姉妹たちはいつものように抗議しはじめた。

「五時半に起きないといけないからね」と父は少女たちに言うとすぐに居間に行ってしまったので、少女たちはいつものように彼の両手に縋《すが》って時間の延長を頼み込む術がなくなってしまった。

追いかけていったロージーに見えたのは、母とミスター・ハヤノがお茶を啜りながらまだ話し続けていて、ミセス・ハヤノが震えながら、取っ手のない日本の湯飲み茶碗を両手で口元まで運び、膝にそれを戻すことに意識を集中している様子だった。父は何も言わずに玄関を出ていくと、明かりのついたポーチを横切って階段を降りていった。母は顔を上げて、「あの人どこに行くのかしら?」と訊いた。

「どこに行くかって?」とロージーは言った。「もううちに帰るんだって言ってたよ」

「帰るって?」母はきまり悪そうにミスター・ハヤノを、そしてお茶を飲むことに集中している夫人のほうを見ると、無理に笑顔をつくった。「あの人きっと疲れているんだわ」と彼女は言った。

ハルはまだ諦めていなかった。「ロージーは泊まってもいいでしょ?」と尋ね、ナツとアキとフユも姉に加勢しようと、ロージーの母をみんなで取り囲んだ。当惑したハヤノ夫妻にたいして、母は夫の唐突なふるまいを詫びながら、同時に四人姉妹に向けて優しげだがきっぱりとだめだと首を振ると、四人姉妹はロージーの母を輪から解放し、ロージーは今日ばかりは泊まりたいと思わなかったのでほっと安心した。

ふたりが車に乗り込むと、ロージーの父はフロントガラスの向こうをじっと見ていた。

「すみません。疲れていたんですね」と母は言った。エンジンをかける父は無言だった。「俳句の話になると、私いつも」と母は続けた。「時間を忘れてしまって」父は唸っただけだった。

家に向かう無言の車中で、あいだに座ったロージーは、ふたり——母は許しを請うから、父は母を許さないから——にたいして嫌悪感でいっぱいになった。このおんぼろのフォード車が今ここで衝突してしまえばいいと願い、即座に打ち消し、今ここで父が笑ってくれるように願ったが、時すでに遅かった。暗闇のなか、通り過ぎつつあるユーカリの巨木の一つに緑色の小型トラックがめり込む光景、そして三つの捻じ曲がった血まみれの死体が彼女の脳裏に浮かび、その一つは自分自身なのだった。

ロージーはトマト畑のあいだの小道を駆けながら、心臓が今まで知らなかったほど大暴れしていた。それにしても、タカ伯母さんとギンパチ伯父さんが今晩来てくれるなんてついている、本当に運が良かった。そうでなければ、ジーザス・カラスコに会いに行けたら行くという中途半端な約束を、実のところ守れなかったかもしれない。ジーザスは九月にはふたりが通う学校の最上級生になるはずで、彼の両親は今年のトマトの収穫を手伝ってくれている。クリーヴランド高校は生徒数が多かったし、学年が二年も離れていたので、学校では互いに見かけた覚えがなかったものの、ふたりはこの夏大の仲良しになっていた。ロージーはたいてい作業小屋でトマトの仕分けをし、傍らで父と母が箱詰めをしていたが、ジーザスは畑から作業小屋まで収穫を満載した小型トラックを定期的に運転してきては、いつも彼女に冗談を言うのだ。そして、午後の休憩時間には小屋の日陰で冷えたスイカやアイスクリームを食べながら、ふたりはささいな軽口にも繰り返し大笑いするのだった。

ロージーが最も楽しんだのは、二列のトマトをどちらが早く収穫できるか、ジーザスと競争することだった。作業の早い彼はわざと速度を落としてみせ、今度こそきっと追い越せると彼女に思わせておいて、急に速度を上げて何株分も先に終わってしまうのだ。一度など、ロージーが背を向けた隙に列を越えてやってきて、緑の汁に汚れたバケツいっぱいのトマトの上に、ものすごく大きな薄緑の芋虫（子どもの蛇のように見えた）を載せて、彼女に途轍もない悲鳴を上げさせたこともあった。そして今朝まさに競争を終えて、彼の列の端に置いた浅箱のなかに熟す前のトマトがあることを、ロージーが息を切らしながら緑に染まった指で指摘し、彼のほうも（正当にも）同様の非難をし返したとき、お互いの両親の疑い深い目の届かないところで会ってみないかとジーザスは驚くような提案をした。

「何をするの？」と彼女は訊いた。

「きみに教えてあげたい秘密があるんだ」と彼は言った。

「今教えてよ」と彼女は詰め寄った。

「今晩にならないと教えられないんだ」と彼は言った。

彼女は笑った。「じゃ、明日教えてよ」

「明日になったら、なくなってるよ」と彼は脅した。

「え、いったい全体なんなの？」と彼女は二度、三度と尋ね、作業小屋に来れば秘密がわかるよと彼が場所を指定すると、彼女はたぶんね、と慎重に答えた。母の姉夫婦がやってくるまで、この約束を守るかどうか彼女は心を決めていなかった。伯母たちの訪問が、行ってもよいという合図、神の恵みのようなものに思え、よくいらっしゃいましたとふたりにお辞儀をしながら、嘘をついて外出しようとはっきり心を決めていた。

そこで、晩になってみんなが落ち着いた様子になるやいなや、屋外にあるトイレに行くことを「ベンジョに行ってくる！」と大きな声で告げると、玄関からそっと出た。そして今や現に約束の場所に向かいながら、ロージーの心臓は手に負えないほどドキドキして、鼓動が耳にも聞こえてくるようだった。走っているからだと自分に言い聞かせて、速度を落として歩いてみた。作業小屋が、もう一区画向こうの畑の真ん中に見えてきた。薄暗がりにその巨体はなんだか不吉にも思えたが、それが粗末な木の骨組みで、風の強い日にばたばた音を立てるカンヴァス布で屋根と三方が覆われたものにすぎないことを思い出すと、滑稽な気がした。

仕分け台になっている幅の狭い板の上にジーザスが座っていたので、ロージーはその向こう側に歩いていき、箱詰め作業台の端に後ろ向きに飛び乗って座った。「さあ、教えてよ」と挨拶もなしにいきなり声をかけ、自分の声がいつもと変わりなく聞こえることに安堵した。

「戸口から出てくるのを見てたよ」とジーザスが言った。「途中まで走ってきたのも聞こえたよ」

「そう」とロージーは言った。「さあ、秘密を教えてよ」

「来てくれないんじゃないかと心配だったんだ」と彼は言った。

ロージーは脇に手を伸ばし、底が金網になった仕分け籠のなかの熟れた二級トマトを物色し、食べられそうな手触りの残り物を一つ見つけた。それにかぶりつくと、溢れる果肉と種子を吸った。「来てるじゃない」と彼女は指摘した。

「ロージー、来たことを後悔してないかい？」

「後悔？　なんで？」と彼女は訊いた。「何か教えてくれるって言ってたでしょ」

「教える、教えるよ」とジーザスは言ったが、その声には失望がこもっていたので、ロージーは一瞬自分のほうが年上のように感じ、経験したことのない力を意識したが、その力はなんだかわからないうちにすぐに消えてしまった。

「すぐ帰らなくちゃいけないの」と彼女は言った。「伯母さんと伯父さんがウィンターズバーグから来てるの。トイレに行くって、言って出てきたの」

ジーザスは笑った。「きみっておもしろいね」と彼は言った。「きみには、まいっちゃうよ！」

「なにさ、自分のうちは中にトイレがあるからって」とロージーは言った。「ねえ、教えてよ」

くすくす笑いながらジーザスは歩いてくると、彼女の正面の作業台に寄りかかった。ふたりはまだお互いの顔がよく見えないままだったが、彼女の手から食べかけのトマトを取り上げて仕分け籠に投げ落としたとき、ジーザスの顔がまたとても真剣になっていることにロージーは気づいた。空になった彼女の手を彼が握ったとき、彼女は抵抗する言葉を失っていた。

語彙が悲惨なほど減ってしまい、ちゃんと使える言葉は、「ええ」と「だめ」と「ああ」だけになり、こんな簡単な音ですら容易に出てこないことを悟って慌てた。こうしてジーザスにキスをされて、ロージーは生まれて初めて言葉を超えた至福の無力さに圧倒された。だが、この恐ろしく美しい感覚は一秒も続かず、ジーザスの唇と舌と歯と両手という現実に戻ると彼女は強く身を振りほどき、もう少しでその場に倒れそうになった。

家の窓から漏れる明かりが近づくと、ロージーは駆けるのをやめた。どのくらい長いあいだ外に出ていたのだろう？　見当もつかなかったが、息を切らせたまま裏にある屋外便所に向かい、中に入って鍵をかけた。密閉された暗闇のなかで、自分自身の呼吸が耳を聾《ろう》したが、腰を下ろしたまま待っていると、やがてカエルやコオロギの夜の鳴き声が聞こえてきた。そのときでさえ彼女が言えたのは、あら、まあ、という言葉だけであり、自分の顔に残るジーザスの顔の感触が心から離れようとしなかった。

だが、居間では誰もロージーの不在を気にしていた形跡はなく、ロージーは部屋をそのまますぐ通り過ぎながら、お風呂に行ってくるねと告げた。「お父さんが入ってますよ」と母が声をかけ、ロージーは自分の部屋に戻ってから、そういえば居間に父の姿がなかったと思い出した。テーブルにはタカ伯母さんとギンパチ伯父さんと母だけがいて、お茶を飲んでいた。ロージーは浴衣と草履を持つと居間をまた横切って、外に出た。母は『マイニチ・シンブン』の俳句コンテストと自分が投稿した句について、お客たちに話していた。

ロージーは、風呂小屋から出てくる父に会った。「お父さん、もうあがったの？」と彼女は尋ねた。「背中を擦って欲しかったのに」

「自分で擦れ」と父はぶっきらぼうに答え、母屋のほうに行ってしまった。

「あたしが何をしたっていうの？」とロージーは父に向かって喚いた。突然もっと喚き散らしたい気分になった。だが、彼が答えることはなく、彼女は風呂小屋に入っていった。ぶら下がっている電灯を点けると、ジーンズとTシャツを脱ぎ、洗濯機の脇に置かれた洗濯物用の大きな箱に投げ込んだ。残りの衣類は入浴後に洗おうと浴室に持って入った。四角い木の浴槽から熱い湯をたらいで汲み上げると、灰色のセメントの床に座り、たっぷり時間をかけて身体に石鹸をつけ、声を限りに「レッド・セイルズ・イン・ザ・サンセット」を歌い、歌詞があやしくなるとダダダーと補った。今振り返ったりすればすべてが台無しになってしまうと思い込み、歌う声が大きければ大きいほど自分が考えていることが聞こえなくなるだろうと信じて、彼女は立ち上がっても歌い続け、熱い湯を何度も汲んでは浴びて石鹸泡を洗い流した。それからようやく湯気の立つ浴槽のなかに片足から入り、少しずつ身体を沈めていき、やがて肌を刺すお湯の熱さが気にならなくなると、自由に手足を動かしてみた。
長いあいだ浴槽に浸かったあと、忘れずに小屋の裏に回り、浴槽の下のブリキ製の炉の残り火を掻き立ててもう何本か小枝を追加し、母が入るときまで湯の温かさが続くようにした。そして居間に戻ってくると、母は依然として伯母と伯父と俳句の話をしていて、三人はお茶を淹れ直していた。父の姿はどこにもなかった。

翌日の水曜日、日本語学校で、ロージーは深刻になったり有頂天になったり、くるくると気分が変わった。教科書第八巻を学ぶグループで熱心に勉強に取り組んだあと、休み時間になるとその埋め合わせとして、友達のチズコに大げさな物真似をして見せた。フレッド・アレンの物真似のつもりで、鼻をつまんで一つ二つ警句をつぶやいた。酔っ払いがイギリス風のアクセントで話す真似をして、ルーディ・ヴァリーの録音が一番盛り上がる箇所、ウィリアム・ユーアト・グラッドストーンをめぐるパブでの会話を披露してもみせた。子役のシャーリー・テンプルになりきって「オン・ザ・グッド・シップ・ロリポップ」を甲高い声で歌ったかと思うと、フォー・インクスポッツのソプラノ紳士を真似て、「イフ・アイ・ディドント・ケア」を声を震わせて歌った。チズコが涙を流して喘ぎながら「ああ、ロージーったら、映画に出られるわよ！」と言うと、ロージーは苦労の甲斐があったように感じた。

昼時になると父が迎えにきて、車のなかで食べるようにと小間切れハムのサンドイッチとネクタリンを二個渡し、家に着いたら待ったなしですぐに仕分け作業だと告げた。畑から浅箱が次々に運び込まれるし、今晩出発する集荷トラックに間に合わなければ、熟しきったトマトはおそらく明日缶詰工場行きだと言った。「この暑さのせいで困ったことになってるんだ。今日は休憩時間なしになるぞ」

それは確かに暑く、一年でおそらく最も暑い日で、カンヴァス布で陽ざしが遮られた作業小屋でも、ロージーのブラウスは湿って背中に張りついた。それでも彼女は完璧な機械のように効率よく働き、それぞれの仕分け籠を積み上げ続け、心の一部で暑さやトマトについて両親がつぶやくのを聞きながら、心の別の部分では、ジーザスが午後一番の積荷を運んできたらどんな言葉をかけたらいいのかと考えていた。だが、ついに小型トラックが近づいてくるのを見ると、両手の動きがおかしくなってトマトは間違った籠に入るようになり、父が「おい、おい！　ロージー、作業に集中しろよ！」と声をかけた。

「あのね、ベンジョに行ってくる」とパニックを隠しながらロージーは言った。

「そこの草むらで用を足したらいい」と父はふざけ半分に言った。

「お父さんたら！」と彼女は言い返した。

「ほら、うちにお帰り」と母が言った。「ここはしばらく、お父さんとやっておくから」

屋外便所でロージーは節穴に目を近づけて畑のほうを見やり、ジーザスの動きをできるだけ追いかけた。彼がちらちらと家のほうに目を向けるのが見えたと思って喜んでいると、彼は荷下ろしを終えて自分の母親と父親が働いている畑に戻っていった。彼女が作業小屋に向かっていると、ひときわ立派な黒い自動車が家の前の泥道を快音を響かせてやってきて、運転手が彼女を手招きした。こちらがハヤシさんのお宅ですか、と彼は尋ねた。ロージーは頷いた。あなたはハヤシさんの家の人ですか？　ええ、と彼女は答えながら、なんてハンサムな人だろうと思った。その人が見るからに大きな平たい荷物を持って車から降りてくると、暑そうなビジネススーツを着ていることに彼女は気づいた。「こちらを、あなたのお母さまにお持ちしました」と彼は、彼女が慣れ親しんでいるのよりも洗練された日本語で言った。

ロージーが母親の居場所を伝えると、その人は彼女についてきて、染み一つない真っ白なハンカチで顔を拭きながら、サンフランシスコは涼しいから、とか何やら喋っていた。母と父が驚いていると、その人はお辞儀をし、いろいろ自己紹介するなかで『マイニチ・シンブン』の俳句欄の編集者だと名乗り、ロサンジェルスまで来る機会があったので、先だってのコンテストで奥様が獲得した一等賞の賞品をお届けすることにしたということだった。

「一等賞ですって?」と母はおうむ返しに言い、半信半疑のまま、喜びながらもあまりのことに圧倒されていた。お辞儀の一礼とともに包みを渡されると、母は何度も頭を上下させて心からの感謝を表現した。

「たいしたものではございません」と彼は付け加えた。「寄稿にたいする私どもの深い感謝の証として、また素晴らしい才能にたいする大いなる賞賛の証として、受け取っていただけましたら幸いです」

「身に過ぎて恐縮でございます」と母は言い、相手方の口ぶりにすっかり取り込まれてしまっていた。「寄稿させていただいていることに感謝申し上げなければならないのは、私のほうです」

「いえ、いえ、まったく逆でございます」と彼はまたお辞儀をしながら言った。

それでもロージーの母は自分のほうこそと言い張り、礼儀知らずだと承知していますが、何をいただいたのか大変興味がありまして、この包みを開けてみてもよろしいでしょうかと尋ねた。もちろんですとも、お開けください。実は、奥様がどう思われるかぜひ知りたいと思っているのです。というのも、私も個人的に気に入っているヒロシゲの作品なのです。

ロージーはそれを感じのよい絵だと思った。繊細なタッチで素早く描かれたように見えた。ピンクの雲が浮かび、そこに何か優雅な文字が書かれていて、先端の波以外は淡いブルーの海に、人の乗っているらしい四隻の平底船が浮かんでいる。水際には松の木が並び、遠くの浜辺には藁葺の小屋が数軒見え、その上に松が点在するグレーとブルーの山並みが聳《そび》えている。額縁は金色で波形だった。

ロージーの母はこれほど素晴らしいものは見たことがないと絶賛し、そっと父をつついて同意を示すべく頷かせてから、はるばる来てくださったんですから、せめてお茶でもとミスター・クロダを誘い、彼はそんなお手数をかけてはといったんは断ったが、お茶をいただけたら一息つけるとすぐに同意し、彼女のために絵を持つと、ふたりは並んで家に向かっていった。

「おい、おまえのお母さんは頭がおかしいんじゃないか!」とロージーの父が言い、ロージーはトマトの等級分類作業に戻りながら落ち着きなく笑った。彼女が浅箱を六つ片付けて、ジーザスとの会話について思いを巡らしていると、父が突然、お母さんのところに行ってトマトが待っていると言ってきなさいと指示したので、彼女はのろのろと向かった。

ミスター・クロダはワイシャツ姿で餅菓子を食べながら、俳句の理論について講釈している最中で、ロージーの母は夢中になって聞いていた。この偉い人を前にどぎまぎしてロージーは母の椅子の脇に立ち尽くしていたが、母が怪訝《けげん》そうに顔を上げたので、彼女はやっと伝言を囁きはじめた。すると母は彼女をそっと押しやって、「お客さまにたいして失礼ですよ」と叱った。

「お父さんが言ってるの、トマトが……」とロージーは声に出して言い、取り繕うように微笑んだ。

「すぐに行きますとお父さんにお伝えなさい」と母はミスター・クロダの言葉遣いで言った。

ロージーが父に返事を伝えると、彼は聞いていないようだったので、彼女はもう一度繰り返した。「お母さんはすぐに戻るって言ってたよ」

「そうかい、そうかい」と彼は頷き、ふたりはまた無言で作業を続けた。だが突然父は、途轍もない音、まるで瓶のコルク栓が抜けるような音を発したかと思うと、ロージーが気づいたときには、家に向かって怒りにまかせた大股で歩き、実際のところほとんど走っていて、彼女は追いかけながら大声で言った。「お父さん！　お父さんたら！　何をしようっていうの？」

父は束の間立ち止まると、彼女に作業小屋に戻るように命じた。「心配するな！」と彼は叫んだ。「仕分けを続けなさい！」

怖くてどうしたらよいかわからないままロージーがその場に佇んでいると、父が家に入っていくのが見えた。すぐにミスター・クロダが背広の袖に手を通しながら、ひとりで出てきた。ミスター・クロダは車に乗ると、前の道をバックしてそのまま公道に出ていった。次に父が現れ、やはりひとりだったが、両手には何かを抱えていて（あの絵であることが、彼女にはわかった）、風呂用の薪置場に行くとその絵を地面に投げつけて、斧を取りあげた。父はガラスもろともその絵を粉々に砕き（破壊の音が彼女にも微かに聞こえた）、風呂の火を焚きつけるための灯油を手に取ると、その残骸の上に注いだ。これは夢に違いない、とロージーは自分に言い聞かせた、これは夢に違いないと。でもそうしているうちにも、父はこの火葬の行為が完了したことを確認すると、畑に向かって戻ってきた。

ロージーは走って父とすれ違い、家に向かった。お母さんはどうなったんだろう？　居間に駆け込むと、母が裏の窓から消えゆく火をじっと見つめていた。燃えるような太陽のもとそれが微かな煙一筋になるまで、ふたりは一緒に見つめていた。母はとても穏やかだった。

「なぜお父さんと結婚したか、おまえは知っているかい?」と母は振り向かずに言った。

「ううん」とロージーが言った。それは、彼女がこれまで答えを求められたなかで、最も恐ろしい質問だった。今はあたしに話さないで、と彼女は言いたかった、明日にして、来週にして、今日はあたしに話さないで。でもロージーには、今告げられねばならないことがわかっていたし、その告白が、その暑い午後のもう一つの暴力と結びついて、彼女の人生、彼女の世界を、地面になぎ倒してしまうだろうこともわかっていた。

それは、茶褐色の挿絵がついた雑誌のなかの話のようだった。そうした雑誌の話をロージーは一時期むさぼり読んだものだったが、実在の男女の証言として語られた悲惨で不幸な自伝的エピソードが、大部分創作であることに、やがて気づかされたのだった。今、雑誌の話のように語られたのは、母が十九歳で自殺する代わりにアメリカにやってきて父と結婚したということだった。

十八のときに、彼女は村の裕福な家の長男と恋に落ちた。ふたりは時と場所を見つけてはこっそりと逢瀬を重ねた。というのも、彼の家族にとってふたりの恋は望ましいものではなかったからだった――彼女の父親には金がなく、酒飲みで、しかもばくち打ちだった。子どもを身ごもったことがわかったが、彼女の恋人には申し分のない見合い結婚がすでに整えられていた。自分の家族から軽蔑され、彼女が月足らずで産んだ息子は死産だったが、今生きていれば十七歳になる。家族は彼女を勘当しなかったが、彼女はもはやどのような生き方をしたところで、自分の軽率さを家族がつねに思い出すと知った。彼女はアメリカ在住で仲の良かった姉のタカ伯母さんに思い詰めた手紙を書いて、アメリカに呼び寄せてくれなければ自殺するしかないと告げた。タカ伯母さんはすぐに知り合いの若い男性との見合い結婚を決めてくれて、この男性は日本から来たばかりで、単純だが心優しい若者だという評判だった。この若い男性は、見知らぬ婚約者がなぜ日取りを早めることにそれほど熱心なのか、その理由を知らされることはなかった。

この話は、言葉に詰まったり手に負えない激情に駆られたりすることもなく、完璧に語られた。あたかも母はそれを暗記していたかのようであり、あまりにも何度もひとりで暗唱しているうちに、根深い不快さもはるか昔に抜け落ちてしまったかのようだった。

「それじゃあ、あたしにはお兄ちゃんがいたの?」とロージーは尋ねた。今はそのことが一番大事なことのように思えたからだった。他のことは後で考えよう、と彼女は自分を落ち着かせ、これまでたんによくわからなかったり、時には魅惑的にも思えたりしていた暗闇の部分を、すべて解明してしまいかねない洞察へ向かうことを今はみずからに禁じた。「お父さんが違うお兄ちゃんなのね?」

「そうよ」

「お兄ちゃんがいたら、仲良くなれたと思う」と彼女は言った。

突然母が床に跪《ひざまず》いて彼女の両手首をつかんだ。「ロージー」と彼女はせがむように言った。「約束して、絶対結婚したりしないって!」初めて知ったことよりもこの要求のほうに衝撃を受けて、ロージーは母の顔をじっと見つめた。ジーザス、ジーザス、と彼女は心のなかで呼びかけたが、自分が助けを求めているのが、カラスコ家の息子なのか神の子ジーザス・クライストなのかわからなかった。やがてジーザスの手の記憶が甘く思い出され、その手が彼女のどこにどう触れたのかが蘇ってきた。それでも、母は返事を待っていて、彼女の両手首をきつく握るので、両手は感覚がなくなってきた。彼女は手を振り放そうとした。約束して、と母は必死になって囁いた、約束して。ええ、そうね、約束する、とロージーは言った。だが一瞬彼女は顔を背けてしまい、母はこのいつもの口先だけの同意を聞くと、彼女を放した。ああ、おまえ、おまえ、おまえったら、母の目と歪めた口が言った、ばかな娘《こ》だよ。ロージーはとうとう顔を覆って泣き出したが、抱擁と慰めの手を感じたのは、期待していたよりずっと後になってからだった。

善良な田舎の人たち

Good Country People

フラナリー・オコナー

ひとりでいるときに顔に浮かぶ無味乾燥な表情の他に、ミセス・フリーマンはすべての人にたいして前向きと後ろ向きの二つの表情を使い分けていた。前向きの表情は、大型トラックの前進のようにひるむことなく勢いがある。視線は右にも左にも逸れることなどありえず、黄色いセンターラインを追い続けるように、物事の進行に集中する。もう一つの表情はめったに使うことがなく、それというのも自分の発言を撤回する必要などほぼなかったからだ。その必要に迫られた場合には、彼女の顔は完全に静止し、黒い瞳だけがほとんど感知できないほどだが後方に退き、そうなると彼女が何段にも積まれた穀物袋のように存在感たっぷりにそこに立っていたとしても、心はもはやそこにないことを、観察している人は気づかされる。いったんそうなってしまったら、自分の言い分を相手に理解させることを、ミセス・ホープウェルはあきらめざるを得なくなる。彼女はひたすら空しく喋り続けることになってしまう。ミセス・フリーマンはどんな事柄だろうと、自分の間違いを認めるということがないからだ。ただそこに立っていて、何か言う気になったとしても、「だってね、あたしはそうだとは言ってないし、そうでないとも言ってないんだから」というものだったり、台所の一番上の棚に並んだ埃まみれの雑多な瓶に目を走らせながら「去年の夏に作ったイチジクの瓶詰、ずいぶんと手つかずのままのようだね」とまったく関係ないことを言ったりするのだった。

ふたりは最も重要な仕事上の打ち合わせを朝食時に台所でおこなった。毎朝ミセス・ホープウェルは七時に起きて、自分用とジョイ用のガスストーブをそれぞれつける。ジョイは彼女の娘で、大柄で金髪、片足は義足だった。三十二歳で高学歴だったが、ミセス・ホープウェルは彼女を子ども扱いしていた。ジョイは母親の食事中に起きてきて、音を立てて洗面所に歩いていくとバタンとドアを閉め、するとほどなくミセス・フリーマンが裏口に到着する。「どうぞ、お入りなさいな」と母親が声をかけるのがジョイには聞こえ、その後ひとしきり、洗面所からは聞き取れない低い声で会話が続く。ジョイが出てくるころにはたいてい天気の話が終わり、ミセス・フリーマンのふたりの娘、グリニーズとキャラミーのどちらかの話になっている。ジョイはこのふたりをグリセリンとキャラメルと呼んでいた。グリニーズは赤毛の十八歳で求婚者が大勢いて、キャラミーは金髪でまだ十五歳だったが、すでに結婚して妊娠中だ。食べてもすべて吐いてしまう。毎朝ミセス・フリーマンは、前日あれから何回嘔吐したかをミセス・ホープウェルに報告するのだった。

ミセス・ホープウェルが人びとに好んで話すのは、グリニーズとキャラミーがどちらも自分が知っている最高度に素晴らしいお嬢さんの部類に入ること、ミセス・フリーマンがまさに淑女《レディ》であること、なんの躊躇もなくどこにでも彼女を連れていったり、出会う人誰にでも紹介したりできるということだった。そのあとで彼女が付け加えるのは、そもそもどういう偶然から自分がフリーマン一家を雇うことになったか、いかに一家が自分にとって天の賜物だったか、どうして四年間も一家を雇い続けているかということだ。それほど長いあいだ一家を雇っている理由は、彼らがろくでなし連中《トラッシュ》ではないからなの。あの人たちは善良な田舎の人たちなのよ。彼らが身元保証人として挙げた男のところに彼女が電話してみると、その男が言うには、ミスター・フリーマンは善良な農夫だが、かみさんのほうは人類史上例を見ないほど詮索好きな女だということだった。「あの女はなんにでも首をつっ込まないではいられないんですよ」と彼は言った。「現場の埃が収まるまでにあの女が駆けつけなかったら、死んじまってるってことですよ、間違いありませんな。あいつはあんたのやることすべてを知りたがりますよ。旦那のほうは十分我慢できるんですけどね」と彼は言った、「あの女のほうは、わしも家内も、これ以上一分たりともここにいてもらうことに我慢できませんでしたよ」それを聞いて、ミセス・ホープウェルは数日間思いとどまっていた。

他に応募者がいなかったので、彼女は結局一家を雇うことにしたが、この女をどう扱うかについては前もってしっかり決めておいた。その女がなんにでも首をつっ込むタイプなのだったら、その女にどんなことにも関わらせるだけでなく、あらゆることに必ず関わるようにあえて取り計らい——すべての事柄にたいして責任を与え、任せることにしよう、とミセス・ホープウェルは決めたのだった。自分には欠点というものはないし、他人の欠点も建設的に利用することができるので、不足を感じることなどないんだわ。彼女はフリーマン一家を雇い、四年間雇用し続けてきていた。

完璧なものなんて何もない。これはミセス・ホープウェルのお気に入りの格言の一つだった。別の格言として、人生ってそんなもの、というのがあり、そしてさらに最も重要な格言として、結局考えることは人それぞれ、というものがあった。彼女はこうした言葉をたいてい食卓で、自分以外には誰も考えつきもしなかったかのように、穏やかな口調で主張し続けるのだった。すると、つねに憤慨しているために他の表情が無くなっている大柄で不格好なジョイは、母親の少し脇をその氷のような青い瞳でじっと見つめるのだったが、その顔つきは自分の意志の力で盲目を獲得し、これからもそれを維持しようとしている人のようだった。

ミセス・ホープウェルが人生ってそんなものよねと言うと、ミセス・フリーマンは「あたしはいつも自分にそう言い聞かせてるよ」と言う。まず自分のもとに届きもしないうちに人のところに届くものなど、何もないと言わんばかりだ。彼女は夫より頭の回転が速かった。

一家がこの土地に来てしばらくして、ミセス・ホープウェルが「ほらね、あなたのほうがハンドルを握るリーダーなんでしょ」と言ってウィンクをすると、ミセス・フリーマンは「そうなのさ。あたしはいつも回転が速いからね。人よりも頭の回転の速い人ってのはいるもんだよ」と言った。

「人それぞれですものね」とミセス・ホープウェルは言った。

「そうだね。ほとんどの人はそうさ」とミセス・フリーマンは言った。

「いろんな人たちがいるからこそ、世の中がまわるんですものね」

「あたしはいつもそう言ってるのさ」

娘はこの種の会話に慣れていた。それは朝食時に、さらには昼食時にも、ときには夕食時にも交わされるのだった。訪問客がいない場合には、手間が省けるので台所で食事をした。ミセス・フリーマンはつねに食事の最中を狙ってやってきて、ふたりが食べ終わるのをじっと見ているのだった。夏であれば戸口に立ち、冬であれば、立ったまま片方の肘を冷蔵庫の上に載せてふたりを見下ろしたり、ガスストーブの前に立ってスカートの後ろを軽く持ち上げたりした。ときには壁に寄りかかったまま右に左に首を振った。決して急いで立ち去ろうとはしなかった。これらすべてがミセス・ホープウェルには苦痛だったが、彼女は忍耐強い女性だった。自分に言い聞かせたのは、完璧なものなんて何もないこと、フリーマン一家は善良な田舎の人たちであること、今どきこんな時代に善良な田舎の人たちに出会ったら手放すべきではないということだった。

彼女はこれまでろくでなし連中《トラッシュ》をずいぶん相手にしてきた。フリーマン一家が来る前は、小作人としてひと家族一年の割合で雇ってきた。こうした一家の妻たちは、あまり長いあいだ自分のまわりにいて欲しいと思う類の人たちではなかった。かなり前に夫と離婚をしているミセス・ホープウェルは、畑で一緒に働いてくれる人が必要だったが、やむをえずジョイに手伝いを頼むと、たいていひどく不快な返事をしてむっつりした顔をするので、ミセス・ホープウェルは「気持ちよく手伝えないなら、来なくていいわ」と言うはめになった。すると娘は堂々と真向かいに立って、微かに首を前に突き出して肩をこわばらせ、「必要だというなら、私がここにいるわ——私らしくね」と答えるのだった。

脚のことがあったので、ミセス・ホープウェルはこうした態度を大目に見ていた（ジョイの脚は十歳のときに狩猟中の事故で吹き飛ばされたものだった）。自分の子が今や三十二歳であり、二十年以上も片脚しかないことを認めるのは、ミセス・ホープウェルにはつらいことだった。娘のことはまだ子どもだと思っていた。というのも、一度もダンスのステップを踏んだこともなく、普通の意味で楽しい時を過ごしたこともない三十代の図体の大きい哀れな娘のことを考えると、胸が締め付けられたからだ。娘の名前は本当はジョイだったが、彼女は二十一歳になるやいなや、家から遠く離れた土地で法的手続きをして名前を変えてしまった。娘が熟考に熟考を重ね、どの言語でも最も醜い名前に行き着いたのだと、ミセス・ホープウェルは確信していた。すべてが済むまで母に告げずに、娘はジョイという美しい名前を勝手に変えてしまったのだ。法律上の名前はハルガだった。

ミセス・ホープウェルはハルガという名前を考えると、戦艦の巨大でがらんとした船体が思い浮かぶのだった。彼女はその名前を使おうとはしなかった。娘をジョイと呼び続け、娘はそう呼ばれると、たんに機械的に応じるだけだった。

母親と歩きまわることから自分を解放してくれたので、ハルガはミセス・フリーマンの存在が我慢できるようになっていった。グリニーズとキャラミーでさえ、自分に向けられるはずの関心を時に分担してくれたので役に立った。初めミセス・フリーマンに耐えることができないと思ったのは、ミセス・フリーマンにたいして失礼にふるまうことなど不可能だとわかったからだ。ミセス・フリーマンは奇妙な恨み方をして、何日間も続けてふさぎ込むことがあったが、その原因はいつもよくわからなかった。直接的な攻撃や、明らかに意地の悪い目つき、面と向かって露骨に嫌な顔をすること――こうしたことをしても気分を害することはできなかった。そしてある日なんの前触れもなく、彼女のことをハルガと呼びはじめたのだった。

ミセス・ホープウェルの前では、決してその名前で呼ぶことはなかった――そんなことをすれば叱られていただろう――が、ふたりが家の外でたまたま会ったりすると、彼女は何やら話しかけ、最後にハルガという名前を付け加え、そうすると眼鏡をかけた大柄なジョイ＝ハルガは、まるで自分のプライバシーが蹂躙《じゅうりん》されたかのように、しかめっ面をして赤くなるのだった。彼女はその名前を個人的な問題だと考えていた。最初は音の醜さという理由だけでその名前に辿り着いたのだが、やがてそれがまさにぴったりの名前だと気づいて喜んだ。その名前は、醜く汗をかいた火と鍛冶の神ヴァルカンが炉の中にいて、そこにおそらく女神が呼ばれて駆けつけるという光景を呼び起こす気がした。彼女はそれを自分の最も創造的な行為によってもたらされた名前だと考えた。彼女の大きな勝利の一つは、母が彼女の身体をジョイ《よろこび》にするのを阻止したことだが、さらに偉大だったのは、自分自身の手でその身体をハルガにしえたことだった。だが、その名前を口にすることにミセス・フリーマンが喜びを見出したとなると、彼女はひたすら苛立った。あたかも、ミセス・フリーマンの好奇心で小さく光る鋼のように尖った目が、彼女の顔の内側にまで貫通してきて、何か秘密の事柄に触れてしまうかのように感じられた。彼女の何かがミセス・フリーマンを魅了しているようだった。そしてある日、ハルガはそれが義足であることに気づいた。他言をはばかる感染症や、隠された奇形や、子どもたちへの暴力についての詳細を、ミセス・フリーマンは特に好んでいた。病気であれば、長患いや治癒の見込みのない病が好みだった。狩猟中の事故、片脚が文字通り吹っ飛んだ様子、その間ずっと娘が意識を失わないでいた様子を、母がミセス・フリーマンに詳細に話すのをハルガは以前から聞いていた。ミセス・フリーマンはそれがあたかも一時間前に起こったかのように、いつでもその話を聞きたがった。

ある朝、ハルガは重い足取りで台所に入っていくと（彼女はそのひどい音をさせずに歩くこともできたのだが、わざと音を立てた――とミセス・ホープウェルは確信していた――それが醜い音だったからだ）、ふたりにちらっと目をやり、言葉はかけなかった。ミセス・ホープウェルは赤い化粧着をまとい、髪は布で頭の周りにまとめられていた。彼女は食卓で朝食を終えようとしていて、ミセス・フリーマンは片肘を冷蔵庫の上にかけて寄りかかり、食卓を見下ろしていた。ハルガはいつものようにコンロの上で卵をゆで、できあがるまで腕組みをして立っていたが、ミセス・ホープウェルはそんな娘を見ていて――それとなく娘とミセス・フリーマンの両方に目を注ぎながら――少し身なりに気をつけさえすれば、それほど見栄えが悪いわけではないのにと思うのだった。愛想の良い表情をしても補えないような悪いところは、娘の顔にはないのだから。ミセス・ホープウェルがいつも言うのは、物事の明るい面を見ようとする人は、たとえ美しくなくても美しくなれるということだった。

そんなふうにジョイを見ていると、娘が博士号を取ったりしなければ事態はましだったのに、と彼女は思わずにはいられなかった。それによって娘が世間に出るようになったわけではないことは確かだったし、すでに博士号を取ってしまった以上、ふたたび学校に行く理由もなくなってしまった。ミセス・ホープウェルは、女性が楽しい時間を過ごすために学校に行くのは素敵なことだと思っていたが、ジョイの場合は「最後まで行ってしまった」のだった。いずれにしても、娘はまた学校に行けるほど健康でもなかった。医者たちがミセス・ホープウェルに語ったところによれば、最善を尽くせば、ジョイは四十五歳までは生きるかもしれないということだった。心臓が弱かったのだ。もし体調のことさえなければ、自分はこの赤土の丘と善良な田舎の人たちから遠く離れたところに行っていただろう、とジョイも明言していた。自分の話を理解できる人たちがいる大学で講義をしていることだろう。そしてミセス・ホープウェルには、そこにいる案山子《かかし》のような娘が、同じく案山子のような学生たちに講義している様子がはっきりと目に浮かんだ。家では、六年間も着古した同じスカートと、馬に乗るカウボーイが不鮮明に型押しされた黄色いトレーナー姿で一日中うろうろしていた。自分ではこの服装を面白がっていたが、ミセス・ホープウェルには馬鹿げて見え、娘がまだ子どもにすぎないことをまさに示しているように思えた。娘には才気はあるが、分別というものがまるでない。ミセス・ホープウェルには、娘が毎年ますます他の人たちと似ても似つかなくなり、ひたすら自分らしさを増して――膨れ上がり、無作法で、やぶにらみになって――いくように思えた。それにあの子はひどく変わったことを言う！　自分の母に向かって言ったのだ――いきなり理由もなく、食事の最中に立ち上がると顔を紫色にし、口に食べ物が入っているうちに――「女よ！　汝の内面に目を向けたことがあるか？　内面に目を向け、自分が何者でないかということを理解したことがあるか？　まったく！」と叫んだかと思うとまた座り込み、自分の皿をじっと見つめて――「マルブランシュは正しかった。私たちはみずからの光ではない。私たちはみずからの光ではないのだ！」ミセス・ホープウェルは今でも、娘がなぜそんなことを言いはじめたのかまったくわからなかった。自分はただジョイが聞き入れてくれたらと願って、笑顔は誰も傷つけないと言っただけなのだ。

娘が哲学の博士号を取ったので、ミセス・ホープウェルは途方に暮れていた。「うちの娘は看護婦です」とか、「うちの娘は学校教師です」とか、「うちの娘は化学技師なんです」とかなら言うことはできるだろう。だが「うちの娘は哲学者です」とは言えないではないか。それは古代ギリシャ人やローマ人の時代の話だ。一日中ジョイは奥行きのある椅子に寝そべるように座って本を読んでいる。ときには散歩に行くが、犬も猫も鳥も花も、自然も好青年も嫌いだった。あたかもその愚かさが嗅ぎ取れるとでもいうように、彼女は好青年を見つめるのだった。

ある日、娘が置いていったばかりの本を一冊手に取り、でたらめにページを開くと、ミセス・ホープウェルは読んだ——「一方、科学はその冷静さと深刻さを新たに主張せねばならず、実在物のみに関心をもつことを表明せねばならない。無というもの——それは科学にとって、恐怖や幻以外のなんであろうか？　もし科学が正しいなら、一つのことが確実であり、科学は無について何も知ろうとしないということだ。結局、それが無というものにたいする厳密に科学的なアプローチだ。無というものについて何も知ろうとしないことによって、私たちはそれを知ることができるのだ」この部分に青鉛筆で下線が引かれていて、ミセス・ホープウェルにとってはわけのわからない言葉で書かれた悪の呪文のように作用した。急いで本を閉じると、悪寒がしたかのように彼女は部屋から出ていった。

今朝娘が入ってくると、ミセス・フリーマンはキャラミーについて話している最中だった。「夕食のあとで四回吐いたんだよ」と言った。「夜中三時過ぎに二度も起きてね。昨日はタンスの引き出しの中をかき回すことしかしなかったよ。それがやったことのすべてさ。そこに立って、何が見つかるかかき回してたのさ」

「何か食べないといけないですね」とミセス・ホープウェルは呟いてコーヒーを啜り、目ではコンロの前にいるジョイの背中を見やっていた。あの子は聖書セールスマンの青年にいったい何を言ったのだろうと考えていた。あの子があの青年と交わしたかもしれない会話なんて、想像もつかないわ。

それは背が高く痩せぎすの無帽の青年で、昨日聖書を売りに訪れたのだった。戸口に姿を現し、手に持った大きな黒い旅行カバンの重さで片側にかしぎ、目の前のドアに寄りかかって身体を支えなければならなかった。倒れる寸前に見えたが、陽気な声で「ミセス・シーダーズ、おはようございます！」と言うと、玄関マットの上に旅行カバンを置いた。その青年の容姿は悪くなかったが、鮮やかな青いスーツとたるんだ黄色い靴下を身に着けていた。頬骨は高く、額にはべたつく茶色の髪が一筋垂れていた。

「私はミセス・ホープウェルですけど」と彼女は言った。

「おや！」と彼は言い、戸惑った表情を装ったが、目を輝かせて、「郵便受けに「シーダーズ家」とあったから、てっきりミセス・シーダーズだと思っちゃいましたよ！」と言うと愉快そうに笑いだした。彼は旅行カバンを持ち上げると喘ぎ、その勢いを利用して玄関ホールにふらふらと入り込んだ。まるでカバンが先に動いて、男はその後ろから引っ張られた感じだった。「ミセス・ホープウェル！」と言うと、彼女の手を握った。「僕のホープはあなたがお元気《ウェル》であることです！」と言ってまた笑ったが、すぐにすっかり真顔になった。彼は立ち止まり、真剣な表情をまっすぐに向けると言った、「奥さん、真面目なことを話しに来たんです」

「まあ、お入りなさい」と彼女は呟いたが、昼食ができかけていたのであまり嬉しくはなかった。青年は居間に入ってくると、背のまっすぐな椅子に浅く腰掛けて両脚のあいだに旅行カバンを置き、部屋の中を眺めまわし、それはまるで部屋の様子から夫人の財力を判断しようとしているかのようだった。二つの食器棚では銀器が光っている。この青年はこんなにエレガントな部屋に入ったことがないんだわ、と夫人は決めつけた。

「ミセス・ホープウェル」と彼は彼女の名前を馴れ馴れしさを込めて呼び、「奥さんはキリシト教の奉仕活動を信じていますよね」と訛り混じりに言った。

「ええ、まあ」と彼女はぼそぼそ言った。

「わかってましたよ」と彼は言って言葉を切り、首をかしげてひどく賢そうな表情をした、「奥さんが善良なご婦人だってこと。友だちが僕に教えてくれたんです」

ミセス・ホープウェルは馬鹿だと思われるのが嫌だった。「何を売りつけようとしているの」と訊いた。

「聖書です」と青年は言い、部屋を見まわしてから付け加えた。「居間に家庭用聖書が置かれてないようですね。それだけが欠けてますね！」

「娘が無神論者で、居間に聖書を置かせてくれないんです」とは、ミセス・ホープウェルには言えなかった。彼女は少し身構えて言った、「自分の聖書はベッドの脇に置いていますから」と。これは本当ではなかった。聖書は屋根裏のどこかにあった。

「奥さん」と彼は言った、「神の言葉は居間に置かれるべきですよ」

「そうかしら、それは趣味の問題だと思うわ」と彼女ははじめた。「私が思うに……」

「奥さん」と彼は言った、「キリスト教徒にとって神の言葉は、心の中だけでなく、家中のすべての部屋にあるべきです。奥さんはキリスト教徒だとわかっています。お顔のあらゆる線がそれを物語ってますから」

夫人は立ち上がって言った、「あのね、お若い人、私は聖書を買う気はありませんし、昼食が焦げる匂いがしてるものですから」

彼は立ち上がらなかった。両手をもみ合わせ、その手に目をやり、そっと言った、「ああ、奥さん、本当のことを言うと――最近では聖書を買う人はあまり多くないですし、それに僕はとても無知なこともわかっています。ものの言い方も知りません。僕はたんなる田舎者です」彼は彼女のよそよそしい顔を見上げた。「奥さんみたいな人たちは、僕みたいな田舎者とつきあったりしたくないんですよね！」

「あら！」と彼女は叫んだ、「善良な田舎の人たちは地の塩ですよ！　それに、人のやり方はみんなそれぞれで、いろんな人たちがいるからこそ、世の中がまわるんですもの。人生ってそんなものですよ！」

「奥深いですね」と彼は言った。

「あら、世の中には善良な田舎の人たちが足りないと思ってるんですよ！」と彼女は興奮して言った。「それが問題なんだわ！」

彼の顔が明るくなった。「自己紹介すんの忘れてました」と彼は言った。「僕は田舎のウィロホビーのほうから来たマンリー・ポインターと言います。その村からというわけでもなくて、その村の近くからです」

「ちょっと待っていてね」と彼女は言った。「昼食の様子を見てこないといけないから」

彼女が台所に行くと、ドアの近くにジョイがいて、立ち聞きしていたようだった。

「あの地の塩なんか厄介払いして、食事にしようよ」と彼女は言った。

ミセス・ホープウェルは苦々しい表情を浮かべ、野菜の鍋の火を弱めた。「私は誰にたいしても無作法にはできないのよ」と彼女は呟くと、居間に戻っていった。

青年は旅行カバンを開けていて、両膝の上に一冊ずつ聖書を載せて座っていた。

「そういうのは片づけてもらったほうがいいですよ」と彼女は彼に言った。「うちでは要りませんから」

「奥さんの正直さに感謝します」と彼は言った。「田舎の奥まで行かないと、本当に正直な人たちにはもう会えないですから」

「そうよね」と彼女は言った、「本当に純粋な人たちにはね!」ドアの隙間から、あざけるような声が彼女に聞こえてきた。

「働きながら大学を卒業するつもりだって、奥さんのところに言いに来る男は多いと思いますけど」と彼は言った。「僕はそんなことは言いません。どういうわけか、僕は大学に行きたくないんです。人生をキリスト教の奉仕活動に捧げたいと思っています。というのも」と彼は声を低めて言った、「僕は心臓に問題があるんです。長く生きられないかもしれません。身体のどこかが悪くて人生も長くないかもしれないとわかったときには、やっぱり、奥さん……」彼は言葉を切り、口をぽかんと開けて彼女をじっと見た。

この青年とジョイは同じ病気なんだわ！　目に涙が溢れてくるのに気づいたが、すぐに自分を落ち着かせると低い声で言った。「昼食を食べていってくれませんか？　歓迎しますよ！」だが、口にした途端に彼女は後悔した。

「はい、奥さん」と彼はまごついた声で答えた、「ぜひごちそうになりたいです！」

ジョイは紹介されると彼を一瞥したが、食事中二度と彼のほうを見ることはなかった。彼は二、三回彼女に話しかけたが、彼女は聞こえないふりをした。いつものことだが、ミセス・ホープウェルにはわざと無礼なことをする理由が理解できず、ジョイの無礼さの埋め合わせをするためにもてなしの精神をつねに発揮せねばと感じるのだった。彼女は彼について話すように促し、彼は話した。十二人兄弟の七番目で、八歳のときに父親が木の下敷きになったと彼は言った。ひどい具合に下敷きになり、実際身体はほぼ真っ二つというありさまで、見わけもつかないほどだった。母親は懸命に働いて生活をできるだけやりくりし、子どもたちが日曜学校に行くことと毎晩聖書を読むことにつねに気を配った。自分は今十九歳で、ここ四か月聖書を売っている。この間に七十七冊の聖書を売り、あと二冊売れる見込みになっている。伝道師になりたいが、そうすることで人のために最も役に立てると思うからだ。「命を失う者はそれを得るのである」と彼は聖書のイエスの言葉をすらっと口にし、その様子があまりにも誠実、心からの熱心さに溢れていたので、ミセス・ホープウェルはよもや笑ったりできなかった。彼は皿の豆がテーブルに転がってしまうのをパンで押さえ、あとでそのパンを使って皿の上の煮汁を拭った。夫人が目にしたのは、ジョイが横目で彼のナイフとフォークの使い方を観察している様子であり、また青年のほうも数分ごとに、まるで関心を引こうとでもするかのように娘のほうに鋭く値踏みする視線を走らせている様子だった。

食後、ジョイは食卓から皿を片づけると姿を消してしまい、ミセス・ホープウェルは取り残されて彼と話すはめになった。彼はまた、子ども時代と父親の事故について繰り返し、自分の身に起こったさまざまな出来事について語った。五分おきに彼女はあくびを噛み殺した。彼は二時間も話し、しまいに夫人は約束があるから町に行かなければならないと言った。彼は聖書をしまい込むと夫人に礼を言って去ろうとしたが、戸口で立ち止まると彼女の手を握りしめて、これまでいろいろな家を訪問したが、奥さんのように素敵なレディに会ったことはなかったと言い、また来てもよいかと尋ねた。お会いできるのはいつでも嬉しいですよと彼女は答えた。

ジョイは道に立ち遠くの何かに目をやっていたが、そこに彼が重い旅行カバンを持ち傾きながら階段を降りて近づいていった。彼女が立っているところまで来ると彼は立ち止まり、彼女と向き合った。ミセス・ホープウェルには彼が何を言っているのか聞こえなかったが、ジョイが彼に言うだろうことを考えると彼女は震えた。その後ジョイが何かを言い、すると青年が空いているほうの手を興奮したかのように振りながらまた話しはじめるのが見えた。その後ジョイが何かまた別のことを言い、青年がそれにたいしてもう一度話しはじめた。それからミセス・ホープウェルが驚いたことに、ふたりは門のほうに一緒に歩いていった。ジョイは門までずっと彼と歩いていき、彼らが互いに何を話しているのかミセス・ホープウェルには想像もつかなかったし、後から尋ねることもどうしてもできなかった。

ミセス・フリーマンが彼女の注意を引こうとしていた。冷蔵庫からガスストーブのところまで移動してきていたので、ミセス・ホープウェルは聞いていることを示すために、身体の向きを変えて面と向かい合わなければならなかった。「グリニーズは昨晩もハーヴェイ・ヒルと出かけたんだよ」と彼女は言った。「ものもらいができてたんだけどね」

「ヒルって」とミセス・ホープウェルは上の空で言った、「ガレージで働いている人でしたっけ?」

「じゃなくて、カイロプラクティックの学校に通っている子だよ」とミセス・フリーマンは言った。「娘はものもらいができたんだよ。二日前からね。前の晩送ってきたときに娘がそのことを言うと、その子は『僕がそいつを取り除いてあげるよ』と言って、娘は『どうやって?』と訊いたんだよ、そしたらその子は『車の座席に横になるだけさ、そしたらどうすれば良いか教えてあげるよ』と言ったんだとさ。そこで娘がその通りにすると、その子は娘の首をぼきっと鳴らしたんだと。何度も鳴らし続けて、しまいには娘が止めさせたんだよ。今朝になったら」とミセス・フリーマンは言った、「ものもらいが消えてたのさ。まったく跡形もなくね」

「そんな話は初耳ですわ」とミセス・ホープウェルは言った。

「その子は判事の前で結婚しようと、娘にプロポーズしたんだよ」とミセス・フリーマンが続けた、「でも、娘は役所で結婚するなんて嫌だと言ったのさ」

「ええ、グリニーズはきちんとした娘さんですよね」とミセス・ホープウェルは言った。「グリニーズもキャラミーも、ふたりともきちんとした娘さんですわ」

「キャラミーによれば、自分たちが結婚したとき、ライマンは本当に神聖な感じがしたと言ったらしいよ。五百ドルもらったとしても、牧師に結婚させてもらうのを諦めることはしないと彼が言ったとキャラミーは言うんだよ」

「いくらだったら、受け取るつもりなの?」と娘がコンロの前から尋ねた。

「五百ドルもらったとしてもって、言ったんだよ」とミセス・フリーマンが繰り返した。

「さあ、そろそろ仕事をはじめる時間ですね」とミセス・ホープウェルが言った。

「ライマンは言ったんだよ、より神聖な感じがしたってね」とミセス・フリーマンは言った。「医者はキャラミーにプルーンを食べるように勧めてるよ。薬代わりにね。ああいう痙攣は圧迫が原因だって言うんだよ。どこのことだか、わかるかい?」

「二、三週間したら、お嬢さんは良くなりますよ」とミセス・ホープウェルは言った。

「卵管だよ」とミセス・フリーマンは言った。「さもなければ、あんなに気分が悪くなったりするはずないからね」

ハルガは受け皿で二つのゆで卵の殻を割り、カップの縁すれすれまで注いだコーヒーと一緒に食卓に持ってきた。注意深く腰を下ろすと食べはじめ、ミセス・フリーマンが何かの事情で立ち去ろうとすれば、質問を繰り出して引き留めておくつもりだった。母の視線がじっと自分に注がれているのを感じていた。最初の遠回りな質問は聖書のセールスマンについてのものになるだろうし、彼女はそれを避けたかった。「その人はどうやって首を鳴らしたの？」と彼女は尋ねた。

その男がどうやって首を鳴らしたか、ミセス・フリーマンは詳細に説明した。男は五十五年型のマーキュリー車を所有しているのだが、グリニーズが言うには、牧師による結婚式を挙げる人なら三十六年型のプリムス車の人であってもかまわないということだった。もし三十二年型のプリムスだったらどうなるのかと娘が尋ねると、グリニーズが言ったのは三十六年型プリムスなんだよとミセス・フリーマンは言った。

ミセス・ホープウェルは、グリニーズほど分別のある女の子はそんなにいないと言った。ああいう女の子たちに感心する点は、分別があることだわと夫人は言った。それで思い出したけど、昨日素敵な訪問客があってね、聖書を売る若者だったんですよ。「本当に」と彼女は言った、「とんでもなく退屈だったけど、あまりにも誠実で心がこもっていたので、失礼なことはできなかったんですよ。ほら、いわゆる善良な田舎の人たちっているでしょ」と彼女は言った、「――地の塩そのものなんですよ」

「その男が歩いてくるのをあたしも見たよ」とミセス・フリーマンは言った、「それで、後になって出ていくところも見たよ」、声の微かな変化に、その男はひとりで歩き去ったわけではなかったよねと、微妙に当てこすっているのをハルガは感じた。彼女の顔に表情はなかったが、首が紅潮してきて、半熟卵をスプーンで口に運び、一緒にその紅潮も呑み込もうとしているようだった。ミセス・フリーマンはふたりで秘密を共有しているかのように、じっと彼女のほうを見ていた。

「ええ、いろんな人たちがいるからこそ、世の中がまわるんですよね」とミセス・ホープウェルは言った。「私たちがみな同じじゃないのは、とても良いことですよ」

「なかには、似ている人たちもいるがね」とミセス・フリーマンは言った。

ハルガは立ち上がり、ガタガタと大袈裟に音を立てて自分の部屋まで歩いていき、部屋に入るとドアに鍵をかけた。十時に門のところで聖書のセールスマンと会うことになっていた。昨晩は夜中までそのことについて考えていた。初めはそれを何か大きな冗談のように考えていたが、それからそこには何やら深遠な意味があるように思えてきた。ベッドの中で想像してみたのは、表面上は馬鹿げて見えても、水面下で聖書セールスマンの青年には思いもよらぬ深みにまで達するようなふたりの会話だった。昨日のふたりの会話がまさにそうしたものだった。

昨日彼は彼女の前まで来ると立ち止まり、ただそこに立っていた。彼の顔は骨ばって汗をかき、輝き、その真ん中に小さな尖った鼻があり、顔に浮かぶ表情は食卓で見せていたものとは異なっていた。あからさまな好奇心を浮かべ、魅了され、動物園で新種の奇想天外な動物を見ている子どものようで、彼女のところに辿り着くのにずっと遠くから駆けてきたかのように息が上がっていた。彼の視線はどこか馴染み深いものに思えたが、以前にどこで出会った視線だったかを思い出すことはできなかった。ほとんど一分ものあいだ彼は何も言わなかった。それから息を吸ったかと思うと、彼は小声で囁いた、「生後二日目のひよこを食べたことはあるかい?」

娘は石のように彼を見つめた。彼はこの問いかけを哲学会の会合で検討課題に掲げてみてもよかっただろう。「ええ」と彼女はやがて答え、それはあたかもあらゆる角度からその問いを検討し尽くしたかのようだった。

「きっとすごく小っちゃかっただろうなあ!」と彼は勝ち誇ったように言い、身体を震わせながら神経質そうに小声でくすくす笑い、顔を真っ赤にし、しまいに落ち着くと完璧な賞賛の眼差しを向けてよこしたが、娘の表情に変化はまったく見られなかった。

「きみは何歳なの?」と彼がそっと尋ねた。

娘が答えるまでしばらくかかった。それから平板な声で言った、「十七歳よ」

彼の顔には笑みが次々に押し寄せ、まるで小さな湖の表面にさざ波が立つようだった。「片方が木の義足なんだね」と彼は言った。「本当に勇敢だね。きみは本当に可愛いね」

娘は表情もなく身を固くして沈黙したまま立っていた。

「僕と門のところまで歩いてよ」と彼は言った、「きみは勇敢で可愛い子だね。ドアのところにきみが歩いてきたのを見た瞬間に、きみのことが気に入ったんだ」

ハルガは前方に進みはじめた。

「きみの名前は何?」と彼は尋ね、彼女の頭上から笑顔で見下ろした。

「ハルガよ」と彼女は言った。

「ハルガか」と彼は口の中で繰り返し、「ハルガ。ハルガ。これまでハルガという名前の子には会ったことがないな。人見知りなのかな、ハルガは?」と彼は尋ねた。

彼女は頷き、大型旅行カバンの取っ手を握る彼の大きな赤い手をじっと見ていた。

「眼鏡をしている女の子が好きなんだ」と彼は言った。「僕は物事をじっくり考えるほうでね。真面目なことを考えたこともないような連中とは違うんだ。死ぬかもしれないからだろうな」

「私も死ぬかもしれないの」と彼女は突然言い、彼を見上げた。彼の目はとても小さく、茶色で、熱っぽく輝いていた。

「ねえ」と彼は言った、「ある人たちは共通点があったりするっていう理由で、出会う運命にあるんだと考えたことはないかい？　ふたりとも真面目なことを考えるとかさ？」彼は旅行カバンをもう一方の手に持ち替え、彼女に近いほうの手を自由にした。彼は彼女の肘をつかんで軽く揺すった。「僕は土曜日は仕事がないんだ」と彼は言った。「僕は森を散歩して母なる自然の季節ごとの装いを見るのが好きなんだ。丘に登ったり遠くに出かけたり。ピクニックやなんかをしてさ。明日ピクニックに行かないかい？　いいだろ、ハルガ」と彼は言い、まるで内臓が外に出てしまうかのような必死の表情を見せた。彼女のほうに倒れかかってきそうにさえ見えた。

夜のあいだ、彼女は自分が彼を誘惑する様子を想像した。彼女が想像したのは、ふたりで歩いていって、裏の野原を二つ越えたところにある収納用の納屋に着き、そこで事のなりゆきで彼女はとても簡単に彼を誘惑し、その後はもちろん彼の後悔を彼女が取り除いてやることになるのだった。本物の天才は劣った人にさえも思っていることを伝えることができるものだ。彼の後悔をそっくり手に取り、それを何か人生のより深い理解へと作り変えるところを彼女は想像した。彼の羞恥心をすべて取り除き、何か役立つものへとそれを作り変えるのだ。

ミセス・ホープウェルの注意を引くことなしに、彼女は十時ちょうどに門に向けて出発した。ピクニックには普通弁当を持っていくことなどすっかり忘れて、食べるものは何も持っていなかった。スラックスに汚れた白いシャツという姿で、後から思いついて、シャツの襟にメンソールのヴァペックス風邪薬をちょっとつけて、香水がないのを補った。門に来てみると、そこには誰もいなかった。

人影のない街道を右に左にと見やり、騙されたんだ、彼はちょっとした思いつきで門まで彼女を歩かせようとしただけなのだ、と激しい怒りに襲われた。すると突然向かいにある土手の茂みの後ろから、彼がすくっと立ち上がった。笑顔を浮かべて、縁の広い新しい帽子を持ち上げてみせた。昨日は被っていなかったので、このピクニックのためにわざわざ買ったのだろうかと彼女は考えた。トースト色の帽子で赤と白のリボンが巻かれ、彼にはやや大きすぎるようだった。茂みの後ろから出てくると、黒い旅行カバンをまだ持ったままだった。同じスーツを着て、同じ黄色い靴下は歩いたために靴のほうにたるんでいた。街道を渡ってくると、「来てくれると思ったよ！」と彼は言った。

なんでそれがわかったのかと彼女は苦々しく感じた。旅行カバンを指さして、彼女は尋ねた。「どうして聖書を持ってきたの?」

彼は彼女の肘をつかむと、抑えることができないかのように微笑み続けながら彼女を見下ろした。「神の言葉がいつ必要になるかわからないからね、ハルガ」と彼は言った。実際に今こんな場面が展開していることを彼女は一瞬疑ってみたが、やがてふたりは土手を登りはじめた。放牧場に入っていき、前方には森があった。青年は彼女の脇を軽い足取りで、つま先で弾むように歩いていた。旅行カバンは今日は重そうに見えず、それを振りまわしさえした。ふたりは何も言わず、放牧場の中ほどまでやってくると、彼は何気なく片手を彼女の腰のくびれに添え、そっと尋ねた。「きみの義足はどこでつながっているの?」

彼女は醜く赤くなり、彼を睨みつけたので、一瞬青年は当惑したようだった。「悪気はなかったんだよ」と彼は言った。「きみが本当に勇敢だなって思ったんだよ。神様がきみのことを見守ってくれるよ」

「いいえ」と彼女は言い、前方を見て足早に歩いていった。「私は神を信じてなんかいないもの」

これを聞くと、彼は立ち止まり口笛を吹いた。「信じてないだって!」と彼は叫び、あまりにも驚いてそれ以上何も言えないかのようだった。

彼女は歩いていき、すぐに彼も帽子で扇ぎながら彼女の脇を弾むようについてきた。「それは女の子にしてはすごく変わってるね」と彼は言うと、横目で彼女を観察した。森の端まで来ると、彼はふたたび彼女の背中に手を添え、何も言わずに自分のほうに抱き寄せると濃厚なキスをした。

そのキスは、込められた感情より圧迫感を感じさせるものだったが、彼女のアドレナリンは急激に高まり、それによって普通の人は燃えさかる家から荷物でいっぱいのトランクを運び出すことが可能になるものだが、彼女の場合にはその力はすぐに脳に作用した。彼が身体を離す前から、彼女の頭は澄み渡り、冷静でいくぶん皮肉めいてきて、彼のことをはるか遠くから面白がって、ただし哀れみながら見ていた。キスされたのは初めてだったが、それがことさら異例の体験ではなく、すべては頭でコントロールすることができるとわかって喜んでいた。下水の水でもウォッカだと言われれば、おいしく飲む人たちもいるものだ。期待しながら自信なさそうに青年が彼女から優しく離れると、彼女は向きを変えて歩きはじめ、自分にはそれがありふれたことだとばかりに何も言わなかった。

彼は息を切らしながら彼女の脇を歩き、彼女がつまずきそうな木の根を見つけると手を貸そうとした。とげのある蔓から長い葉が揺れていると、彼女が通り過ぎるまでそれを押さえて持っていた。彼女が先頭に立ち、彼は荒い息をつきながらついていった。やがて彼らは陽当たりの良い丘の斜面に出て、その丘はやや小さなもう一つの丘になだらかに連なっていた。その向こうに、余分な干し草を入れておく古い納屋の錆びた屋根が見えた。

丘にはところどころ小さなピンクの草が見えていた。「じゃあ、きみは救われてないんだね?」と、立ち止まった彼は突然尋ねた。

娘は微笑んだ。彼にたいして微笑みかけるのは初めてのことだった。「私の理論体系からすれば」と彼女は言った、「私は救われていて、あなたは地獄にいるんだけど、でも私は神を信じていないって言ったでしょ」

何事も青年の賞賛の眼差しを損なうことはないようだった。彼は今彼女をじっと見ていて、あたかも動物園の奇想天外な動物が檻のあいだから片手を差し出し、愛を込めて彼を小突いたかのようだった。またキスをされそうだと思い、彼がその機会をつかむ前に彼女は歩きはじめた。

「しばらく腰を下ろせるようなところはないかな?」と彼は呟き、最後のほうはそっと言った。

「あの納屋でね」と彼女は言った。

納屋が出発してしまう電車であるかのように、ふたりは足早にそこに向かった。それは大きな二階建ての納屋で、内部は涼しく暗かった。青年はロフトに昇る梯子を指さして言った、

「上に行けないのは残念だな」

「どうして行けないの?」と彼女は訊いた。

「きみの脚のことがあるからさ」と彼は敬意を込めて言った。

娘は軽蔑の眼差しを彼に向けると、梯子に両手をかけて昇っていき、彼は畏敬の念に打たれたように下から見上げていた。彼女は天井の穴から巧みに二階に上がると、彼を見下ろして、「さあ、来る気があるなら来たら」と言った。すると旅行カバンにてこずりながら彼は梯子を昇りはじめた。

「私たち聖書は要らないわよ」と娘は伝えた。

「わからないものさ」と彼は息を切らしながら言った。ロフトに上がると、息を整えるまで数秒かかった。彼女は積まれた藁の上に座っていた。日光の幅広の帯の中を細かい埃が舞い、光は斜めに差し込んで彼女を照らしていた。彼女は干し草の山に寄りかかり、納屋正面の開口部に顔を向けて外を眺めていた。その開口部は馬車からロフトに干し草を投げ入れる

ためのものだった。ピンクを散りばめた二つの丘の斜面が、森の黒い隆起を背景にして広がっている。空は雲もなく、冷たく青かった。青年は彼女の傍らに腰を下ろすと、片腕を彼女の身体の下に添え、もう片方を身体の上にまわし、魚のように小さな音を立てながら彼女の顔に一定の調子でキスをしていった。帽子を脱ぐことはなかったが、邪魔にならないようずっと後ろに押しやられていた。彼女の眼鏡が邪魔になると、彼はそれを外して自分のポケットにしまった。

娘は初めどのキスにも反応しなかったが、やがて自分からもキスを返すようになり、彼の頬に何回かキスをしたあと、彼の唇まで進むとそこにとどまって何度もキスを繰り返し、まるで彼からすべての息を吸い取ろうとしているかのようだった。彼の息は子どもの息のように澄み切っていて甘美で、そのキスはまるで子どものキスのようにべたべたしていた。きみを愛している、最初に見たときから愛していることが自分にはわかった、と彼は呟いていたが、その呟きは、母親にベッドに入れられた子どもが眠そうにぐずっているかのようだった。その間一貫して彼女の頭は動きを止めたり、一秒たりとも感情に負けたりしなかった。「きみは僕のことを一度も愛してるって言ってくれてないよ」と彼はしまいに囁き、彼女から身体を引き離した。「言ってくれなくちゃ」

彼女は彼から目を逸らすと、遠くの虚ろな空へ、それから下方の森の黒い隆起へ、さらに彼方の二つの盛り上がった緑色の湖のように見えるものへと目を向けた。眼鏡を外されたことに気づいていなかったが、周囲にちゃんと注意を向けることはめったになかったので、この景色がいつもと違って感じられることもなかった。

「言ってくれなくちゃ」と彼は繰り返した。「僕を愛してるって言ってくれなくちゃ」

言質《げんち》を与える段になると彼女はつねに慎重だった。「ある意味で」と彼女ははじめた。「その言葉を広義に使うなら、そうとも言えるわね。でもそれは私が使う言葉ではないの。私は幻想はいだかないから。私はしっかりと見抜いて無を見据えるほうだから」

青年は不機嫌になった。「言ってくれなくちゃ。僕は言ったんだから、きみも言ってくれなくちゃ」と彼は言った。

娘は優しげな表情を浮かべて彼を見た。「かわいそうな坊や」と彼女は囁いた。「あなたはわからないままのほうがいいわ」と言い、彼の首に手をかけると、顔を下にして自分のほうに引き寄せた。「私たちはみな地獄にいるの」と彼女は言った、「でも、目隠し布を外して、見るべきものは何もないことを自分で確かめる人たちもいるのよ。それがある種の救済になるの」

青年の驚いた目が、彼女の毛先の向こうからぽかんと覗いていた。「オーケー」と彼は哀れっぽい声で言った、「でも、僕を愛してるんだろ?」

「ええ」と彼女は言い、付け加えた。「ある意味ではね。でも、言っておくことがあるの。私たちのあいだでごまかしがあってはいけないから」彼女は顔を上げ、彼の目をしっかりと見た。「私は三十歳なの」と彼女は言った。「いくつも学位を持ってるの」

青年の表情は苛立っていたが譲る気配はなかった。「僕はかまわないよ」と彼は言った。「きみがこれまで何をしてきたかなんて、僕はちっともかまわないんだ。僕が知りたいのは、きみが僕を愛してるかどうかだけさ」と言うと、彼女を抱き寄せて顔に狂おしくキスを続け、しまいに彼女は「ええ、そうよ」と言った。

「オーケー、じゃあ」と彼は言い、彼女を放した。「それを証明してよ」

彼女は微笑み、捉えどころのない外の風景を夢心地で眺めていた。決心を固めるまでもなく、自分は彼を首尾よく誘惑してしまった。彼をじらして少し手間取らせてやろうと考えながら、「どうやって?」と彼女は尋ねた。

彼は身をかがめて彼女の耳に唇を寄せた。「きみの義足がくっついている部分を見せてよ」と彼は囁いた。

娘は鋭く短い叫び声をあげ、顔からは急に血の気が引いた。提案の淫らさが彼女にショックを与えたわけではなかった。子ども時代の彼女は恥ずかしいという思いに時どき捕らわれたが、腕の良い外科医が癌をこすり取るように、教育がその思いをすっかり取り除いた。彼女が彼の聖書をちっとも信じていないのと同様、彼が頼んでいることにたいして彼女は恥ずかしさを感じることはなかった。だが、孔雀が尾にたいして敏感なように、彼女は義足にたいして敏感だった。自分以外の人に義足に触れさせたことはなかった。他の人たちがみずからの魂に向き合うときのように、彼女は人目を避け、しかも自分の目を背けるようにして、義足の手入れをした。「だめよ」と彼女は言った。

「わかってたよ」と彼は身を起こして座りながら低い声で言った。「きみは僕を馬鹿にしてからかってるんだね」

「あら、違うわ！」と彼女は声をあげた。「膝のところで繋がっているの。膝のところだけよ。なぜそれが見たいの？」

青年はすっかり見抜くような視線を長いこと彼女に向けた。「なぜって」と彼は言った、「そのせいできみは他の人と違うからだよ。きみは他の誰とも違うんだもの」

彼女は座ったまま彼をじっと見ていた。彼女の顔や丸く冷ややかな青い眼には、彼の発言に感じ入ったことを示すものはなかった。だが、彼女は心臓が止まり、頭が血液を送り出さねばならなくなったかのように感じた。生まれて初めて自分は本物の無垢を前にしているのだと思った。この青年は知恵を超えた本能によって、彼女の真実に触れたのだ。少しして、かすれた高い声で「わかったわ」と言ったとき、彼女はまるで彼に完全に降伏するようだった。自分の命を失い、奇跡的にもそれを彼の中にふたたび見出すかのようだった。

そっと丁寧に、彼はスラックスの裾をめくり上げはじめた。白い靴下と茶色の平らな靴をつけた義足は、カンヴァス布のようなしっかりした素材にくるまれていて、端には醜い接合器具があり、そこで脚の切断部に取り付けられているのだった。義足を露わにして、「さあ、どうやってこれを取ったり付けたりするのか教えてくれよ」と言ったとき、青年の顔も声も心からの敬意に満ちていた。

彼女は彼のためにそれを取り外し、それからまた取り付けて見せ、すると彼は自分でそれを取り外してみたが、まるでそれが本物の脚であるかのように優しく扱った。「ほらね!」と彼は嬉しそうな子どもの顔をして言った。「もう僕が自分でできるね!」

「付けてよ」と彼女は言った。彼女が考えていたのは、彼と駆け落ちして、毎晩彼が脚を外してくれ、毎朝またそれを取り付けてくれることだった。「付けてよ」と彼女は言った。

「まだだよ」と彼は、彼女の手が届かないところに義足を立てかけて低い声で言った。「しばらく外しておこう。代わりに僕がいるんだからさ」

彼女は驚いて小さな叫びをあげたが、彼は彼女を押し倒してまたキスをしはじめた。脚がないと、彼女は彼にすっかり依存しているように感じた。彼女の脳は完全に思考停止に陥り、あまり得意でない何か別の機能を果たそうとしているかのようだった。彼女の顔にはさまざまな表情が次々によぎった。二本の鋼鉄製の大釘のような青年の目は、時どき背後に立てかけてある義足に向けられた。とうとう彼女は彼を押しやって言った。「もう付けてよ」

「待てよ」と彼は言った。彼は反対側に上体を倒して旅行カバンを引き寄せると、それを開いた。内側には水玉模様の薄青色の裏地が張られていて、聖書が二冊入っているだけだった。その一冊を取りだすと、表紙を開いた。空洞になっていて、中にはウィスキーのポケット瓶が一本、トランプが一組、何か文字が書かれた青い小箱が一つ入っていた。女神の神殿に捧げものをするように、彼は一つずつ等間隔に彼女の前にそれらを並べた。彼は青い箱を彼女の手に載せた。コノセイヒンハビョウキノヨボウニノミシヨウノコト、とあり、彼女はそれを読むと急いで手から離した。青年は小瓶の蓋をひねっているところだった。その動作を止め、彼は笑顔を浮かべて一組のトランプを指さした。それは普通のトランプではなく、一枚一枚のカードの裏に淫らな絵が描かれていた。「一口飲んでごらんよ」と彼は言い、小瓶をまず彼女に勧めた。彼女の顔の前に差し出したままにしたが、催眠術にかかったかのように彼女は動かなかった。

彼女が話しはじめたとき、その声にはほとんど懇願するような響きがあった。「あなたは」と彼女は囁いた、「あなたは善良な田舎の人なんでしょ?」

青年は首をかしげた。彼女が自分を侮辱しようとしているかもしれないことに、気づきはじめたかのように見えた。「そうさ」と彼は口を微かに歪めながら言い、「でもだからと言って、やることが変わったりはしないぜ。僕はいつなんどきでもきみらと同様に善良さ」

「義足を返してちょうだい」と彼女は言った。

彼は自分の足でそれをさらに遠ざけた。「さあ、おいで、楽しもうじゃないか」と彼は機嫌をとるように言った。「まだお互いよく知りあっていないわけだしな」

「義足を返してちょうだい!」と彼女は叫び、それを目がけて突進しようとしたが、彼は簡単に彼女を押し倒した。

「突然、どうしたっていうのさ?」と彼は尋ね、顔をしかめながら小瓶の蓋を閉めると、それを聖書の中に手早く戻した。「今さっき、何も信じていないときみは言ったばかりじゃないか。すごい女の子だと思ったよ！」

彼女の顔はほとんど紫色になっていた。「あなたはキリスト教徒だわ！」と彼女は非難するように言った。「なんて素晴らしいキリスト教徒なんでしょう！　みんなとすっかり同じで、言うこととやることが違うのね。あなたは完璧なキリスト教徒だわ、あなたったら……」

青年の口元は怒りに歪んでいた。「きみ、まさか考えたりしないよね」と彼は堂々と憤慨した声で言った、「あんなたわごとを僕が信じてるなんてね！　僕は聖書を売っているかもしれないけど、世の中のことはわかってるし、昨日生まれたばかりってわけでもないし、何をしようとしているかもわかってるつもりさ！」

「義足を返してちょうだい！」と彼女は金切り声をあげた。彼があまりにも素早く立ち上がったので、彼がトランプと青い箱を聖書の中にさっと戻し、その聖書を旅行カバンにしまったのが彼女にはほとんど見えないほどだった。彼が義足をつかむのが見え、次には一瞬だけ旅行カバンの中にむなしく斜めに横たわる義足が、そしてその両端に一冊ずつ入れられた聖書が見えた。彼は蓋をバタンと閉めると、旅行カバンをつかんで一階に降りる穴に投げ入れ、自分もそこから降りていった。

身体が穴を通って頭だけが残ったとき、彼は振り向き、もはや賞賛のかけらもない表情で彼女を見やった。「僕は面白いものをたくさん手に入れてきたんだ」と彼は言った。「ある時はこんなふうにして、女の義眼を手に入れたんだぜ。それに僕を捕まえられるなんて変なことは考えないほうがいいよ、だってポインターってのは本当の名前じゃないからね。訪問する家ごとに違う名前を名乗ってるし、どこにも長居はしないようにしてるんだよ。それにハルガ、もう一つ教えてやるよ」と、彼はなんとも思っていないようにその名前を口にして言った。「きみはそれほど利口じゃないよ。僕は生まれてこのかたずっと何も信じたことなんかないんだよ!」と言うと、トースト色の帽子が床の穴に消えていき、娘は埃が舞う光の帯のなか、藁に座ったままひとり取り残された。苦しみの渦巻く顔を干し草投入用の開口部に向けると、彼の青い姿が緑色のまだら模様の湖の上を無事に越えていくのが見えた。

ミセス・ホープウェルとミセス・フリーマンは裏の放牧場でタマネギを掘り出しているところだったが、しばらくすると彼が森から姿を現し、草地を横切って街道に向かっていくのが見えた。「あら、あれは昨日私に聖書を売りつけようとした頭の鈍い好青年みたいですわ」とミセス・ホープウェルが目を細くしながら見やって言った。「きっとあっちのほうで黒人たちに聖書を売っていたんですよ。単純な子だったわ」と彼女は言った、「私たちみんながあんなに単純だったら、世の中はもっと暮らしやすくなりますね」

ミセス・フリーマンの視線は前方をすばやく辿り、彼が丘の向こうに姿を消す直前に姿をとらえた。それから、地面から掘り出しかけている嫌な臭いのするタマネギの芽に注意を戻した。「あんなに単純にはなれない人もいるよ」と彼女は言った。「あたしにはなれっこないよ」

私はここに立ってアイロンを掛け

I Stand Here Ironing

ティリー・オルセン

私はここに立ってアイロンを掛け、あなたが私に尋ねたことが、アイロンとともに前に後ろに悩ましく動く。

「時間をやりくりしてこちらに来ていただいて、お嬢さんのことでお話しすることができないでしょうか。こちらがお嬢さんを理解するのを、きっと助けてくださると思うんです。助けを必要としているお子さんですし、こちらも心から、お助けすることができればと考えております」

「助けを必要としているお子さん」私が行ったとしても、それがなんの役に立つかしら？　私があの娘《こ》の母親だから、私が解決の糸口を持っているとあなたは思っているのかしら？　それともどうにかして私を解決の糸口に使おうと思っているのかしら？　あの娘《こ》はもう十九歳だ。私の外側で、私を超えたところで生じた人生がそれだけあるというのに。

それに、思い出したり、より分けたり、秤にかけたり、見積もったり、まとめ上げたりする時間はどこにあるのかしら？　私がはじめるとすぐに邪魔が入るし、そうすると私はまたすべてを寄せ集めるところからやり直さなければならない。私がしたすべてのことやしなかったすべてのこと、するべきだったことやしかたがなかったことに、私は圧倒されてしまうことだろう。

あの娘《こ》は美しい赤ん坊だった。うちの五人の子のなかで、生まれたときに美しかったのはあの娘《こ》が最初で、あの娘《こ》だけだった。あの娘《こ》が人に愛らしいと言われる世界に今住みはじめたばかりでどんなに落ち着かないか、あなたには思いもよらない。何年もずっと不器量だと思われてきたあの娘《こ》をあなたは知らないし、あの娘《こ》が自分の赤ん坊時代の写真をじっと見つめているのを見たこともない。そんなとき、私は思わず何度もあの娘《こ》に言ってあげるのだ、あの娘《こ》がどんなに美しかったか――そしてこれからどんなに美しくなるかも私は言ってあげる――今だって、見る目がある人の目にはどんなに美しいか、ということも。でも、見る目がある人など、ほとんどいないか皆無だった。私自身も含めて。

私はあの娘《こ》を母乳で育てた。今では、みんなそれが大事なことだと感じている。私はすべての子を母乳で育てたけど、あの娘《こ》は初めての子だったこともあって、ものすごく厳格に当時の本に書かれていたとおりにした。あの娘《こ》の泣き声のたびに私の身体はおびえて震え、乳が張って痛んだけど、時計が命じるまで私は待っていた。

なぜ私はそのことを最初に持ち出すのだろうか？　それが大事であるかどうかすらわからないし、それによって何かが説明できるかどうかもわからないのに。

あの娘《こ》は美しい赤ん坊だった。あの娘《こ》は光り輝く音のシャボン玉を飛ばした。動きを愛し、光を愛し、色や音楽や手触りを愛した。青いベビー服にくるまれて寝転がったあの娘ははしゃいで床を激しく叩き、手足の輪郭がはっきり見えないほどだった。あの娘《こ》は私にとって奇跡だった。でも八か月のとき、昼間は下の階の女性にあの娘《こ》を預けなければならなくなり、その女性にとってはあの娘《こ》は奇跡でもなんでもなかった。私は働かなければならなかったし、仕事を探さなければならなかったし、エミリの父親を探さなければならなかった。「もうおまえたちと貧乏暮らしを続けていくことはできない」と、その人は別れの手紙に書いていた。

私は十九歳だった。救済措置も雇用促進局もまだない大恐慌の時代だった。市街電車を降りるとすぐに走りだし、階段を駆け上がると、すえた臭いのする部屋であの娘《こ》は目を覚ましているか眠っていてはっと目を覚まして、私の姿を見ると、呼吸が止まるほど泣き叫んでなだめようもなく、今でもまだその泣き声は耳に残っている。

しばらくして夜のレストランの仕事が見つかり、昼間はあの娘《こ》と一緒にいることができ、だいぶ良くなった。でもそのうち、あの娘《こ》を夫の実家に預けなければならない事態になった。

あの娘《こ》を迎えにいくだけのお金を稼ぐのに、だいぶ時間がかかった。でもそのころあの娘《こ》は水ぼうそうにかかっていて、私はさらに待つはめになった。あの娘《こ》がやっと帰ってきたときには以前の面影はなく、父親そっくりにせかせか神経質に歩き、父親そっくりの表情をして、痩せてしまい、着せられたみすぼらしい赤い服のせいで肌が黄色く見えたし、水ぼうそうの痕が醜く目立っていた。赤ん坊のときの愛らしさはすべて消えてしまっていた。

あの娘《こ》は二歳になっていた。保育園に通う年齢だと世間では言っていて、そのときの私は、今ほど物事がわかっていなかった――長時間預けられることからくる疲労や、子どもたちにとって駐車場でしかない保育園の集団生活で感情が傷つけられることを。

ただ、もし私がわかっていたとしても、違いはなかったということもある。そこしか預ける場所がなかったからだ。私たちが一緒に暮らすため、私が仕事を続けるためには、そこに頼るしかなかったのだ。

それに、わかってはいなくても、私にはわかっていた。ひどい先生がいることがわかっていて、何年ものあいだ私の記憶のなかに沈みこんだ光景があるのだ。小さい男の子が部屋の隅にしゃがみこんでいて、その女のざらざらした声が「なぜ外にいないの、アルヴィンがおまえを叩くからって？　そんなの理由にならないわよ。外に出なさい、臆病者」と言っている。エミリは毎朝他の子たちのように「マミー、行かないで」としがみついて訴えたりしなかったけど、私にはあの娘《こ》があそこを嫌っていることがわかっていた。

あの娘《こ》はいつでも、私たちが家にいるべき理由を思いついた。ママ、顔色が悪いよ。ママ、あたし気持ちが悪いの。ママ、先生たち今日はお休みなの、病気なんだって。ママ、行けないね、だって昨日の夜あそこで火事があったでしょ。ママ、今日はお休みの日だから保育園はないんだって。

でも、あの娘《こ》が直接抗議したり反抗したりしたことは一度もなかった。他の子たちが三歳や四歳だったときのことを思い出す――感情を爆発させたり、不機嫌になったり、文句を言ったり、要求したり――突然私は気分が悪くなる。私は途中でアイロンを置く。私のなかの何が、あの娘《こ》にあれほどの善良さを要求したのだろうか？ そしてどんな犠牲を、あの娘《こ》はその善良さのためにどんな犠牲を払ったのだろうか？

裏に住んでいた老人が一度、独特の優しい言い方で口にしたことがあった。「エミリを見るときには、もっと微笑んでやったほうがいいよ」エミリを見るとき私の顔にはいったい何が浮かんでいたのだろうか？ 私はあの娘《こ》を愛していた。さまざまな愛情表現もしたはずだ。

あの老人の言ったことを思い出せたのは、他の子たちにたいしてだけで、私が他の子たちに向けたのは気遣いや緊迫や心配の表情ではなく、喜びの表情だった――エミリに向けるには遅すぎた。あの娘《こ》はなかなか微笑まず、弟たちや妹たちのようにたいてい微笑んでいるということはまったくなかった。あの娘《こ》の顔は閉ざされていて憂鬱そうで、でもその気になったときには、どんなに表情豊かになったことか。あなたはあの娘《こ》のパントマイムでそれを目にしたに違いない。舞台でコメディを演じるあの娘《こ》の非凡な才能のことを、あなたは話していた。観客から笑いを引き出し、それがあまりにも愛らしいので観客の拍手はいつまでも鳴りやまず、あの娘《こ》をいつまでも舞台に引き留めておこうとするほどだった、と。

あのコメディの才能は、どこから来たのだろうか？　あの娘《こ》をもう一度手放さなければならなくなり、二度目に私のところに戻ってきたときには、あの娘《こ》のなかにコメディ的なものは何もなかった。そのころには新しい父親ができて、あの娘《こ》もやがて好きになった。たぶん以前よりも状況が良くなっていたと思う。

ただし、あの娘《こ》はもう十分大きいのだからと考えて、私たちがあの娘《こ》をひとり置いて夜出かけるようになると、話は別だった。

「マミー、他の日に行くことはできないの、明日とか？」とあの娘《こ》はよく尋ねたものだった。「お外に行くのはほんのちょっとだけなの？　約束してくれる？」

あるとき私たちが帰宅すると、正面玄関の戸は開けっ放しになっていて、時計は玄関の床にあった。あの娘《こ》は身をこわばらせて起きていた。「ほんのちょっとじゃなかったわ。あたし、泣かなかったの。三回ママを呼んだわ。三回だけよ。それから階段を降りていって玄関の戸を開けたの、少しでも早く帰ってこれるようにね。時計の大きな音がしたの。あたし、投げちゃった、だって音が怖かったんだもの」

私がスーザンを出産するために病院に行った晩も、あの娘《こ》はまた時計の大きな音がしたと言った。はしかの赤い発疹が出る前で高熱でうなされていたけど、私が留守にしていた一週間、そして私たちが帰宅して、新生児にも私にもあの娘《こ》が近寄ることができなかった次の一週間も、意識はとてもはっきりしていた。

あの娘《こ》の体調は回復しなかった。骸骨のようにやせ細り、食欲もなく、夜な夜な悪夢にうなされた。あの娘《こ》は私を呼び、疲れきった私は目覚めると眠そうに声をかけた。「大丈夫よ。いい子にしてお眠りなさい。夢を見ただけよ」と。それでもまだ呼び続けていると、もっときつい声で、「さあ、眠りなさい、エミリ、怖いことは何もないから」と言った。スーザンのために、私がどうしても起き上がらなければならなかったのはたった二度だけだった。そのときには部屋まで行き、面倒をみたのだった。

もう遅すぎて取返しがつかない今になって、(あたかも他の子たちのように、私があの娘《こ》を抱いて慰めることが求められているかのように)、あの娘《こ》が呻いたり落ち着きなく寝がえりをうったりしたら、私はすぐに起き上がってあの娘《こ》のもとに行く。「エミリ、目が覚めてるの？　何か持ってきてあげようか？」するとと答えはいつも同じだ。「ううん、あたしは大丈夫だから、お母さん、戻って寝てね」

クリニックの人たちは、あの娘を田舎《こ》にある回復期患者の療養所に送るように私に忠告した。そこに行けば、「あなたがたが与えられないような食べ物や世話を、あの子は得ることができて、あなたがたは新生児の世話に集中することができます」人びとは依然としてあの場所に子どもたちを送りこんでいる。社交欄に掲載される写真を見ると、こぎれいな若い女性が募金を募るために会を開いたり、その会でダンスを計画したり、イースターの卵を彩色したり、子どもたちのためにクリスマスの靴下に贈り物を詰めていたりする。

そこに子どもたちの写真が掲載されることはないので、療養所の少女たちが一週間おきの日曜日に、今でもひときわ大きな赤いリボンをつけ、すさんだ表情をしているかどうかはわからない。一週間おきの日曜日には、「特段の指示がない限りは」両親は訪問することができるのだが、初めの六週間というもの私たちはその指示を受け続けたのだった。

ああ、それは見事な場所で、緑の芝生と高い木々とモダンな縁取りの花壇に囲まれていた。それぞれのコテージの二階のバルコニーに子どもたちが並び、女の子は赤いリボンと白いドレス姿で、男の子は白いスーツと大きな赤い蝶ネクタイ姿だ。両親は下に立って聞こえるように金切り声を張り上げ、子どもたちも金切り声を返し、両者のあいだには「親の持ち込む細菌や接触による愛情表現で汚されないように」という目に見えない壁が聳えているのだった。

いつもエミリと手をつないでいる小さな女の子がいた。その子の親は来たことがなかった。ある日訪問すると、その子の姿がなかった。「あの子、ローズ・コテージに移されちゃったの」とエミリが大声で説明した。「ここでは、誰のことも愛したりしちゃいけないの」

あの娘《こ》は週に一度手紙をくれた。七歳の子が懸命に書いた筆跡だった。「あたしはげんき。あかちゃんはどうですか。おてかみじょずにかけば、ほしがもらえます。さよなら」星がもらえたことはなかった。私たちは一日おきに書いたけど、あの娘《こ》がその手紙を自分で手に持ったり手元に置いたりすることはできず、読み聞かせてもらえるだけだった――それも一度だけ。ある日曜日の金切り声の会話で、ものを取っておくことが好きなエミリにとって、届いた手紙やカードを手元に置くことがどれほど大事かを、どうにかして訴えると、「子どもたちが私物を置いておく場所などないものですから」と療養所の人たちは辛抱づよく説明した。

訪問するたびごとに、あの娘《こ》は華奢になっていくように見えた。「食べようとしないんです」と担当者は私たちに話した。

(朝ごはんは、どろどろした卵か、ところどころ塊のあるトウモロコシ粥なの、とエミリは後になって言った。口に入れるんだけど、飲み込めなかったの。チキンのときは、こんなにおいしいものはないと思ったわ。)

あの娘《こ》を療養所から退院させるのに八か月かかった。それも失った七ポンドの体重がほとんど戻らないという事実をつきつけて、ソーシャルワーカーをようやく納得させることができたのだった。

戻ってきたあの娘《こ》を私は抱いてあやそうとしてみたけど、あの娘《こ》は身体をこわばらせ、しばらくすると私を押しのけるのだった。あの娘《こ》はほとんどものを食べなかった。食べ物はあの娘《こ》をむかむかさせた。人生の多くもあの娘《こ》にとってそうだったのだろうと思う。ああ、あの娘《こ》には身体の軽やかさと輝きがあって、煌めくようにスケートを滑り、上に下に上に下にボールのように縄跳びで弾み、丘を颯爽と下っていった——でも、どれも一時的なことだった。

当時世間では、幼い少女はぽっちゃりして金髪のシャーリー・テンプルの生き写しのようなのが理想で、また子どもたち自身もそうした容貌に憧れていたので、痩せぎすで髪が黒く、異国風の容姿をしているあの娘《こ》は自分の外見に苛立っていた。あの娘《こ》を訪ねてくる子がたまに玄関のベルを鳴らしたけれど、誰も家に入ってきて遊ぶことはないようだったし、親友もいないようだった。

あの娘《こ》が二学期間恋焦がれた少年がいた。何か月も経ってからあの娘《こ》は、その少年のために私の財布から小銭を盗んでキャンディを買ってあげたと話した。「リコリス味のキャンディがその子のお気に入りで、あたし毎日持っていったんだけど、その子はそれでもあたしよりジェニファーが好きだったの。どうしてかしら、マミー?」答えなどない質問だった。

学校はあの娘《こ》にとって心配の種だった。口が達者で機敏なことが学力の高さだと勘違いされやすい世の中にあって、あの娘《こ》は口が達者でもなく機敏でもなかった。過労で苛立つ教師たちにとって、あの娘《こ》はあまりにも生真面目で物覚えの悪い生徒で、いつも遅れを取り戻そうとしているものの欠席回数も多すぎた。

病気は時どき口実に過ぎなかったけれど、私はあの娘《こ》が休むことを許した。下の子たちの出席に厳しくしている今と比べて、なんて大きな違いだろう。私は仕事をしていなかった。赤ん坊が生まれたばかりで、どのみち私は家にいた。スーザンが大きくなると私は時どきあの娘《こ》にも学校を休ませて、ふたりが一緒にいられるようにしたものだった。

たいていエミリは喘息《ぜんそく》を抱え、その荒く苦しそうな呼吸のせいで、家中奇妙に静まり返った。私は古い鏡台の鏡を二枚と、あの娘《こ》が大事なものを入れておく箱を、ベッドのそばに持っていってあげたものだった。ビーズや片方だけのイヤリング、瓶の蓋や貝殻、ドライフラワーや小石、昔の葉書や切抜き、あらゆる種類のがらくたをあの娘《こ》は選び出した。それからあの娘《こ》とスーザンは王国ごっこをし、風景や家具を配置してそこで人びととの生活を展開するのだった。

そんなときが、あの娘《こ》とスーザンが平和な関係を唯一築いた機会だった。ふたりのあいだのあの毒を含んだ感情から私はおずおずと遠ざかっていた。どちらかが傷ついてもしなければならないこともあったから、私はバランスを取ることに苦労していた。初めのうちはそれがなかなかうまくいかなかった。

もちろん、他の子たちのあいだにも葛藤があったし、それぞれ人間ならではの欲求があり執拗な要求があり、傷つき、横取りもした――でも、エミリとスーザンのあいだにだけは、というよりエミリからスーザンへの一方的な、心を蝕んでいく恨みがあった。表面上それは明白に見えたものの、明白なものではなかった。二番目の子であるスーザン、金髪で巻き毛でぽっちゃりし、機敏で、口数も多く、自信家のスーザンは、容貌もふるまいもすべてエミリと正反対だった。スーザンはエミリが大事にしているものが欲しくて我慢できず、それを失くしてしまったり、ときには不器用に扱って壊してしまったりした。スーザンは仲間に冗談やなぞなぞを話しては絶賛され、エミリは黙って座っていた（後になってスーザンが私に言うのだ、お母さん、あれはね、あたしが言ったなぞなぞなの、あたしがスーザンに教えたのよ、と）。スーザンは五歳の年齢差があったのに、身体の成長はエミリと一年しか違わなかった。

あの娘《こ》の身体の成長が遅くて、同級生たちとの体格差がどんどん開いていくのに私は感謝したけど、あの娘《こ》は苦しんでいた。若者にありがちな競争というあの厄介な世界で、得意がっては見せびらかし、つねに他人を尺度にして自分を測り、「私がもしあんな赤褐色の髪をしていたら」「私がもしあんな肌の色をしていたら……」と妬む世界で、あの娘《こ》は無防備すぎた。ただでさえ他の子のような外見をしていないことでずいぶん悩んでいたし、自信がなく、話す前に言葉を意識せずにはいられず、みんなあたしのことをどう思っているのだろうとつねに気にしていたのだから、無慈悲に襲いかかる肉体的衝動によってそれが倍加されたときの苦しみはまた特別だった。

ロニーが呼んでいる。おむつが濡れているので替えてあげる。今ではそんな泣き声を耳にすることもまれだ。耳がまるで自分自身のものでなく、子どもが泣く声が聞こえはしないかと、緊急招集につねに耳を澄まして疲れ切っている、そんな母親としての時期はほぼ過去のものとなっている。しばらくロニーを抱いて座り、何列もの柔らかな明かりが灯る木炭色の街の広がりに目をやる。「シュウギリー」とロニーはつぶやき、身を寄せてまるくなる。眠りについたロニーを私はベッドに運ぶ。シュウギリー。おかしな言葉、家族の言葉で「満足《コンフォート》」という意味で、エミリが使いはじめた言葉が家族に伝わっているのだ。

この言葉をはじめとして、いろいろエミリは自分らしさを刻印した、と私は声を大にして言える。そしてそんなふうに自分が言ったことにたいして私は驚く。私は何を言っているのだろうか？　私は何を寄せ集めはじめたのだろうか、エミリの成長の話にどんな辻褄を合わせようとしているのだろうか？　厄介な時期、子どもたちの成長期のただ中に私はいた。ちょうど戦時中だった。そのころのことはよく覚えてはいない。私は働いていて、そのときには四人の小さな子どもたちがいて、エミリのための時間はなかった。あの娘《こ》は母親代わりになり、家事や買い物も手伝わなければならなかった。あの娘《こ》は自分らしさをどこかに刻印せざるを得なかったのだ。いくつものお弁当を作り、みんなの髪の毛を梳かし、コートや靴を探し、時間どおりに学校や託児所に送り出し、赤ん坊を運んでいく用意ができるまで、朝は毎日が危機でヒステリーじみていた。そしていつも、あの娘《こ》の提出物には下の子がいたずら書きしてしまい、スーザンが見ていた本はどこかに行ってしまい、宿題は終わっていなかった。自分が通っているマンモス校に走っていくと、エミリは途方にくれ、大勢に埋もれてしまい、準備不足がたたって授業では口ごもり、自信がもてないのだった。

夜、小さな子どもたちを寝かしつけた後には、時間はほとんどなかった。あの娘《こ》はいつも何かを食べながら教科書と格闘して（家族のなかで語り草になったあの娘《こ》の旺盛な食欲はこの時期からのものだった）、その傍らで私はアイロンを掛けたり、翌日の食事の準備をしたり、外地に出兵中の夫のビルに軍事郵便を書いたり、赤ん坊の面倒を見たりしていた。あの娘《こ》は時どき私を笑わせようとしてか絶望のあまりか、学校での出来事や変わり者の物真似をしてみせたものだった。

「そういうのを学校の学芸会で披露してみたら？」と、私は一度言ったことがあったと思う。ある朝、私の勤務先にあの娘《こ》が電話をしてきて、泣きじゃくりながら話すのでよく聞き取れなかった。「お母さん、あたしやったの。もらったのよ、もらったの。一等賞よ。みんなが拍手して大騒ぎになって、いつまでもあたしを放してくれなかったのよ」とあの娘《こ》は言った。

今やあの娘《こ》は突然注目の的になり、それまで匿名状態に閉じ込められてきたように、今度は他人と違うという見方に閉じ込められているのだった。

よその高校やさらには大学でも、やがて市や州の催しでも、芸を披露してくれとあの娘《こ》に声がかかるようになった。最初のイベントに出かけていくと、痩せてはにかんでカーテンのなかに消え入りそうなあの娘《こ》を見た最初のところだけ、いつものあの娘《こ》だと認識することができた。それから、あれがエミリなのだろうかと驚いた。すべてを把握し、自由自在にふるまい、身もだえさせるほど徹底的におどけてみせ、魅了し尽くし、すると観客は拍手喝采し、足を踏み鳴らし、この得難く貴重な笑いをいつまでも手放そうとしなかった。

その後、あんな才能があるのですから、お嬢さんに何かしてあげるべきです、と言われた——でも、お金もなくどうしたらよいのかもわからない場合、何ができるというのだろうか？　私たちはあの娘《こ》にすべてを任せていたので、才能は活かされ開花することもあったが、その一方でしばしば内向し、停滞し、行き場を失うことになった。

あの娘《こ》が帰ってくる。軽い優雅な足取りで一度に二段ずつ階段を駆け上がってくるので、今晩は気分が良いことがわかる。どんな困りごとがあってあなたがうちに連絡してきたにせよ、今日はそれが起こらなかったということがわかる。

「お母さんったら、アイロンを掛け終わることはないの？　ホイッスラーは揺り椅子に座っている母親を絵に描いたのよ。あたしは、アイロン台に立っているお母さんを描くしかないわね」今晩は話したい気分のようで、あの娘《こ》は冷蔵箱から食べるものをお皿に並べながら、饒舌にどんなことでも私に話して聞かせる。

あの娘《こ》はとても愛らしい。あなたはいったいなぜ私を相談に呼び出したのだろう？　あなたは何を心配していたのだろう？　あの娘《こ》は自分の力で切り抜けられるのだ。

あの娘《こ》は寝るために階段を上がりはじめる。「朝、他の子たちと一緒にあたしを起こしたりしないでね」「でも、中間試験があるでしょ」「ああ、いいのよ」と言うと、あの娘《こ》は戻ってきて私にキスをして、「二、三年のうちに、あたしたちはみんな原子爆弾で死んでしまうんだから、試験なんかどうだっていいのよ」と、とても快活に言う。

あの娘《こ》は前にもそう言ったことがあった。心から信じているのだ。でも私は過去を総ざらいしてきて、人間を構成するあらゆるものに重みと重要性があるように感じられるので、今晩、私はその発言が我慢できない。

私がすべてをまとめ上げることは、いつまでもないだろう。あなたのところへ行って、私が言うことはないだろう。あの娘《こ》はめったに笑顔を向けられる子ではなかったんです、と。あの娘《こ》の父親はあの娘《こ》が一歳になる前に私のもとを去っていきました。最初の六年間、私は働かなければなりませんでしたし、仕事がなければあの娘《こ》を夫の実家や夫の親戚に預けました。あの娘《こ》が嫌がっていた保育を受けなければならないことも何年か続きました。金髪で巻き毛でえくぼのあることが賞賛される世の中で、あの娘《こ》の髪は黒く痩せっぽちで異国風の容姿をしていましたし、口達者であることが評価されるなかで、あの娘《こ》は物分かりが遅いほうでした。誇らしげな愛ではなく、不安げな愛を向けられる子どもでした。私たちは貧乏で、すくすくと育つ土壌をあの娘《こ》に提供してやることができませんでした。私は若く気の散りやすい母親でした。他の子たちが押し合いへし合いし、要求をつきつけてきました。妹はあの娘《こ》とは正反対のようでした。何年ものあいだあの娘《こ》は私に手を触れさせようとしませんでした。あの娘《こ》はあまりにも多くをひとりで抱え込みました。そんな生活だったので、あの娘《こ》はあまりにも多くをひとりで抱え込まざるをえなかったのです。私が気づくのが遅すぎました。あの娘《こ》は多くを抱え込んで、おそらくそこから出てくるものは限られていることでしょう。あの娘《こ》は時代の申し子、大恐慌、戦争、恐怖に育まれた子です。そんなことを私が出かけていって言ったりすることはないだろう。

あの娘《こ》の好きにさせよう。だからあの娘《こ》のなかにあるすべてのものが開花することはないかもしれない――でも、何人の子どものそれが花開くというのだろうか？　それでも暮らしていくのに十分なものがまだ残る。ただ、あの娘《こ》が知ることができるように——あの娘《こ》が、アイロン台の上のこのドレス、アイロンの前に無力なこのドレス以上のものだということを、知るきっかけが得られるように願うばかりだ。

暮れがた
First Dark

エリザベス・スペンサー

戦争が終わり、トム・ビーヴァーズが週末ごとにミシシッピ州リッチトンに帰ってくるようになると、町の人たちは驚き、喜んだ。こんなに敬意を払うようになるまで、みんなはあまり彼に関心を持ったことがなかったが、今では、いくら褒めても褒めたりなかった。彼が家族と呼べるほどのものはリッチトンにはなかった――彼を育てた叔母のミス・リタ・ビーヴァーズだけで、彼女ときたらひどく年老いて、ものすごく醜く、耳もまったく聞こえない。だから、彼はこの町が好きなんだろう、ということになった。たしかにここは歴史のある美しいところだからね。大多数の若者は町を出ていき、そのまま帰ってこないのだけれど。

金曜の晩になると、彼は職場のあるジャクスンから車でやってくる。週末には、酷使された馬のように横腹が土埃にまみれたフォード車が、丘の麓に駐車され、そのそばではミス・リタの古ぼけた金網の門が、上部の蝶番しかないせいで地面に擦れて跡を残していた。土曜の朝には彼はドラッグストアに行き、それから郵便局へ足を運び、それが済むと街路樹の下をあちらこちら彷徨《さまよ》っているのが目撃された。彼はあたかも何かを探しているかのようだった。

静けさのなか、彼の靴のかかとが鋼の音を歩道に響かせ、それが広い前庭の芝生を越えて、ポーチでシダの植木の陰に座るふたりの婦人に聞こえてきた。あの人、また来てるわね、とふたりは上品に小声で囁き、若者たちを惹きつけるものがこの町には何もないことを嘆くのだった。ここにもう一、二軒古い屋敷があれば、お屋敷見学ツアーができるのに残念だわ。ナッチェスの町はずいぶん賑わっているらしいじゃない。

十月初めのある土曜の朝、トム・ビーヴァーズはドラッグストアのカウンター席に座り、店員のトッツィ・プティートに古い幽霊話を持ち出した。夕暮れどき、土地の言葉で「暮れがた」に、ジャクスンからの道を通ってリッチトンに入ってくると、奇妙な年寄りの男が現れたという話を覚えているだろう?

「もちろん覚えてるさ」とトッツィは言った。「みんなでフクロネズミ狩りに行くと、いとこのジミー・ウィルトシャーじいさんが決まってその男の話をしたものだよ。話してもらったとおりの姿で、その男がくっきりと目に浮かぶよ、今あんたが俺の目の前に見えてるようにね。背が高くて、そう、山高帽を被って、道端の溝沿いの草むらにいて。どんな人間より背が高いようにも見えたのさ。だって溝の中に立っているのかどうかもわからなかったからね。いきなり草むらから生えてきたように見えたんだよ。で、その男が合図をしてくるのさ」

「車を停めてみると、誰もいないんだったっけ」と、トム・ビーヴァーズはコーヒーをかき混ぜながら言った。「ミスター・ジミーの他にも、その男を見たやつはたくさんいたんだよな」

「そうさ、例えばな……」とトッツィは数え上げた。男たちや女たち、酒飲みで有名な者もいれば、一滴も飲まない者もいた。説明がつかなかった。「道路工夫たちが話してたのもあったな。覚えてるかい、それともあんたは大学に行っちまってたかな。州道までの道をまっすぐにしようと、曲がり角をなくしたり新しい橋を架けたりしてるときだった。とにかくある晩、仕事あがりの時間で、冬ってこともあってもうすぐ暗くなる時分に、その老人がやつらに合図を送ってきたんだってさ。近づいていくと、道を塞いでいるブルドーザーを移動してくれってことだった。向こうの泥道に馬車を停めていて、そこには病気の黒人の女の子が乗ってる。医者に連れていくところで、この道を通らなきゃならないって言うんだ。やつらに言わせれば、その泥道の奥に住んでいる人間なんかいないんだけど、黒人ならどこにいてもおかしくないよな。そこでやつらはブルドーザーを移動して、他の機材も片づけて、待ってたんだと。ところが馬車が来なかっただけでなくて、やつらを初めに呼びとめた男も消えちまったと言うんだ。やつらはすっかり震え上がっちまった。あんたはその話は聞いたことはないかい?」

「いや、聞いたことがないね」とトム・ビーヴァーズはコーヒーカップから目を上げて言ったが、その様子はトランプの持ち札を構えているかのようだった。いつもより濃く見える睫毛と眉毛がヴェールの役目をはたして、彼が考えていることを隠していたからだ。「やつらによれば、背が高くて帽子を被っていたらしい」網扉がパタンと音を立て、客が入ってきたことがわかったが、トッツィは話し続けた。「でもな、そいつが白人だったか肌の色がすごく薄い黒人だったかわからないって言うんだ。白人だと言うのもいれば、黒人だと言うのもいた。俺はやつらがいつもよりちっとばかり早く、酒をあおっていたんだろうと思うのさ。だって、よりによってここに出る幽霊が口をきくなんて、聞いたことがないからさ。トム、あんたはあるかい?」

店員がよくするように話しながら遠ざかっていき、肩越しに振り返りながら話すと同時に前にいる新しい客にも声をかけ、まるで彼には二つの声と二つの頭があるようだった。「ミス・フランシス、今日は何にしましょう」

カウンターに立った若い女性は、すでにバッグから処方箋を出していた。指でそれをつまんだまま、彼女の関心は、トム・ビーヴァーズと彼の前のコーヒーカップと、彼女が入ってきたことによって途切れた会話のほうに引きつけられていた。彼女はありきたりな言葉では説明できないような女性だった。まず初めに、彼女が何者かを知る必要がある。フランシス・ハーヴェイなのだ。それがわかれば、額から撫でつけられた赤みがかった巻き毛、淡い色の瞳、色白の広がったこめかみという、彼女の少し変わった外見も当然ということになる。ふつうは美人の条件ではなかったものが、フランシス・ハーヴェイにあっては時に美しさを添えるものとなるのだ。代々引き継がれてきた屋敷は、ハーヴェイ家の人だけが記憶している歴史の重みに喘いでいた。リッチトンにお屋敷見学ツアーがあれば、この屋敷も含まれていただろう。フランシスはこの屋敷に住み続け、寝たきりの母親の面倒を見ていた。

「何を話してたの？」と彼女は知りたがった。

「昔よく話題になった幽霊のことさ」と、処方箋を受け取ろうとして手を伸ばしながらトッツィが言った。「町はずれの、ジャクスンからの道でよく見かけた幽霊さ」

「でも、どうして？」と彼女は尋ねた。「なんでその幽霊について話してたの？」

「ここにいるトムが——」と店員はじめたが、トム・ビーヴァーズが彼を遮った。

「好奇心から尋ねたんですよ」と彼は言った。彼は横目で彼女のことをじっと観察していた。母親の長患いの看病疲れが顔に出ていたが、変化と言えるほどではなかった。変化とは無縁で、昔ながらの独特な物腰が、彼女にとって唯一自然なあり方なのだと思えた。

「尋ねた理由は、僕がその人を目撃したからなんです」と彼は続けた。彼女のあまりにもあからさまな視線から目を逸らせ、口が開いたままのトッツィに向かって彼は話した。「ちょうど新しい道が古い道と合流するところで、その男は、見当がついた限りでは、昔よく出たって言われてる古い道のほうにいたんだよ」

「いつのこと?」とフランシス・ハーヴェイが声を強めて尋ねた。

「昨晩」と彼は答えた。「ちょうど暮れがたですよ。家に向かって運転してたんです」

彼女の顔にさまざまな感情が一気に押し寄せた。「私もよ! ジャクスンから帰ろうと運転していて! 私も彼を見たの!」

＊

ある人たちにとっては、同じレコードが好きだとかマヤの遺跡が好きだとかいうことが、会うための十分な口実になる。おそらく同じ幽霊を目にすることも同様だったのだろう。とにかく一週間後の土曜の暮れがた、フランシス・ハーヴェイとトム・ビーヴァーズは州道の手前に停めた車の中にふたりして座っていた。その幽霊が出たとふたりが考える地点の近くだった。夏と秋の変わり目に何日も続く奇妙な天候で、周囲ではコオロギとアマガエルが盛んに鳴いていたので、自分たちの声が聞き取れないほどだった。とはいえ、草むらに足音が一つでもすればふたりには聞こえたことだろう。夜の空気には秋の気配があり、フランシスは出がけに思いついてツイードのジャケットを着てきたので、防虫剤のぴりっとした、幽霊とはほど遠い匂いが車内に漂っていた。

だが、出ようが出まいが、トム・ビーヴァーズは幽霊の使用価値を忘れるつもりはなかった。彼のさまざまな問いかけがフランシスを回想へと導いた。

「いいえ、このあいだの晩までその男を見たことはなかったの」と彼女は認めた。「昔、黒人たちが台所でよく話していたわ。リジャイナと私は――リジャイナは妹よ、知ってるでしょ――そこに座って聞いてたの、怖くて出ていくことも、そのままそこにいることもできなかった。二階のベッドにいく時間になっても、安心どころじゃないの。だって、ヘンリエッタ叔母さんが時どき泊まりに来てて、その人もそれを目撃してたんですもの。叔母さんが泊まりに来ていないときには、私たちの部屋の隣の、叔母さんが泊まるはずの部屋には人がいなくて、そのほうがもっと怖かった。私たちの部屋に鍵をかけることはできなかったし、それにかけたところで何を閉め出せたかしら。私たちは一晩中ベッドの中で二本の棒みたいに横たわって震えていたの。とうとうパパがなんとかしなければならなくなったわ。私たちを呼んで座らせると、すべては簡単に説明できるんだよって言った――すべては自動車が原因なんだって。ジャクスンからの道で、車のヘッドライトが土埃や物影を照らし出してそんなことになるだけなんだって。「ああ、でもサミーとジェリーが!」と私たちは言った。目を大きく見開いて、ソファにぴったり隣り合って座って、テニスシューズをはいた足を震えないようにしっかりと床につけていたの」

「サミーとジェリーって誰だい?」とトム・ビーヴァーズが訊いた。

「サミーはうちの料理人だった。ジェリーはその息子、旦那さんだったかもしれない。とにかく、彼らは車なんか持ってなかったわ。パパはふたりを呼び入れた。ふたりは本棚の脇に並んで立って、リジャイナと私はソファにいて、恐怖に見開いた目が四組、そしてパパは指を差してふたりを非難してる。パパが言った。「幽霊話はおまえたちがでっちあげたんだろう?」「そのとおりでして。あたしらがでっちあげた話でさ」とサミーが言った。「はい、そのとおりでさ。たしかにあっしらがやりましただ」とジェリーが言った。「それじゃ、もうやめるんだな。この子たちがどんなにやつれてしまったことか」とパパは言った。一週間ほど、サミーとジェリーの私たちへの態度はものすごく丁寧になった。私たちは車に乗り込んで、暮れがたにジャクスンからの道を行ったり来たりして、ヘッドライトが本当に原因なのかどうか調べた。でも、私たちには何も見えなかった。パパには言わなかったけど、ヘッドライトは幽霊とはまったく関係なかったの」

「じゃあ、きみたちは自分の車を持っていたってこと？」彼には信じがたいことだった。

「あら、違うのよ！」と彼女は強い口調で言った。「私たちは車を持つような年齢ではなかった。運転をするような年齢でもなかったのよ、本当のところ。でもとにかく運転してみたわ」

彼女は前かがみになり、タバコの火をつけてもらったが、その彼の手が震えているのを見た。この人が恐れているのは幽霊だろうか、それとも私だろうか？　うちのことをあまり話さないように気をつけたほうがよさそうだ。

フランシスは子ども時代のトミー・ビーヴァーズを覚えていた——学校からの帰り道、ひとりぼっちで、ぬかるみを避けるために道の真ん中を歩いていく小柄な少年だった。彼の年老いた叔母の家は丘の麓にあった。そこは湿っていて、いつもぬかるんだ庭では大きな太った鶏がそこらじゅうに足跡をつけていたが、それはまるでエジプト文字のようだった。どうして私はそれを知っているのだろう？　そこには一度も行った記憶はなかった。ミス・リタ・ビーヴァーズは食料雑貨店からハム、マスタード、パン、コンデンスミルクを注文していると言われていた。「あの子はあったかいものを食べたことがないんだろうね」とフランシスの母は言ったことがあった。彼はいつも同じ半ズボンにハイソックスにチェック柄のシャツをきちんと身に着け、自習室ではフランシスより数列前の長椅子の、やはり真ん中にぽつんと座っていた。三級下の学年で、当時はそれだけ年齢が離れていると、とても幼く見えたものだ。彼の両親はどうしたんだったろう？　噂があったが、それほど面白くはなかったし、彼の家は良家というわけではなかったので、彼女は忘れてしまっていた。

「幽霊が出る時間を過ぎてしまったようだわ」と彼女は言った。「夜遅くには出ないんですもの」

「幽霊だって腹が減るだろうさ、僕みたいに」とトム・ビーヴァーズは言った。「フランシス、きみはお腹がすいてない？」

週末にオーケストラの演奏がある、州道沿いのレストランにふたりは入ることにした。今ではみんなが行きたがる流行の場所だった。

砂利を敷いた入口に近づくと、陽気な明かりと大音量の音楽が押し寄せ、彼らの頭から幽霊を追い払ってしまった。トム・ビーヴァーズは料理の選択もうまく、ダンスもできることがわかった。彼が「スマート」であることについて、彼女は何か聞いたことがあったような気がした。「スマート」は南部では知性があるということを意味するが、だいたい相手を見下すようにこの言葉を使う。スマートというのは他に何も秀でたものがないときに使い、少なくとも何もないよりはましなのだ。フランシス・ハーヴェイは南部から長いこと離れていたので、南部ならではの見方をしなくなっていて、自分とトムに幽霊以外にも共通点があることを見つけだそうとしていた。とはいえすべてはおそらく、ふたりが幽霊を目撃するだけの想像力を共有していることからはじまったのだろう。

本や好きな映画やもっと芝居が見たいということについて、ふたりは話が合った。リッチトンの生活があまりにも閉塞的だと彼女がため息をつくと、州都のジャクスンだって同じようにひどいと彼は慰めた。実際、中西部のどこかの町と区別がつかなくなってきてるよ。それに比べればリッチトンには、少なくとも過去の感覚があるじゃないか、と彼は言った。それこそが自分がリッチトンに頻繁に戻ってくる理由なんだと、皿や音楽や背後でグラスを片手に恋人たちが交わすお喋りなど、馴染みの雑多な音に気が大きくなって彼は続けた。僕は、過去との結びつきを持ち続けたいんだ。最新式のアパートに住み、防音設備のある職場で働いていると、どこの街にいるかわからなくなる。でも、リッチトンは自分が生まれ育った町だし、これほど古風な町はない。あまりにも多くの人が、人生が真っ二つに切断されてしまったと感じている。自分にはそんなことが起こって欲しくないのさ、と彼は真剣に訴えた。

「気をつけたがほうがいいわよ」とフランシスが軽い口調で言った。深刻な話をする気分ではなかったのだ。「リッチトンにいる幽霊はひとりじゃないのよ。あなた自身もいつか幽霊になってしまうかもしれないいんだから。私たちみたいにね」

「きみが幽霊だなんて、まったく想像もできないよ」と彼はすぐに言い、彼女を安心させた。

トミー・ビーヴァーズはそんなことを本当に、そんなに自然に魅力的な言い方で口にしたのだろうか？　フランシス・ハーヴェイは本当にそんなに喜んだのだろうか？　彼女は喜んだだけでなく、音楽やいくつものテーブルの明かりに囲まれて、生きていることを温かく実感し、彼の言うことに賛成した。まさに彼の言うとおりだと思えたのだった。

＊

「トム・ビーヴァーズはとても魅力的な青年になったって聞いたわよ」と、ある午後唐突にフランシス・ハーヴェイの母親が言った。

フランシスは読み聞かせをしていたところで、そのときはジェイン・オースティンだった。

この屋敷では、革装本を次々に実際に読んでいた。ジェイン・オースティンの小説の中では、男たちと女たちが二、三百ページものあいだ恋の駆け引きをして、最後に均衡に至り、そうすると結婚することになるのだった。彼女は章の最後までくると本を閉じて立ち上がり、午後の斜めの陽ざしを遮るために日除けを下げた。「そんなふうなことを、いとこのジェニーとミセス・ジャイルズ・アントレーとミス・ファニー・ステイプルトンがわざわざうちまで来て、ママに吹き込んだのね」と彼女は言った。

「人の口に戸は立てられないからね。でもおおむね評判は良さそうだよ」とミセス・ハーヴェイは言った。「まったく驚いたのなんの、あの子の母親がブラシの販売員と駆け落ちをしたときはね。それにしても、リッチトンに戻ってくるなんて、あの子は何を企んでいるんだか、みんな不思議に思ってるよ」

「あの人、何か「企んで」いなければならないの?」とフランシスは訊いた。

「男というものはいつも何かを企んでいるものですよ」と即座に老婦人は言った。それからゆっくりと付け加えた。「トーマスの場合には、すべきでないことをしているわけではないかもしれないけどね。あの子はよく本を読むということだよ。何かの考えに夢中になっているのかもしれないね」

フランシスは枕の上の母の顔をしばらくこっそりと観察した。寄る年波と病気のせいでミセス・ハーヴェイの顔は一種戯画化されて口だけが目立ち、フランシスにはどうしても魚の口のように見えた。口の周囲が引っ張られ、まるで骨にかたどられているかのようで、下唇がわずかに突き出ていた。口が食べ、薬を飲み、ものを頼み、息が切れると喘ぎ、見解を述べた。だが見解を述べる段になると、口だけの存在ではなく、ミセス・ハーヴェイの一部となって、どんな細部も寸分の狂いなく記憶している口達者な毒舌家となり、男性についてはことのほか辛辣《しんらつ》だった。

「それでその人はいったい何を考えてるって言うんだい?」と、どこかの男性が愚かなふるまいをすると、彼女は問い詰めるのだった。標的になった男性を最後まで弁護できる人はいないので、最後の結論はつねにミセス・ハーヴェイが下すのだった。つまり、仮にその人に考える力があったとしても、何も考えてなかったんだろうね、ということになるのだった。彼女はいわゆる美女でも男性に媚びを売る軽薄な女でもなかったが、男性のあいだで彼女の人気はつねに圧倒的だった。部屋の片隅で男と何やら長いこと話し込んでいて、やにわにふたりで大笑いしたような場合、何か度肝を抜くような話を交わしていたわけではないと、見ていた人は確信が持てるだろうか?「もちろん、その男ときたら——」とあとで彼女は家族に話すことがあったが、そのときには今しがたまでおだてられて得意になっていた話し相手の男らしさが、途端に愚かなものとして描き出されるのだった。おそらくミセス・ハーヴェイはこのやり方によって、娘たちがセンチメンタルな罠にかからないように訓練していたのだろう。芝生の庭が月光に照らされ、パーティーではよくそこに日本提灯が飾られる、そんな屋敷に住む南部の美しい少女たちは、生まれながらにしてこうした罠に取り巻かれているからだ。「ああ、ママったら、あの人はそんなにひどくはないわよ」と少女たちは声をあげるのだった。娘たちはすでに、馬で乗りつけて自分たちをさらっていってくれる英雄を待ち焦がれていた。「嘘だと思うなら、見ていなさい」と彼女は言ったものだった。そして見ていると、もちろん彼女の言うことが正しいのだった。

ミセス・ハーヴェイの若いほうの娘リジャイナは、母親の長年にわたる薫陶の甲斐あって良家に嫁いだ。だが、母親のほうは義理の息子のいないところで、彼が金の亡者であるのは明らかだとか、これまで見たことがないほど大足だとか、時どき文法の間違いをするとか、しきりに悪口を言うのだった。

上の娘フランシスは、ヨーロッパ旅行中にあろうことか恋に落ちた！　その紳士はフランス系で、国籍はスイスで、フランシスは結婚していない、というのも彼が既婚者だったからだ、といった程度の情報が、リッチトンにもかろうじて伝わってきた。電報で知らせを受けて、彼女は七月の暑さのなか故郷に帰り、父親の病み衰えた顔と対面し、最後の数週間を看取った。その年の九月に戦争がはじまった。平和が訪れると、フランシス・ハーヴェイがヨーロッパに戻るのか、リッチトンの人たちは知りたがった。リッチトンではほとんど理解できない、微妙に複雑なヨーロッパの事情が大恋愛を邪魔しているようだった。その一つは金銭問題のようだった。そのころフランシスの母が床に伏し、回復しそうもないことをやがてみなが知るところとなった。

そういうわけで、誰も海を渡らなかったが、ついにトム・ビーヴァーズがある午後、ミセス・ハーヴェイの部屋にお茶に訪れたのだった。

ミセス・ハーヴェイのほとんどの機能はひどく損なわれていたものの、聴覚と話す能力は若いビーグル犬のように元気だったし、毎日忙しく動きまわって世事にたけた大方の人より、よほど興味深い会話を今でもすることができた。彼女は昔の南部婦人ならではの話し上手で、深刻な話で聞き手を悩ませることもなかったし、一瞬の沈黙も寄せつけずに巧みに話し続けようとした。昔は、階下の部屋という部屋が華やかな人たちで溢れかえるなか、彼女はみんなと会話が途切れないようにつなぎ続けることができた。誰でも、特に男性はみな、ひとこと言葉をさし挟んだが、会話の流れはいつも彼女のもとに戻ってくるのだった。定時の二十分前か後によく訪れると言われる沈黙の時間が来ると――いくら彼女でも、そんなときもあるのだが――人びとは娘のフランシスのほうを振り向くのだった。「あなたはどう思われますかな?」と、優しそうな目をした紳士が声をかけたものだ。フランシスは人びとに振り向かれるような顔を自分はしていないと思っていたので、そんな機会をどう利用したらよいかわからなかった。私がどう思うかですって? それにたいして正直に思っていることを答えようとすると、しばらく沈思黙考することになってしまい、それはつねに致命的な間になってしまうのだった。すると母はメイドに指図して誰かに灰皿やお菓子を勧めたり、「フランシスはとても内気なんです。ひとことも喋らないんですよ」と遠慮なく言葉を挟んだりした。

トム・ビーヴァーズはその日、お茶の時間だけでなく食前酒の時間まで滞在した。ミセス・ハーヴェイもつきあってシェリー酒を一杯飲む気になり、今や彼女のベッドは巨大な玉座となった。彼女が寝たきりになって最も辛かったのは、男性が身近にいなくなったことだった。「男のいない家なんて、家と言えないわ」と彼女はよく嘆いていた。その午後フランシスの客にたいして魅力的にふるまおうとする彼女の熱心さからすれば、もし求婚されでもしたら、彼女自身がトム・ビーヴァーズと結婚してしまいかねない勢いだった。四面カットの彼女の小さなグラスに注がれた琥珀《こはく》の液体は宝石のように輝き、彼女のダイヤモンドも光を放った。訪問客のために最高の指輪を身に着けていたのだ。足首を、たっぷりした体格にしては驚くほど華奢な、あの魅惑的な足首をもう今では見せることができないのが彼女にはなんとも残念だった。

時間が飛ぶように過ぎ、トムには階下で待っていてもらい、フランシスが支度して彼と一緒に食事に出かけることに決まった。彼が踊り場まで降りる間もなく、老婦人は猛烈な咳の発作に襲われ、ほとんど喋ることができなくなった。「今日は——無理をしすぎた——私は無理をしすぎたよ！」と彼女は喘ぎながら言った。

だが、フランシスがいつもの鎮静剤を持ってくると、彼女は落ち着き、ひとこと言わずにはいられないのだった。

「トーマス・ビーヴァーズはジャクスンの保険会社できちんとした仕事をしているんだよ」と、まるでフランシスが自分ではなんの情報も探りだすことができないと思っているかのように彼女は娘に伝えた。「見かけも立派だしね。きっと」——ひと呼吸おいてから——「良家の妻を大事にしてくれるはずだよ」そこまで言うと、苦しそうに喘いだ。陰で男性を褒めるというこの行為によって、彼女は無理しすぎることになった——柄にもないことだったし、そしてその負荷たるや、まるでベッドから出てタップダンスを踊るほどのものだった。

「よしてよ、ママ」とフランシスは言い、くすくす笑いだしそうになった。

すると、娘が求婚者を軽んじていると勘違いし、老婦人は叫ぶように言った。「フランシス、そんなに批判的になってはだめよ！　男にたいしてそんなに批判的になってはだめなのよ！」と言い、前よりもひどい咳の発作に見舞われた。フランシスが枕から彼女の上体を起こして支えていると、やがて発作が治まり息がつけるようになった。年老いて乾燥して節々が曲がり、それでいて隅々まで女性らしいミセス・ハーヴェイの手が娘の腕に置かれ、ふたたび話しはじめた彼女は、自分の言葉を強調するために娘の腕を揺すった。

「あなたのお父様が、先が長くないとわかったとき」と彼女は小声で言った。「私たちは話し合ったのよ、あなたに知らせるべきかどうかを。フランシス、わかってるでしょ、あなたはお父様のお気に入りの娘だったから。「僕たちの娘が向こうで幸せなんだとしたら」と、お父様は言ったの。「僕のために戻ってきて欲しくはないんだ」ってね。娘には戻ってくるかどうか選ぶ権利を与えてあげないと、って私は言ったのよ。選ぶ権利をあげなかったら、娘は私たちを許してはくれないだろうってね」

フランシスには両親がこの会話をしている光景が目に浮かんだ。近づいてくる死という事実が、あたかも望ましい売却処分の対象である一族の土地であるかのように、品良く真剣に向き合っている両親の様子が見えた。父といえば彼女が微笑ましく思い出すのは、一家のなかで唯一教会に通っていた父が、日曜日に教会から帰ってくる姿だ。玄関で帽子と杖を置くと、すぐに独特の警句を口にするのだった。「すべてのものが最後の混乱に向けて秩序正しく進むようにせよ。さて、ディナーまではあとどのくらいかな?」と。そう、彼女は帰ってこなければならなかった。父と自分とのあいだには、いつもいくらかのユーモアがあったし、何をおいてもユーモアをないがしろにすることはできなかった。

「向こうに戻ろうと考えていたの」とフランシスは今になって言った。「でも戦争があった。最初は戦争が終わるのを待っていた。今でも時どき夜中に目が覚めると、戦争がいつになったら収まるのだろうって考えていたりする。そしたら――」彼女は途中でやめた。というのも、実際問題として彼女の恋人は別の人と結婚していたわけだし、母親はその事実を彼女にたいしてすぐさま指摘することができたからだ。老婦人が今黙ったままでいても、娘は口にされない想いを聞き取り、ベッドから神経質に立ち上がって母の手を腕からはずすと、乱れがちな自分の赤みがかった髪を撫でつけた。「そしたら、あの人は妻のもとに戻ったと手紙をよこした。彼女の家族と彼の家族はずっと親しかったし、戦争のせいでふたりの縒りが戻ったの。これはスイスでのこと――当然ながら彼は戦時中、パリに留まることはできなかった。子どもたちの存在もあった――みなカトリック信者だったしね。ああ、どういう状況だったか、私にもよくわかるの」

ミセス・ハーヴェイは苛立って、枕の上で頭を動かした。湿った上唇にくしゃくしゃのリンネルのハンカチを当てたが、手が動くとまたダイヤモンドが光った。「戦争、宗教、妻、子どもたち――そうだね。でも男はやりたいことをするものだよ」

母親ほどにフランシスを怒らせる人がいるだろうか？「それなら、信じたいと思うことを信じたらいいわ。ママはいつも私なんかよりよくわかっているんだから。あなただったら、あの状況をどうにかできたかもしれない。ああ、ママだったら、なんでもやりたいようにやったと思うわ！」

「フランシス」とミセス・ハーヴェイは言った。「私は年寄りよ」ハンカチを持つ手が力なく落ち、まぶたが閉じた。「万一トーマス・ビーヴァーズと結婚してこの屋敷に連れてきたいというなら、私は受け入れますよ。分け隔てしないことにしましょう。今度は、年老いて耳の聞こえない彼の叔母さんをお茶に招くことになりそうね。補聴器をつけてきてくれるかしら。あの人に向かって大声を張り上げる力は私にはないわ」

「ママ、そんな計画はどれも必要ないのよ」

まぶたがゆっくりと上がった。「どれも?」

「どれも」

ミセス・ハーヴェイの呼吸が声のように聞こえてきた。ついに彼女が話しはじめたとき、そこに軽蔑はなく、誠実だった。「あなたをひとりで残していくなんて、耐えられないの。あなたを、屋敷や屋敷の中のあなたを、ひとりきりにするなんて。トム・ビーヴァーズがここに来ることは見当がついてるわ! あなたやこの屋敷以上のものは、彼は持っていないでしょう? 彼は来るだろうって、わかってるわ!」

母の意地の悪さはひどいものだったが、母の愛と比べれば半分もひどくはなかった。何も答えず、何も説明せず、フランシスは屈することなく立っていた。彼女は震え、涙が頬を伝った。暗さを増す部屋の中で、ふたりの女はなすすべもなく互いに見つめあっていた。

＊

その夜も更けたころ、車の中でトム・ビーヴァーズが訊いた。「きみのお母さんは僕を厄介払いしようとしてるんだね?」ふたりがしっくりしない時間を過ごしたあとで、彼は帰る前にその理由をはっきりさせようとしていた。

「それがね、その正反対なのよ」とフランシスは彼女特有の率直さで答えた。「あの人はあなたが欲しくて、食べてしまいそうな勢いよ。あなたに屋敷に住んでもらいたいのよ。わからなかった？」

「あの人には一度、庭から追い出されたことがあった」と彼は思い出して言った。

「まさか！」

ふたりはハーヴェイ通りに入り（実際、道路にそう名前がついているのだ）、明かりの消えた正面階段の前に車を停めると、彼はその出来事を話しはじめた。彼が言うには、ミセス・ハーヴェイはまさにその庭に立ち、客と話していて、婦人たちがよくするように十分話しては一歩進みという具合に、客は少しずつ帰りかけているところだった。まだせいぜい九歳だった彼は、その庭の芝生の隅の、かすかな小径ができたところを歩いていた。その小径を踏んで芝生をすり切れさせたのは彼ではなかったし、小径がある以上何も考えず悪びれもせずに歩いていたのだ。「そこのおまえ！」ミセス・ハーヴェイの扇子は巨大で色鮮やかだった。大きな音を立ててそれを閉じたので、彼の耳には今でもその音が残っている。「二度と近道をしてうちの庭を通るんじゃないよ！　そこで止まって、ぐるっとまわって歩道をお通り、そしてもう二度と同じことをするんじゃないよ」彼は言われたとおり迂回して戻っていった。彼が通り過ぎると、彼女は満足げに扇子であおいでいた。「あのミス・リタ・ビーヴァーズの甥っ子だよ」と彼女が言うのが彼に聞こえ、今フランシスには告げなかったものの、ミセス・ハーヴェイの朗々たる声には、フルーツケーキに干しブドウやナッツが詰まっているように、悪意がぎっしりと詰まっていた。その声の中にはあまりにも多くのものがあった。まったく、ものを知らない子だよ、貧乏人め、名前を知ってはいるけどわざわざ呼んでやったりするもんか、などなどさまざまなことを思い知らせてやるつもりだ、といった調子だった。あの扇子はまだ屋敷のどこかにあるのだろう、と彼は考えた。間違ったドアを開けたら、上から落ちてきて彼の脳天を直撃するかもしれない。彼がハーヴェイ屋敷で間違ったドアを開ける機会など、今となってはありえないことのように思える。たくさんの優雅な部屋と広い芝生、椿やマグノリアの木立を備えて、子ども時代の彼には屋敷は魔法の城の一つに見えた。フランシスとリジャイナ・ハーヴェイはふたりの王女で、土曜の朝に大きな白いタオルで髪を乾かしながら芝生の庭を駆けまわるふたりは、通り過ぎる彼に気づくこともないのだった。

その夜は風が強かった。家に帰る車の中でフランシスとトムは靄《もや》が漂うのに気づいていたが、それが霧なのか土埃なのか、遠くの乾いた冬の森から来る焚火の煙なのか、ふたりにはわからなかった。歩道に降り立つと、頭上を雲が流れていき、時おり雲間から月光が差した。木の大枝が家の軒蛇腹に擦れた。網戸で囲まれたポーチでは、ブランコの鉄の鎖が音を立てていた。フランシスのコートの裾がめくれ、髪が乱れた。彼女には自分自身と風が吹きつける他の一切のものとの区別がつかなくなり、自然のもたらす暗い奔流の中で自分の幸せなどどうでもよいもののように感じた。

「トム、母を置いていくことは私にはできない。でも、あの人と一緒に住むことをあなたに頼むこともできない。そんな恐ろしいことはできないわ！　あの人はあれこれ要求するし、私のすべての時間を占領するし、あなたのいないところであなたを笑いものにするわ――すべてを支配しないと気がすまないのよ。一週間もすれば、あなたは私を嫌うようになる」

それは考えすぎだと彼が言おうとしなかったのは、まさにそのとおりになるだろうと思われたからだった。これから何年も自分のことを待っていてもしかたがないと、今やまさに彼女が言うべきときだった。だが、心は実際的にできていないもので、フランシスは髪を風に吹かれながら、両手をコートのポケットに突っ込み、それ以上何も言おうとしなかった。トムは彼女をしっかりと抱き寄せ、まるで風から守ろうとしているかのようだった。

「これまでと同様に、来週末にはまた来るよ。その次の週末もね」と彼は言った。「きみさえ構わなければ、このまま続けていくことにしようよ」

「ええ、そうして、トム」自分の意思の弱さにこれまでになく感謝しながら、彼女は彼にキスをして、屋敷の中に駆け込んだ。

彼女の部屋の明かりがつくまで、彼は歩道に立って見ていた。そう、彼は探していたものを手に入れたのだ。過去との結びつき、と彼はかつて言ったものだ。それは二階のあそこにいる、彼のことを考えている独裁者のような女の肉の塊、華麗で老いた塊だった。そう、彼ら、彼とフランシスは病床の両側に座り、お茶を飲んだりシェリー酒をすったりしてやっていける。額には白髪が増え、いつもと変わらずに季節は巡っていくだろう。彼はそう考えた。彼もフランシス同様、あの老婦人は人生を牛耳って手放さないに違いないと信じていた。

突然、三月に、ミセス・ハーヴェイが死んだ。

＊

春が深まってからの葬式は、多くのバラやさまざまな花の香りが屋敷中に漂い、最悪なものとなる。南ミシシッピの春には途方もなく豊穣なところがあって、死は他のもろもろの言葉と同様に辞書の中のありきたりな言葉となり、クチナシの花のように純粋で真っ白なものでさえ、その濃厚すぎる匂いが時に腐敗を思わせる。さまざまな匂いの渦巻くなか、ミセス・ハーヴェイは賞賛の眼差しに見守られ、断固とした華やかさを誇って横たわっていた。

トム・ビーヴァーズは葬儀では「親族一同の席」に座ることはなかったものの、ハーヴェイ家と一緒にいるところがしばしば目撃され、教会や墓地に列席した人びとのあいだで囁かれたのは、いずれ「適切な時が経過したのち」ハーヴェイ屋敷は売りに出されるだろうということだった。ハーヴェイ家のような一族にとってどのくらいが適切な時かについては、誰もあえて明言しようとしなかった。

続く数週間のあいだフランシスは不眠に悩まされ、夜になると、春の濃密な空気が満ちた古い屋敷の中を、あるときは春の匂い、あるときは死の臭いを嗅ぎながら彷徨った。「すべてのものが最後の混乱に向けて秩序正しく進むようにせよ」と父は言っていた。最後の混乱とは死のことだと彼女はずっと思っていたが、今では、それはいつでも出現しうると考えるようになった。最後の混乱は、半開きのドアを見つけては屋敷の中に侵入してきて、いっこうに出ていこうとしないのだ。厄介なのは、つまり最終的に問題なのは、母親の衣類だった。おびただしい数の高価で記憶に残る衣装があり、ミセス・ハーヴェイはそのどれも捨てることがなかった。クローゼットの扉を開けると、木枠のように大きな帽子入れがいくつも頭上に聳えていた。大判ショールの黒く輝く縁取りが、衣装扉の錠前のすぐ下からはみ出ていた。杉の収納箱の蓋を開けると、毛織スカーフのきらきら光る飾りがいつでも目くばせしてくる。そして宝石もあった！　フランシスがすべてを母親とともに埋葬しようとすると、妹が引き留め、何年ものあいだ折あるごとに約束してきたのだと主張して、釣り具のように絡まったままの宝石をひとつかみ封筒に入れて持ち帰った。

（「リジャイナ」とフランシスは言った。「ママとふたりで、宝石以外にどんな話をしたの？」「覚えてないわ」とリジャイナは怒って言い返した。

「フランシスったら、本当に頭にくるわ」と帰りの車の中でリジャイナは夫に言った。「ママも宝石も愛したっていいじゃないの。ママだって、私たちと宝石の両方を愛していたんだし」）

ある午後、「訃報を聞いたばかり」と遅ればせに届けられた二つの花輪《リース》を持って、フランシスは車で墓地に向かった。墓地に続く曲がりくねった道を進み、門よりかなり手前で車を停めると、森の中を歩いてみることにした。その年はハナミズキが美しかった。目の前に野原が開け、その昔一軒の家が建っていたところが、今では焼け跡になっていた。ヒマラヤスギの木立が残り、正面の門を開閉した場所にはブライダルリースの二つの茂みがあった。彼女は立ち止まり、白い花房が、芽吹いたばかりの羽のような葉のあいだから咲き出て、葉よりも元気な様子に目を見張った。森の中では、鬱蒼《うっそう》と隆起する尾根沿いにハナズオウが煙のように咲き、ハナミズキの花は何層にもなって漂い、まるで雪が中空に浮いているようで、いくら愛でても見飽きることがなかった。でも、なぜシジミバナのことをブライダルリース、結婚式のリースと呼ぶのだろう、と彼女は考えた。リースというより小さなブーケだ。それにリースは葬式のためのものだ。彼女はそれを証明するように、両手に一つずつ持った花輪に目を落とした。歩き続ける彼女に完全な孤独が押し寄せ、それは森の中の何よりも不思議な体験だった——死さえも超越したものだった。

二つ並んだ墓から車に戻ると、背が高く年配の、とても肌の色の薄い黒人に出会った。車を動かして通してもらえないかと頼んできた。馬車の中に病気の黒人少女がいて、医者に連れていくところだという。道の真ん中に彼女が駐車してしまっていたことを、彼は丁寧に指摘した。「あら、それは本当にごめんなさいね」とフランシスは言い、車のほうに急いだ。

その夜、ベッドの中で遅くまで本を読んでいて、ふと彼女は、その女の子を自分の車で町まで送ることもできたのではなかったかと考えた。北部人が私たちのことをとやかく言うのも無理はない。町まで一マイルもの道を馬車で行こうとしていたわけだ！　その子は出産しようとしていたかもしれないのに。彼女は良心が咎めてきて――もちろん今さらどうしようもないことはわかっているのだが、真夜中にたったひとりで、フランシス・ハーヴェイが住んでいるような屋敷で何かを心配しはじめたら、夜明けまでそのことをくよくよ心配し続けることになる。彼女は睡眠薬も切らしていた。

母が亡くなる前日に、母のために鎮静剤を一箱買ったことを思い出した。そこで起き上がると、閉め切ってある母の部屋に行った。ベッドは通気するためにマットが外され、木製の枠は壁に立てかけてあった。彼女はクローゼットの棚から、ナイトテーブルに置かれていた日用の小物類をしまいこんだ靴箱を取り出した。箱の中にエナメル加工の小箱があり、おもてにはトッツィ・プティートのいくぶん気取った筆跡で日付と処方が書かれていたが、箱の中身は空っぽだった。彼女は驚いた、というのも母は一錠か二錠しか服用していなかったはずだからだ。フランシスはとにかく眠らなければと、靴箱の中に入れてあった小物を徹底的に調べてみたが、錠剤はどこにもなかった。自分の部屋に戻り、本を読もうとしたがそれもできず、そこでしかたなくタバコを吸い、夜明けの暗い空を眺めていた。屋敷がため息をついた。彼女は黒人の女の子を頭から追い払うことができなかった。もしその子が死んでしまったら……。明るくなると、彼女は服を着替えて車に乗った。

町では、早朝の郵便仕分けのために集配人が郵便局を開けているところだった。「驚いたのなんの」と彼は数分後に到着した地元の郵便配達人に言った。「ミス・フランシス・ハーヴェイは気が狂っちまいそうだ。あっちの墓地にまたはるばる出かけていくなんて、まだ朝の七時にもなんねえってのに」

「そうかい」と地元の配達人は半信半疑で言い、誰もいない道路に目をやった。

「そうなんだよ。ここにいて、この目であの人を見たんだからな。待ってなよ、戻ってくるのが見えるから。あの人はおかしくなっちまうよ。ああいうオールドミスはよ、ああいうお屋敷に取り残されたら——狂って優しくなったり、狂って意地が悪くなったり、ただすっかり狂うだけになったり。療養所のやつらみたいに閉じ込められちゃいないけど、それだけの違いさ」

「ミス・フランシス・ハーヴェイはまだ三十二か三じゃないか」

「だったら、ますます狂ってく時間がたっぷりあるってこった。まあ見てろって」

＊

その日は金曜で、トム・ビーヴァーズがジャクスンから戻ってきて、いつものように夜七時十五分きっかりにフランシス・ハーヴェイの屋敷の歩道にやってきた。フランシスはまだ外での「デート」は控えていたし、リジャイナはわざわざ長距離電話をかけてきて、「どこからどう考えても」殿方を屋敷の「室内」に招き入れたりすべきではないと言った。「ママが何て言うかしら？」とリジャイナは尋ねた。フランシスはわからないわと言い、それは本当ではなかったが、かまわずに毎週末トムのために夕食を作った。

その夜ダイニングルームで、彼女は長いテーブルの角を挟んでトムと座った。桜材のテーブルの無用な長さが、ふたりの前方の暗がりに一本の道のように寂しげに伸びていた。皿を押しやり、あごを片手で支えたフランシスは、コーヒーをかき混ぜながら言った。「ママのあの衣装全部、いったいどうしたらいいの。人にあげてしまうこともできないし、売ることもできないし、焼いてしまうこともできないし、屋根裏ももういっぱい。私、どうしたらいいかしら？」

「今晩は顔色がいいね」とトムが言った。

「眠れたの」とフランシスが言った、「昏々と眠り続けたの。今朝早くから、ほんの少し前までずっと。こんなによく眠れたことはなかった」

それから、彼女は昨日の午後墓地の近くで出会った黒人の話をはじめ、夜が明けるやいなやそこに車で再度行ってみると、またその男に会えたことを語った。その男は、焼けた家の跡地近くの野原を歩いていた。彼のところに行く道がないので、彼女はでこぼこした地面を急いで彼のほうに向かった。その地面はかなり前に耕されたままで、よほど器用なラバでもないと餌にすることができない小さな柔らかい草で覆われていた。「待って！　お願い、待ってちょうだい！」と彼女は叫んだ。その黒人は立ち止まり、彼女が近づくのを待っていた。

「あなたの娘さんは？」と彼女は息を切らして尋ねた。

「娘って？」彼は繰り返した。

「昨日馬車に乗っていた黒人の女の子のことよ。その子が病気だって言っていたから、私気になって。車で町までその子を連れていくこともできたのに、思いつかなかったの。だから知りたかったの、その子の具合はどう？　病気は重いのかしら？」

彼女が近づいていくと、黒人がよく被る古いフェルト帽を彼は脱いで手に持っていた。

「ミス・フランシス、まったく良くなったでさ。あの子はもう大丈夫さ」そう言うと彼は彼女に微笑んだ。ありがとうも、それ以上の言葉もなかった。フランシスは向きを変え、道に停めた車に戻っていった。すると、あたかも馬車の黒人少女の回復が自分自身の回復でもあったかのように、静かな呼吸が戻ってきて、脈も落ち着き、朝の爽やかなそよ風を感じた。自分の部屋に上がっていくと、古いキルト布団を引き上げる間もなく彼女は眠りに落ちた。

「目が覚めたら、ママのことがわかったの」と彼女は今トムに向かって言った。彼女の声と目の深まりが増して、ここが大事な箇所であることを告げていた。「わかったというのは、正しくないわね」と彼女は続けた。「だって、ずっとわかっていたんですもの——昨晩からずっと。だから、きちんと理解できた、ということなの。母が自殺をした、ということが理解できたの。そうでしかありえなかったのよ」

鎮静剤の箱についての話のあいだ、彼はじっくり耳を傾けていた。「でも、なぜなんだい?」と彼は尋ねた。「たしかにそんなふうに見えるけど、でもどうしてそんなことをしなければならなかったんだ?」

「それはね——」とフランシスは言いかけて、言葉を切った。

トム・ビーヴァーズは静かに話し続けた。「あの人は苦しんではいなかった。あの状態なら、あと五年、十年、もう何年も生きられただろう。十分な介護も受けていた。金銭的に困っていることも全然なかった。いったいなぜだい?」

彼の執拗な問いかけはその先を言わせようとしたし、彼が年老いたミス・リタ・ビーヴァーズの甥である以外に何者でもないとしても、彼女の彼への信頼はほぼ揺るぎないものだった。「あなたと私のためよ」と、彼女はしばらくしてからやっと言った。「トム、それに違いないの。あの人は私たちの邪魔になりたくなかった。あの人は愛情の表現のしかたがわからなかったのよ」フランシスは努力して自分の感情を抑えながら言った。

彼は答えず、未使用の取り分け用フォークの先に、紙マッチを載せてしきりにバランスを取ろうとしていた。年老いて耳の遠い叔母と孤独な子ども時代を過ごした人なら、すぐに物事を疑ったりしないものなので、トム・ビーヴァーズもフランシスが話してくれたことを信じがたいなどと言ったりしなかっただろう。実際それは、彼にはこれ以上ないほど現実的な可能性に見えた。まさに目の前で、あの尊大で迷いのない年老いた手が暗闇の中で錠剤を手探りしているのが見えた。だが、そこには愛だけでなく他にも多くのものがあったはずだ、と彼は考えていた。苦々しさもあっただろう、そして誇り、支配欲も。それにおそらくユーモアも、それから扇子の一振りで庭から追い出した少年の怯えた顔の記憶も。お茶に呼ばれることと自殺されることとは、まったく別のことだ。時代はたしかに変わったものだ、と彼は思った。

とはいえ、この話を信じたと言うことも、彼にはもちろんできなかった。頼るべきはフランシスの情報だけだったからだ。紙マッチのバランスが取れて、フォークの先に載った。彼が顔を上げて彼女を見ると、そのあまりにも穏やかな彼女の様子に、彼の背筋に寒気が走った。彼女は頰を手のひらで支え、赤みがかった髪がひと房顔に垂れ、子どものように、また は思い出に浸る心優しい銀髪の老婦人のように、心を奪われて言葉もなく虚空を見つめていた。やがてこの静謐な表面の下に、ますます彼女が隠れていくのを見ることになるかもしれなかった。

もう何か月も前のあの金曜の夜に見たものがなんだったのか、彼自身わからずにいた——曲がり角がはじまる地点で路傍に立ち、彼に向かってしきりに腕を振っていたあの人影がなんだったのか。彼がブレーキをかけバックしていくと、その男は消えてしまっていた。暮れがたに涼しい森で酔い覚ましをしようと歩いてきた酔っ払いだったのかもしれない（リッチトンは酔っ払いに事欠かなかったから）。フランシスには、そんな疑念の余地はなかった。もし彼が今、道路工夫たちと馬車の中の病気の黒人少女について、トッツィが語ったことを彼女に伝えたらどうなるだろうか？　彼女の前にはまた別の迷路が広がり、彼女はそこから出られなくなってしまうだろう。

リッチトンでは過去への扉がいつも大きく開いていて、その扉から入ってくるものや出ていくものが人びとを「別人」にしてしまう。とはいえリッチトンでさえ、事実が信念となるまさにその瞬間、人生が伝説と化すその瞬間、そして人びとが最良の忠誠心を動員して物思いに耽りながら死者の守り手になっていく瞬間を、目にすることのできる機会などめったにない。トム・ビーヴァーズが現に、この夢見がちな女性の横顔に目撃しているのがまさにそんな瞬間であり、今すぐ行動しなければならないと彼は悟った。

彼は紙マッチをコートのポケットにしまった。「ここを出ることにしないか、フランシス」

「あら、まだ外でのデートは早いのじゃないかしら」と彼女は言った。「みんながあなたを非難しているのよ。リジャイナったら電話までしてきて、噂になってると言うの。あなたがここで私と夕食をとって、しかも屋敷の中にふたりきりだってことが。メイドにふたり分のビスケットを焼いてくれるように頼んだら、「お母様がなんておっしゃるでしょうね」と言いたげな表情をしていたわ」

「いや、その」と彼は言った。「僕たちはきっぱりここを出ていくべきだと思うんだ」

「もう二度と戻ってこないのね?」映画に行くことには尻込みしても、駆け落ちについては真剣に検討するのは、いかにもフランシスらしかった。

「まあ、もう二度となんて、軽々しく言ってはいけないだろうね。ごくたまにはリタ叔母さんの様子は見に来たいよ。叔母さんは時間の感覚がなくなってきて、この前会ったのが二日前だったか二年前だったか、わからなくなっているんでね」

彼女は、周囲の壁や家具や絵画や銀器に目をやった。「でもトム、あなたはここに住みたいんだと思っていたわ。全然予想もしなかった。ママだって予想してなかったと思うわ……この屋敷……このまま放り出すことはできないわ」

「たしかに立派な古い屋敷だよな」と彼は同意した。「でも、お母さんのあの衣装の山をどうするつもりさ?」

しみの目立つ彼女の手は、かなり長いあいだ陶器のカップの脇に置かれたままだった。彼は待ち、彼女に手を伸ばそうともしなかった。彼女が不安に揺らいでいるのを鋭く感じ取ったが、ある種の人たちは長い物思いから呼び覚ましてはならないと彼は信じていたからだ。

「まさに、きみが言ってたとおりだよ」とやがて彼は言った。「人にやってしまうこともできないし、売ることもできないし、焼いてしまうことも、屋根裏にしまい込むこともできない、屋根裏ももういっぱいだからね。だったら、どうするつもりだい?」

ふたりのあいだで、一本だけの蠟燭の炎が静かにひときわ高く燃えた。それから彼女は決然と頭を振って髪を後ろにやったが、口調はいつもの夜と同じように丁寧だった。「トム、コートだけ取ってこさせてね」

外に出ると、彼女はドアに鍵をかけて、マットの下に鍵を置いた――屋敷への最後の埋葬式だった。歩道を歩いていき車で走り去るとき、ふたりの胸は躍ってはるか先を進み、おそらく過去の人たちの二の舞にならないようにと考えて、後ろを振り返ることはなかった。

もし彼らが振り返っていたら、ハーヴェイ屋敷がかつてなかったほどに美しい姿であることを見届けていただろう。トム・ビーヴァーズのような卑しい存在に拒絶されたことなどまったく意に介さないかのようであり、それどころか自分にふさわしくないものを首尾よく排除して、やっと自由になり、思いのままに追憶と影と記憶の世界に入っていくようだった。

シャイロー
Shiloh

ボビー・アン・メイスン

リロイ・モフィットの妻ノーマ・ジーンは、胸筋を鍛えている。ウォームアップに三ポンドのダンベルからはじめ、徐々に二十ポンドのバーベルまで挑んでいく。両脚を開いて立つ姿を見ていると、リロイはテレビのワンダーウーマンを思い出してしまう。

「ここの筋肉をしっかり固くするためだったら、なんでもするんだけどなあ」とノーマ・ジーンは言う。「こっちの腕に触ってみて。反対側ほど固くないのよね」

「そりゃあ、おまえが右利きだからだろう」とリロイは言い、彼女が弧を描いてバーベルを持ち上げるのをひょいとかわす。

「そう思う？」

「ああ」

リロイはトラック運転手だ。四か月前に幹線道路で事故にあって脚を怪我し、ウェイトや滑車器具を使った理学療法を受けているのだが、それに触発されてノーマ・ジーンは身体を鍛えはじめた。今では彼女はボディビル教室に通っている。リロイは運転していた大型トレイラートラックがミズーリ州でくの字に折れ曲がった衝撃で、左脚が股関節のつけ根でひどく捻じれてしまって以来、一時的疾病保険の支払いを受けている。腰には鋼鉄製のピンが入っている。たぶんもう二度とトラックを運転することはできないだろう。今トラックは裏庭に居座り、巨大な鳥がねぐらに戻ってきたみたいに見える。リロイがケンタッキー州の我が家に身を落ち着けてかれこれ三か月になる。脚はほぼ回復しているものの、事故ですっかり怖くなってしまい、長距離輸送はもうごめんだと思っている。とはいえ、次にすべきことも見つからない。この間、工作キットを入手してはいろいろなものを作ってみた。手はじめに、刻み目を入れたポプシクル・アイスキャンディーの棒を使って、ミニチュアの丸太小屋を建てた。ニスを塗ってテレビの上に飾り、今でもそこに置いたままだ。それを見ていると、片田舎のキリスト降誕の場面が思い浮かぶ。それから、紐細工《ストリングアート》（黒ベルベットを背景にした大型帆船）、マクラメ編みのフクロウの掛け飾り、簡易組み立ての空の要塞B－17、模型トラックの運転席の屋根に照明を埋め込んだランプ、と次々に作ってみた。もともとキットは気晴らしで暇つぶしのつもりだったが、今や組み立てキットから実物大の丸太小屋を建てることを考えはじめている。普通の家を建てるよりずっと安上がりになるはずだし、リロイはいろいろなものを組み立てることが面白くなってきている。路上を移動し続けていた何年ものあいだ、自分は何かをじっくり考えてみたことなどなかった、と彼は気づきはじめた。いつも飛ぶように過ぎる風景を後にしてきた。

「新しい分譲地には、丸太小屋なんか建てさせてくれないわよ」とノーマ・ジーンが彼に言う。

「おまえのための小屋だって言えば、建てさせてもらえるさ」と彼は冗談を言う。彼は結婚して以来ずっと、いつかおまえのために新しい家を建てるとノーマ・ジーンに約束してきた。これまではずっと借家だったし、今住んでいる家は手狭で、これといった特徴もない。我が家のように感じることもない、とリロイは今になって気づく。

ノーマ・ジーンはレクソール・ドラッグストアで働いていて、化粧品について驚くほど詳しい。クリーム、化粧水、モイスチャライザーからなる、三段階の顔の手入れについて彼女が説明すると、リロイのほうは車輪グリースやディーゼル燃料といった、他の石油製品を思い浮かべて喜んでいる。これが彼とノーマ・ジーンの関係なのだ。家にいるようになってから、彼は妻をひどく愛しく感じ、長期間留守をしたことに罪悪感を感じている。でも、妻が自分をどう感じているのか、彼にはわからない。ノーマ・ジーンは彼の遠出にたいして文句を言ったことは一度もなかったし、彼のトラックを敵視して「未亡人製造機」と呼んで嫌味を言うこともなかった。彼女が浮気などしていないことについて、彼は一応自信をもっているが、こうしてずっと家にいるようになったことにたいして、もう少し嬉しそうに祝ってくれてもいいのにと思わずにはいられない。ノーマ・ジーンは家でリロイの姿を目にするとしばしばはっと驚くし、なんとなく失望しているような節があると彼は感じている。たぶん彼の姿を見ると、彼が長距離輸送にたずさわる以前の結婚当初のことを思い出してしまうのだろう。ふたりは何年も前に乳児を亡くした。ランディの思い出についてふたりで話すことはなく、記憶もほぼ消えかけているのだが、自分がずっと家にいるようになると、時どき互いを前にして気まずく感じるようになり、どちらかがあの子のことを持ち出したほうがいいのかもしれないとリロイは考えている。ふたりが同時に夢から覚めたところで、また一から新たに結婚生活を作り上げねばならないと彼は感じている。ふたりがまだ結婚しているだけでも幸運なことだ。多くの場合、子どもを亡くすと結婚も崩壊する、とリロイはどこかで読んだ——それともドナヒューのトークショー番組で聞いたんだったか。最近は、いろんなことをどこで学んだのか、思い出せないこともある。

クリスマスにリロイは、ノーマ・ジーンに電子オルガンをプレゼントした。彼女は高校時代よくピアノを弾いていた。「弾き方は忘れたりしないものよ」と彼女は彼に言ったことがあった。「自転車に乗るのと同じよ」

新しい楽器にはたくさんのキーや押しボタンがついていたので、初め彼女は慌ててしまった。恐る恐るキーに触り、いくつかのボタンを押し、練習曲の「チョップスティックス」を両手の人差し指で弾いてみた。曲は増幅されたフォックストロットの軽快なリズムになり、マリンバの音も鳴り響いた。

「オーケストラになるのね！」と彼女は叫んだ。

オルガンはペカン材の仕上げになっていて、十八種類の和音が組み込んであり、伴奏はフルート、ヴァイオリン、トランペット、クラリネット、バンジョーから選べるようになっていた。ノーマ・ジーンはあっという間にオルガンを弾きこなせるようになった。初め彼女はクリスマスソングを演奏した。それから自分で『六〇年代ソングブック』を買ってくると、何列もの派手な色の押しボタンでそれぞれに変化をつけながら、すべての曲を弾いてみた。

「あの当時は、こういう曲は好きじゃなかったんだけどなあ」と彼女は言った。「今では、何かを失くしたようなおかしな感じがするわ」

「おまえは何も失くしてなんかないさ」とリロイは言った。

リロイはカウチに横になってマリファナを吸いながら、ノーマ・ジーンが弾く「キャント・テイク・マイ・アイズ・オフ・ユー」や「アイル・ビー・バック」を聞くのが好きだ。実際、彼は戻《バック》ってきた。路上を十五年間放浪したあとで、愛する女とようやく一緒にくつろいでいる。彼女はあいかわらず美人だ。肌も申し分ない。部分脱色してカールした髪は、鉛筆の削りくずみたいだ。

＊

故郷に腰を落ち着けてみると、町がどんなに変わってしまったかをリロイは意識する。分譲地が西ケンタッキー一帯に油膜のように広がりつつある。町はずれの標識には「人口一一五〇〇」と書かれている——二十年前より七百人増えただけだ。リロイには、こうした新築の家々にどんな人が住んでいるのか想像もつかない。かつては農夫たちが土曜の午後に郡庁舎広場に集まり、チェッカーをしたり嚙みタバコの汁を吐き出したりしていたものだった。農夫たちのことを考えるのは何年ぶりのことだろう。気づかないうちに彼らは姿を消してしまった。

リロイは新しいショッピングセンターの駐車場で、スティーヴィ・ハミルトンという名の少年と待ち合わせる。エンストした車にかがみ込む他人を互いに装いながら、スティーヴィはリロイの車のフロントシートの下に一オンスのマリファナを投げ入れる。スティーヴィはオレンジ色のジョギングシューズと「チャタフーチーのスーパーラット」と書かれたTシャツ姿だ。彼の父は高級分譲地に住む有名な医者で、白い円柱が目立つレンガ造りの新築の家はまるで葬儀場のように見える。電話帳の彼の名前の項目には、「ティーンエイジャー」として親とは別の電話番号が記載されている。

「どっからこいつを入手してるんだい？」とリロイは訊く。「おやじさんからかい？」

「そいつはあんたの知ったこっちゃないさ」とスティーヴィは言う。彼は細い目をして痩せている。

「他にはどんなものがあるんだ？」

「何に関心があるのさ？」

「特に何かってわけじゃないよ。ちょっと知りたかっただけさ」

リロイは路上で覚醒剤《スピード》をよく使っていた。今ではゆっくりと進まなければならない。のんびり行かなければならないのだ。彼は車に寄りかかって言う、「時間ができたら、自分の丸太小屋を建てようと思ってんだ。だけど奥さんがさ、そのアイデア気に入らないみたいなんだよ」

「じゃあ、また必要になったら連絡してよ」とスティーヴィは言う。彼は手のひらで覆ってタバコを持ち、あたかも風からそれを守っているかのようだ。ゆっくりタバコを吸い込むと、アスファルトの道でそれを踏みつぶし、前かがみで歩き去っていく。

スティーヴィの父は、高校でリロイの二年上だった。リロイは三十四歳だ。ノーマ・ジーンとはふたりが十八のときに結婚し、数か月後にランディが生まれたのだが、四か月と三日でその子は死んでしまった。生きていれば、今頃スティーヴィくらいの年齢だ。ノーマ・ジーンとリロイは車で乗り入れる映画館で『博士の異常な愛情』と『恋人よ帰れ』の二本立てを観ていて、赤ん坊は後部座席で眠っていた。一本目の映画が終わったとき、赤ん坊は死んでいた。乳幼児突然死症候群だった。リロイは緊急処置室で看護婦に、まるでプレゼントの大きな人形を渡すようにランディを手渡したときのことを覚えている。死んだ赤ん坊の手ざわりは小麦粉の袋のようだった。「時どき起こるんですよ」と医者は言い、その無頓着な言い方をリロイはいつも思い出す。子どものことはもうあまり覚えていないが、『博士の異常な愛情』の一場面は今でも鮮やかに覚えている。アメリカ大統領がソ連の首相にホットラインでくだけた口調で話していて、爆撃機が誤ってソ連に向かっていることを告げる場面だ。大統領は作戦指令室にいて、世界地図が照明のなかに浮かび上がっていた。病院で傍らにノーマ・ジーンが緊張病患者のように立ちつくしていて、この見知らぬ女は誰だろうと考えていたのもリロイは覚えている。彼女が誰なのか忘れてしまっていたのだ。最近では、科学者たちは乳幼児突然死症候群はウイルスが引き起こすと言っている。誰も何もわからないのだ、とリロイは考える。答えはいつも変化してばかりいる。

リロイがショッピングセンターから帰宅すると、ノーマ・ジーンの母親のメイベル・ビーズリーが来ている。今年になるまで、この母親がノーマ・ジーンとどれほど一緒に過ごしているか、リロイは知らなかった。母親は訪ねてくると、クローゼットと植物をチェックして、植物に元気がなかったり黄色くなりかけていたりしていると、ノーマ・ジーンに注意する。メイベルは植物のことを、観葉植物であってもすべて「花」と呼ぶ。ノーマ・ジーンの洗濯物がたまっていると、いつも目ざとく見抜く。背の低い太った女性で、茶色に染めたきつめのカールは、彼女が時どき被る本物のかつら以上にかつらじみて見える。今日彼女は、ベッドの下部をぐるりと覆う、オフホワイト色のひだカバーをこしらえてノーマ・ジーンに持ってきていた。メイベルはオーダーメイドの室内装飾用品店で働いているのだ。

「今年こさえたのは、これで十枚目だよ」とメイベルは言う。「はじめると止まらなくなっちゃってね」

「本当にきれいだわ」とノーマ・ジーンは言う。

「これで、ベッドの下になんでも隠すことができますよ」とリロイは言い、いつものようにもっぱら冗談めかして義母と言葉を交わす。娘のノーマ・ジーンを妊娠させて自分に恥をかかせたことについて、メイベルは内心では彼を許していない。赤ん坊が死んだときは、運命が自分をあざ笑っているのだとメイベルは言った。

「それはなんだい?」とメイベルはリロイに大きな声で尋ね、カンヴァス布の上の糸の絡まりを指す。

リロイはメイベルが見られるようにそれを持ち上げる。「俺が作ってるニードルポイント刺繍ですよ」と彼は説明する。「スター・トレックの柄の枕カバーなんですよ」

「それは女のすることだよ」とメイベルは言う。「まったく、とんでもない時代になったもんだね!」

「テレビで見かけるごついフットボール選手たちも、みんなやってますよ」と彼は言う。

「リロイったら、いつもあたしを騙そうとするんだから。これっぽっちもあんたを信じたりなんかしないよ。あんたは自分を持て余してるんだよ——問題はそれだよ。裁縫なんかしてさ!」

「俺は、自分たちの丸太小屋を建てるつもりなんですよ」とリロイは言う。「設計図が届きしだい、すぐにね」

「またそんなことを言って」とノーマ・ジーンは言う。彼女はリロイのニードルポイント刺繍を取り上げると、引き出しに抛《ほう》り込む。「まずは、仕事を探さないとね。どっちにしても、今はそんなものを建てる余裕なんかないんだから」

メイベルはガードルを引っ張り上げながら言う。「前にも言ったけど、自由に動けるうちに、あんたたちシャイローまで遠出してみるといいよ」

「そのうちね、ママ」とノーマ・ジーンはいらいらしながら言う。

メイベルが話しているのは、テネシー州のシャイローのことだ。ここ数年間、そこにある南北戦争の戦跡を訪ねてみろと、彼女はずっとリロイとノーマ・ジーンに勧めている。メイベルはそこに新婚旅行で行ったことがあり、それが彼女にとって唯一の本格的な旅行だった。夫は娘のノーマ・ジーンが十歳のときに穿孔性潰瘍で亡くなっていたが、一九七五年に〈アメリカ南部連合娘の会〉に入会が認められたメイベルは、シャイローにまた行きたいと考えてばかりいる。

「俺はあそこにあるトラックで、あの世まで行って折り返してきたわけだけど」とリロイはメイベルに言う、「でもあの古戦場には、俺たち一度も行ったことがないんですよ。こいつは考えてみる価値があるな。どうして行きそびれたんだろう」

「そんなに遠くもないんだし」とメイベルは言う。

メイベルが帰ってから、ノーマ・ジーンは自分が作ったリストをリロイに向かって読み上げる。「あなたができること」と彼女はあらたまって伝える。「ユニオン・カーバイド社での守衛の仕事ね、あそこなら椅子に座ってても大丈夫。材木置き場でやっていくこともできるわ。そんなに家を建てたいなら、ちょっとした大工仕事もあるし。他には――」

「一日じゅう立ってなきゃならないような仕事は、俺には無理だよ」

「化粧品カウンターで一日じゅう立っててごらんなさいよ。あたしの脚がどんなに強いか、驚くわよ、両親は脚が強かったことなんてないのに」ちょうどノーマ・ジーンはキッチンカウンターにつかまり、話しながら片膝ずつ高く上げている。くるぶしには二ポンドのウェイトをつけている。

「心配するなよ」とリロイは言う。「何かするからさ」

「食肉解体場まで子牛をトラックで運ぶ仕事もあるわよ。それだったら、これまでみたいに大きなトラックを運転する必要もないし」

「俺、おまえのためにこの家を建てるんだ」とリロイは言う。「おまえのために本物の家を建てたいんだよ」

「丸太小屋なんかに住みたくないわ」

「小屋じゃないよ。家だよ」

「どっちだっていいわ。でも、小屋に見えるわよ」

「おまえと俺で、ふたりならこういう丸太を持ち上げられるよ。ちょうどウェイトを持ち上げるようなものさ」

ノーマ・ジーンは答えない。小声で彼女は数えている。今度はキッチンのなかを行進していく。膝を曲げずに高く上げて進む。

＊

事故前には、リロイは帰宅するとノーマ・ジーンと家のなかで過ごし、ベッドでテレビを観たり、トランプをしたりしたものだった。彼女はよくフライドチキンや豚の肩肉の燻製やチョコレートパイを作ってくれた——どれも彼の好物だ。今では、ほとんどの時間、彼はひとりで家にいる。朝のうちにノーマ・ジーンは消えてしまい、ベッドには冷たい窪みが残っているだけだ。彼女はボディ・バディーズという名のシリアルを食べ、その皿はテーブルに置きっぱなしで、たまった牛乳のなかにふやけた黄褐色の塊が浮いている。彼には、今まで気づかなかったノーマ・ジーンのいろいろな癖が見えてくる。タマネギを刻んでいると、見るのが耐えられないとでもいうように、部屋の片隅に目を逸らす。だいたい毎晩九時には室内用スリッパに足を入れ、ジョギングシューズをカウチの下に押しやる。小鳥たちのためにパンの耳をとっておく。リロイは餌箱に来る鳥たちをじっと眺める。オウゴンヒワが窓の外を独特の飛び方で横切るのに気づく。翼を閉じ、落下し、それから翼を広げて身を持ち直し、ぐんと上昇する。落下するときには目を閉じているんだろうかと考える。ノーマ・ジーンはふたりでベッドに入ると目を閉じている。彼女は明かりを消してと言う。消しても、ノーマ・ジーンは目を閉じているのだとリロイは確信している。

彼は町なかを長時間ドライブしてまわる。ややぞんざいに運転するようになってきている。パワーステアリングの利いたハンドルとオートマチックの変速レバーがあるので、車は小さく些細なものに感じられて、運転に自分の身体がかかわっている感じがしないのだ。怪我をした脚は、気楽に伸ばしたままにしている。一、二度、実際に何かにぶつかりそうになったが、事故を起こすかもしれない予感も、車のなかでは取るに足らないものに思える。彼は新しい分譲地を運転してまわり、まるで強盗の下見をしている犯罪者になったように感じる。新しい分譲地では丸太小屋はそぐわないと言うノーマ・ジーンは、たぶん正しい。ここの家はどれも豪華で凝っている。見ていると、彼は憂鬱な気分になる。

ある日、ドライブから戻ると、ノーマ・ジーンが泣いているのに気づく。彼女はキッチンで、ポテトとマッシュルームスープにチーズをふりかけてキャセロールを作っている最中だ。泣いているのはタバコを吸っているところを母親に見つかったからだ。

「ママが来る音が聞こえなかったのよ。ここで、思いっきりすぱすぱ吸ってたの」とノーマ・ジーンは涙をぬぐいながら言う。

「遅かれ早かれそういうことになると思ってたさ」とリロイは言い、彼女に腕をまわす。

「あの人は「ノック」という言葉の意味を知らないのよ」とノーマ・ジーンは言う。「何年も前に見つからなかったのが不思議なくらいね」

「こんなふうに考えてみろよ」とリロイは言う。「お母さんがさ、マリファナを吸ってる俺を見つけたらどうなるかってさ」

「絶対にあの人に見つかったりしないでよ!」とノーマ・ジーンは金切り声をあげる。「あらかじめ忠告しておきますからね、リロイ・モフィットさん!」

「冗談だよ。さあ、俺に何か一曲弾いてくれよ。そうすればおまえもリラックスできるさ」

ノーマ・ジーンはキャセロール鍋をオーブンに入れて、タイマーをセットする。それから金管楽器やバンジョーの伴奏でラグタイムを演奏し、リロイはマリファナに火をつけてカウチに横になり、メイベルがそんな自分を見つけるところを想像して笑っている。彼はスティーヴィ・ハミルトンのことを考える——マリファナを密売している医者の息子。すべてがおかしな具合だ。町全体が狂っていてちっぽけなものに思える。昔よくビリヤードをしたうぬぼれ屋の警官、ヴァージル・メイシスのことを思い出す。ヴァージルは最近ボウリング場の奥の部屋で麻薬の摘発を行い、一万ドル相当のマリファナを押収した。新聞には、何袋ものマリファナを掲げて満面の笑みを浮かべている彼の写真が掲載された。たった今、ヴァージルがこのドアから押し入ってきて、肺いっぱいにマリファナを吸い込んだ自分を逮捕するところをリロイは想像してみる。ヴァージルがここに目星をつけるとすれば、それはノーマ・ジーンが繰り広げている大音響騒ぎが原因だ。今彼女はハードロック・バンドのような音を出している。ノーマ・ジーンは最高だ。彼女がラテン系リズムで「サンシャイン・スーパーマン」を演奏しはじめると、リロイも一緒にハミングする。ノーマ・ジーンの脚は上がったり下がったり、上がったり下がったりする。

「なあ、おまえはどう思う?」と、ノーマ・ジーンが次はどの曲にしようと楽譜をめくっているとリロイは言う。

「あたしが何をどう思うって?」

彼は頭が真っ白になる。それから彼は言う、「あのトラックを売って、俺たちの家を建てようと思うんだ」それは彼が言いたかったことではなかった。彼が知りたかったのは、彼女が自分たちのことをどう思っているか、本心ではどう思っているか、ということだった。

「その話はもうよしてよ」とノーマ・ジーンは言う。彼女は「フー・ウィル・ビー・ザ・ネクスト・イン・ライン」を弾きはじめる。

リロイは昔はよく、ヒッチハイカーに自分の身の上話を聞かせたものだった――彼のいつもの旅、故郷、赤ん坊について。最後はいつも決まって、「なあ、おまえはどう思う?」という疑問文だった。それは修辞疑問文にすぎなかった。やがて彼は、自分が同じ話を同じヒッチハイカーに繰り返し語っているような気がしてきた。自分の声がどう聞こえるかに気づくと、彼はヒッチハイカーに話をするのをやめた――よくあるティーンエイジャーの歌のように、訴えかけるような自己憐憫の響きがあったのだ。今リロイは、ノーマ・ジーンに会ったばかりであるかのように、彼女にたいして自分のことを語りたい衝動を覚える。知り合ってずいぶん経つので、互いについて多くのことを忘れてしまっている。もう一度知り合うことができるかもしれない。だが、オーブンのタイマーが鳴って彼女がキッチンに走っていってしまうと、彼はなぜ自分がそんなことをしたいと思ったのか、忘れてしまっている。

＊

翌日メイベルがやってくる。土曜日で、ノーマ・ジーンは掃除をしている。リロイはやっと届いた丸太小屋の何枚もの設計図を解読しようとしている。彼はそれらをテーブル一面に広げていて、大判の青焼きの設計図に図や番号が白で印刷されている。ノーマ・ジーンが掃除機をかけているあいだ、メイベルはコーヒーを飲んでいる。そのコーヒーカップを彼女は青焼きの上に置く。

「あたしは時間が経つのを待ってるだけさ」と彼女はリロイに言い、指先でテーブルをコツコツと叩く。

ノーマ・ジーンが掃除機のスイッチを切るとすぐに、メイベルは大きな声で言う、「赤ん坊を殺しちまったダットサン犬のことは聞いたかい？」

ノーマ・ジーンは言う、「あれは、「ダックスフント」っていうのよ」

「なんでもあの犬を裁判にかけるって話だよ。赤ん坊の両脚を嚙みちぎっちゃったんだって。母親がずっと隣の部屋にいたっていうのにね」彼女は声を張り上げる、「育児放棄だってみなされてるらしいよ」

ノーマ・ジーンは両耳を覆っている。リロイはあえて冷蔵庫のなかを覗いて、ダイエットペプシを取り出してメイベルに勧める。メイベルはまだコーヒーを飲んでいて、ペプシはいらないと手を振る。

「ダットサンってのはそういう犬なんだよ」とメイベルは言う。「嫉妬深いんだよ。見張ってないと、そこらじゅう嚙み散らかすんだから」

「メイベル、言うことに気をつけてくださいよ」

「だって、事実は事実だからさ」

リロイは窓の外のトラックを眺める。裏庭で埃をかぶっている巨大な家具のように見える。すぐにアンティーク家具になってしまうだろう。掃除機の音が聞こえてくる。ノーマ・ジーンは居間の敷物にもういちど掃除機をかけているようだ。

あとになって彼女はリロイに言う、「あの人はあたしがタバコを吸っているのを見つけたから、赤ん坊のあの話をしてみせたのよ。あたしに仕返しをしようとしているのよ」

「いったいなんのことだい」リロイは何枚もの設計図をいらいらと動かす。

「あなただってよくわかってるはずよ」とノーマ・ジーンは言う。彼女はキッチンの椅子に座り、両脚を引き上げて抱え込んでいる。小さくて無力に見える。彼女は言う、「まったく、あんな話を持ち出すなんて！　育児放棄だなんて言って」

「あてつけで言ったわけじゃないさ」とリロイは言う。

「自分があてつけてると、頭では考えてないかもしれないわ。でも、あの人はいつもああいうことを言うのよ。いつもあんなふうだってことが、あなたにはわからないのよ」

「でも、あてつけで言おうとしてたわけじゃないよ。ただ話してただけだよ」

リロイはキングサイズのビールを開けると、同じ分量になるよう慎重に二杯のグラスに注ぐ。ノーマ・ジーンにグラスを差し出し、彼女はそれを機械的に受け取る。長いあいだふたりはキッチンの窓辺に座って、餌箱に来ている鳥たちを眺めている。

＊

何かが進行中だ。ノーマ・ジーンは夜学に通いはじめた。ボディビルの六週間コースを終えて、今は近くのパデューカ・コミュニティ・カレッジで作文の生涯教育コースに通っている。夜になると、複数段落のアウトラインを作成している。

「まずはトピック・センテンスを作るのよ」と彼女はリロイに説明する。「それからそれを分割していくわけ。二つ目のトピックは一つ目のトピックとつながってなくちゃいけないのよ」

リロイにはそれはとても手に負えないことに聞こえる。「英語の時間は、俺、いつも苦手だったからさ」

「やってみると、納得することばかりよ」

「それにしても、なんのためにそんなことしてるんだい？」

彼女は肩をすくめる。「すべきことだからよ」彼女は立ち上がると、二、三回ダンベルを持ち上げる。

「トラックを運転してて、誰も俺の英語なんて気にかけなかったぞ」

「あたし、あなたの英語を批判してなんかいないわ」

かつてのノーマ・ジーンは「睡眠時間が十分でも減ると、一日じゅう身体がだるくなっちゃう」とよく口にしていた。今では、夜更かしをして作文に取り組んでいる。最初の提出物でBの成績を取った——スープ系キャセロールの作り方についてのハウツーものの作文だった。最近のノーマ・ジーンは、タコス、ラザニア、ボンベイ・チキンといった変わった料理を作る。もうオルガンを弾くことはないが、二回目の提出物は「なぜ音楽は私にとって重要か」という題で書かれていた。キッチンのテーブルに座り、作文のアウトラインに集中している彼女の傍らで、リロイは丸太小屋の設計図に取り組み、リンカーン・ログズの子ども用模型で練習をしている。刻み目と番号のついた丸太がトラックいっぱい届くと考えると彼は怖気づき、準備万端にしておきたいと思ったのだ。キッチンのテーブルで彼とノーマ・ジーンがそれぞれ取り組んでいると、ふたりで何かを共有しているのだとリロイは楽観的に考えたくなるが、そう信じ込むほど自分がおめでたくないこともわかっている。ノーマ・ジーンは何マイルも遠くにいる。彼女を失ってしまうだろうと彼にはわかる。メイベルのように、彼は時間が経つのを待っているだけなのだ。

ある日、ノーマ・ジーンが仕事から戻る前にメイベルが来ていて、リロイは自分の心配をいつのまにかメイベルに話している。メイベルは自分よりもよくノーマ・ジーンのことがわかっているにちがいないと思えたからだ。

「あの娘《こ》の頭がどうなっちまったのか、あたしにはさっぱりわからないよ」とメイベルは言う。「昔はニワトリと一緒で、早い時間に寝てしまってたのにね。今はとんでもない時間まで起きてるっていうんだから。それにタバコなんか吸ってさ。あたしは死んだほうがましだよ」

「俺はあいつにこういうきれいな家を建てたいと思ってるんですよ」とリロイは言い、リンカーン・ログズの模型を指さす。「あいつは欲しくないようなんです。ひょっとしたら俺がいなくなったほうが、あいつは幸せなのかもしれないんですよ」

「あの娘《こ》はあんたのことをどう扱ったらいいかわかんないのよ、こんなふうに家にいるようになってさ」

「そうなんでしょうか?」

メイベルはリンカーン・ログズの丸太小屋の屋根を持ち上げてみる。「あんた、あたしを丸太小屋に入れることはできないよ」と彼女は言う。「あたしは昔、丸太小屋で育ったんだ。まったく、苦労の連続だったよ」

「今はそんなことないですよ」とリロイは言う。

「いいかい」とメイベルはリロイに向かって奇妙な笑顔を向けながら言う。

「なんですか?」

「あの娘《こ》をシャイローに連れてってごらん。あんたたちは一緒に出かけるとか、少し刺激が必要なんだよ。あの娘《こ》の頭は本ばかり読んで、いかれちまってるのさ」

リロイがこの母親の顔を見ていると、ノーマ・ジーンの顔の輪郭が浮かんでくる。メイベルの年老いた顔はしわの寄ったコットンのようだが、突然彼女がかわいらしく見えてくる。

リロイは、メイベルがこの間ずっとシャイローに一緒に連れていってもらいたいとほのめかしていたことに気づく。

「みんなでシャイローに一緒に行きましょう」と彼は言う。「お母さんと俺とあいつと。日曜日にでも」

メイベルは抵抗して両手を上げる。「あら、だめだよ、あたしはだめ。若い人たちは若い人たちだけがいいもんだよ」

ノーマ・ジーンが食料品の袋を抱えて帰ってくると、リロイは興奮した声で言う、「おまえのお母さんは、三十五年間シャイローに行きたくてしかたがなかったんだよ。そろそろみんなで行ってみる潮時だよな?」

「あたしは二度目の新婚旅行の邪魔をしようなんて思ってないよ」とメイベルは言う。

「なんだって、誰が新婚旅行なんかに行くっていうの?」とノーマ・ジーンは大声で言う。

「あたしはそんな乱暴な口をきく娘を育てた覚えはないよ」とメイベルは言う。

「ママなんか、知らないことばっかりよ」とノーマ・ジーンは言う。買ってきた箱や缶をしまいはじめ、キャビネットの扉をばんばん閉める。

「シャイローには丸太小屋があるんだよ」とメイベルは言う。「戦争中からのものでね。銃弾が貫通した跡がいくつもついてるんだよ」

「ママ、いつになったらシャイローの話をやめてくれるの?」とノーマ・ジーンは訊く。

「あたしはシャイローが一番素敵な場所だといつも思ってるんだよ、歴史がいろいろあってさ」とメイベルは続ける。「あたしが死ぬ前にあんたたちが一度見に行って、あたしにその話をしてくれたらって願ってるんだよ」少ししてから彼女はリロイにささやく。「あたしが言ったとおりにしなさいよ。ちょっとした変化が、あの娘《こ》には必要なのよ」

*

「あなたの名前は「王」という意味よ」とノーマ・ジーンはその夜リロイに言う。彼は彼女をシャイローに行く気にさせようとしているが、彼女のほうは別の世紀についての本を読んでいる。

「じゃあ、大いに自慢すべきだな」

「そうよね」

「俺はまだ王だと思っていいのかな?」

ノーマ・ジーンは上腕二頭筋を曲げて、固さを確認している。「あたしは誰とも浮気なんかしてないわよ、あなたが言いたいのがそういうことなら」と彼女は言う。

「浮気したら、俺に教えてくれるかい?」

「さあね」

「おまえの名前のほうは、どんな意味なのさ?」

「マリリン・モンローの本名よ」

「嘘だろ!」

「ノーマはノルマン人に由来するの。侵略者たちのことよ」と彼女は言う。彼女は本をぱたんと閉じて、リロイをしっかりと見据える。「あたしのことじっと見るのをやめてくれたら、シャイローに一緒に行くわ」

＊

日曜日に、ノーマ・ジーンがピクニックのしたくをして、彼らはシャイローに向かう。リロイが安堵したことに、メイベルは一緒に行きたくないという。ノーマ・ジーンが運転し、リロイは彼女の横に座り、彼女が拾った退屈なヒッチハイカーになったように感じている。会話をしかけてみるが、彼女はそっけない返事しか返さない。シャイローで彼女は公園のなかをあてもなく走り、崖や小径や深い渓谷をどんどん通過する。シャイローは広大な敷地で、リロイにはそれが古戦場には見えない。彼が想像していたものとはちがう。ゴルフコースのような場所を想像していたのだ。記念碑がいたるところにあり、こんもり茂った木々のあいだから見える。ノーマ・ジーンは、メイベルが話していた丸太小屋も通過して運転していく。周りを観光客が取り囲んで、弾の跡を探している。

「俺が建てようと考えてるのは、ああいう丸太小屋じゃないよ」とリロイは弁解がましく言う。

「わかってるわよ」

「きれいなところだな。おまえのお母さんの言うとおりだ」

「まあまあね」とノーマ・ジーンは言う。「さてと、これで見たわけだから。あの人が満足してくれるといいわね」

ふたりは思わず一緒に大笑いする。

公園の資料館では三十分おきにシャイローについての映画が上演されているが、ふたりは観ないことにする。メイベルに南部連合軍のお土産用の旗を買い、それから共同墓地の近くにちょうどいいピクニックの場所を見つける。ノーマ・ジーンはクーラーボックスのなかに、ピメントチーズのサンドイッチ、ソフトドリンク、ヨーデルのチョコレートケーキを入れてきている。リロイはサンドイッチを食べ、それからマリファナに火をつけると、クーラーボックスの後ろに隠しながら吸う。ノーマ・ジーンはタバコをすっかりやめている。彼女はセロファンの包みから、気ぜわしい鳥のようにケーキの屑を取ってはロに運んでいる。

リロイは言う、「そして南軍はコリンスまで撤退した。北軍は最終的にやつらを打ち負かした。一八六二年四月七日のこと」

彼が歴史など知らないことを、ふたりともよくわかっている。彼はたんに、さっきふたりが目にした名所旧跡の銘板について話しているだけだ。彼は年上の女の子とデートに出かけた少年のように、気まずさを感じている。彼らはまだぎこちなく会話しようとしている段階だ。

「コリンスはママが駆け落ちをした場所なのよ」とノーマ・ジーンは言う。

ふたりは無言で座り、北軍の死者を葬った共同墓地とその向こうの高い木立を眺めている。近くではキャンピングカーが所狭しと駐車して、派手な色の服を着た子どもたちが跳ねまわったり歓声をあげたりしている。ノーマ・ジーンはケーキのセロファンの包みを丸め、手のなかでぎゅっと握りつぶす。リロイのほうを見ずに、彼女は言う、「別れたいの」

リロイはクーラーボックスからコークの瓶を出してキャップをはじき飛ばす。瓶を口の近くに持ったまま、飲むことを忘れてしまっている。やがて彼は言う、「ちがうね、おまえはそんなことはしないさ」

「するのよ」

「させないさ」

「引き留めることはできないわ」

「そんなことをしないでくれよ、俺に」

リロイにはノーマ・ジーンが自分のやり方を通すことがわかっている。「俺、これからは家にずっといるって約束しただろ?」と彼は言う。

「ときには放浪する男を好む女もいるのよ」とノーマ・ジーンは言う。「変に聞こえることはわかってるけど」

「おまえは変じゃないさ」

リロイは思い出してコークを飲む。それから言う、「そうだな、おまえはたしかに変だよ。おまえと俺で、すっかりやり直そうよ。初めの一歩から」

「あたしたちすっかりやり直したのよ」とノーマ・ジーンは言う。「そしてここに行き着いたわけよ」

「俺の何が間違ってたんだい？」

「間違ってたことは、何もないわ」

「これって、例のウーマンリブってやつかい？」とリロイは訊く。

「ふざけないでよ」

共同墓地の緑の斜面には白い墓石が点在して、分譲地のように見える。リロイは自分の結婚が壊れようとしていることを理解しようとするが、なぜか墓地の白い石板のことを考えてしまう。

「ママにタバコを吸っているのを見つかるまで、すべてはうまくいっていたのよ」とノーマ・ジーンは言って立ち上がる。「あれがきっかけだったんだわ」

「いったいなんのことを話してるのさ？」

「あの人はあたしを放っといてくれない――あなたもあたしを放っといてくれない」ノーマ・ジーンは泣いているようだが、彼から顔を背けている。「また十八に戻ったみたいなの。あのことにもう一度向き合うことなんてできないわ」彼女は向こうに歩いていく。「ちがうわね、うまくなんていってなかったわね。自分で言ってることがわかってないんだわ。忘れて」

リロイは肺いっぱいにマリファナを吸い込み、ノーマ・ジーンの言葉が自分のなかに浸み込んでいくあいだ目を閉じている。自分の周囲で三千五百人の兵士が死んだという事実に、彼は頭を集中させようとしている。彼にとってその戦争は、プラスチックの兵士の駒を動かす盤上のゲームのように思えるだけだ。北軍の野営地を襲撃する南軍の大胆な攻撃を、ヴァージル・メイシスのボウリング場への一斉摘発と比べて、リロイは思わず微笑んでしまう。酔っぱらって猛進する北軍総司令官のグラント将軍が、南軍をコリンスまで撤退させ、その地で何年ものち、メイベルとジェット・ビーズリーが結婚し、当時のメイベルはまだすらりとしていて魅力的だった。その翌日、メイベルとジェットはこの古戦場に足を運び、そしてノーマ・ジーンが生まれ、それから彼女はリロイと結婚し、ふたりに赤ん坊が生まれ、ふたりはその赤ん坊を失い、そして今、リロイとノーマ・ジーンはこうしてその同じ古戦場にいる。リロイは自分が多くのものを省略したことを自覚している。彼は歴史の内実を省略してしまっている。歴史は彼にとってつねに名前と日付にすぎなかった。丸太で家を建てることは、同様に空虚で、あまりにも単純な考え方だったことに彼は気づく。そして結婚の真の内実を、歴史にかんしてと同様、自分は捉え損ねてきたのだ。丸太小屋を建てることは、彼がこれまでいだいた最も愚かな計画だと彼には今やわかる。ノーマ・ジーンが丸太小屋を望むと考えるとは、なんて見当はずれなことをしたんだろう。まったく変なことを考えたもんだ。何か他のことを考える必要がある、それもすぐにだ。設計図はみんな固く丸めて、湖に投げ捨てることにしよう。そうしたら、また動きはじめよう。彼は目を開ける。ノーマ・ジーンの姿は遠ざかり、蛇行するレンガの道を辿って共同墓地を突っ切っていく。

リロイは妻を追いかけようと立ち上がるが、良いほうの脚はしびれていて、悪いほうはまだ痛みが走る。ノーマ・ジーンははるか遠く、川沿いの崖に向かって足早に歩いていて、彼は彼女に近づこうと足を引きずりながら追う。子どもたちが追い越していき、騒がしく何かを叫んでいる。ノーマ・ジーンは崖に辿り着き、テネシー川の向こうを見下ろしている。今、彼女はリロイのほうに向きなおると、両腕を振る。彼女は彼を呼び招いているのだろうか？胸筋を鍛えているだけのようにも見える。空はいつになく白く翳り——メイベルがふたりのベッドのために作ったひだカバーの色だ。

ママ
Mama

ドロシー・アリスン

母の左足首の上には、奇妙な星型の傷跡がある。くるぶしの上部にスミレのように咲き、紫色のもつれた襞が筋肉にまたがっている。サウスキャロライナ州での子ども時代には、病気になると瀉血《しやけつ》をさせる習慣があり、彼女の場合そこが瀉血の跡だった。初めて話を聞いたとき、たんに作り話をしてあたしをからかっているか、何か恥ずかしい出来事を知られたくなくて隠しているのだと思った。でも、伯母が本当のことだと教えてくれた。

「あの人が生きてるってことが、そもそも奇跡なんだよ。とっても病弱な子だったし、おまえを妊娠したときだってまだ子どもだった。それにおまえの産まれ方もあったしね」

「どうだったの?」

「尻から産まれてきたのさ、うしろ向きに」アルマ伯母さんはあたしにそのことを初めて告げるのが自慢でたまらず、興奮した声にそれが表れていた。「おまえのママは、おまえが産まれてから三日間意識がなかったんだよ。空軍基地を出たところであのポンティアック車に衝突したとき、ルーシャス伯父さんの車の後部座席でぐっすり眠っててね。ママはフロントガラスを突き抜けて、対向車まで飛んでってボンと弾んだんだよ。三日後に目が覚めたときには、おまえはすでにお腹から出て名前もついていてて、事故を告げるものとしちゃ、ママの額に小さな傷跡が残ってるだけだったのさ。日曜学校で聞くような奇跡だし、こんなことがあったからには、ママが成し遂げるように運命づけられた何かがあると私は思うんだよ」

「ああ、そうだよ」そのことをあたしが訊くと、ママは肩をすくめた。「私がもっと偉大なことのために生まれてきたってことは間違いないね。もっと大きな丸パンとか、もっとこってりしたグレービーソースを作るとかね。そうでなかったら、神さまが私みたいな人間をなんで必要とするかって、ね？」彼女はあまりにもきつく口を結んだので、歯が上唇に押し付けられていた。それからあたしの顔をじっと見ると、ゆっくりと息を吐いた。

「あんたの伯母さんはなんでも神さまの手に委ねすぎなんだよ——神さまがなんの関心もないことでもね。とにかく事実としては、自動車事故があって、私が何か言う前にあんたの名前が決まっちゃったってことなのさ。なんで伯母さんの名前をもらったのか、伯母さんに訊いてみたら？」


継父の誕生日には、あたしはいつも母のことを考える。彼女は仕事に出かける前にコーヒーとタバコを手元において座り、太陽が昇ってくるのを眺めている。あたしの子ども時代ほとんどいつも、あんたたちが大きくなったらすぐに、きっぱりとあの人と別れるからね、と誓い続けてきたのに、ママはいまだに継父と暮らしている。代わりにあたしたち、妹とあたしのほうが家を出て、継父の誕生日にあたしたちはプレゼントを送ることも訪ねることもしない。あたしたちがすることは――妹があたしに話したように、そしてあたしが妹に話したように――ママに想いを馳せることだ。一日のどんな時間帯でも、彼女が何をしているか、どこにいるか、たぶん何について話しているかということまで、あたしたちにはわかる。洗濯スケジュールのように、彼女の一日が決まりきっていて予測できるからという理由だけでなく、あたしたちの身体が知っているのだ。母の身体は、細部にいたるまであたしたちとともにある。彼女はあたしたちそれぞれのなかに、骨太の力と、家系の女たちがつねにまとってきたぶ厚い肉をしっかりくるんだ皮膚のなかに、生き続けている。

ママを訪ねていくと、あたしはいつも最初に彼女の手と足に目をやって、自分を安心させる。手の皮膚は透き通っていて――太い血管が走って、しわがより、あざがあり――足はあたしが子ども時代に一晩おきにすりこんであげたローションのおかげで柔らかだ。あれは母とあたしのあいだの特別な習慣だった。母がソファベッドに横になってあたしの両手のケアに身をゆだね、トラックのサービスエリアで何を給仕したか、誰が文句を言って、誰が特別チップを弾んだか、そして最も大事なこととして、誰がどんな話をして、彼女がどう言い返したか、あたしに話してくれた。あたしは彼女の足元に座って、笑ったり頷いたり彼女の筋肉のこわばりをほぐしたりしながら、彼女の口が時どききつく結ばれたり、青白いまぶたの下で目がブランケットの下の子猫のように脈打ったりする様子を見ていたものだ。ともするとあたしは彼女への愛が溢れて窒息しそうに感じ、彼女が目を開けてあたしを見て、あたしがどんなに彼女を愛しているかわかって欲しくてたまらなくなった。でもたいていあたしは視線を彼女の肌、静脈の細かい網目模様や節くれだった靭帯から離さずにいて、彼女の美しくないところを見続けたし、また近くで見るとひどく壊れやすく、あまりにもしばしば老け込んで見えるのが、どんなにあたしを怖がらせるか、なるべく気づかないようにしていた。

ママは二十五のときにはすでに老婆のような手をしていて、あたしはその手が怖かった。当時は何が自分をそんなに怖がらせているのかわからなかった。その後、恐れていたのは彼女が年老いていくということ、彼女が死んであたしをひとりにしてしまうということだと理解するようになった。ああした茶色のしみ、彼女の手首や足首のしわやひび、目尻の柔らかい隈にあたしは怯えた。あたしは若すぎて、自分自身の死を思春期特有のロマンチックな楽しみ以外のものとして想像することができなかった。伯母たちや伯父たちや継父に、あたしの死を悼む時間をたっぷり与えるような消耗性の病気で死んでいく自分をあたしはしばしば空想した。でも、母に何かが影響を及ぼすとか、何かが厚かましくも彼女を傷つけるとか考えることには耐えられず、ある晩、彼女が死ぬ夢を見て、叫び声をあげて目が覚めた――その夢のなかで、あたしはバプティストの神の座によじ登って、彼女を返してくれと直談判しようとしていた。あたしはママを山か洞穴のように、何か自然の力のように考えていて、彼女自身の命とあたしの命を救い出した女、これからも何度でも間違いなくあたしたちふたりを救い出す女だと考えていた。彼女の手のしわを見ると地震を思い、目の下のしわを見ると夜の津波のざわめきを感じた。もし彼女が壊れやすいなら、もし彼女が人間なら、あたしもそうなのであり、何が起こっても不思議ではないことになる。もし彼女が森羅万象の大黒柱そのものでないとしたら、恐怖があたしを襲う。あたしはそんなことを許すことができなかったし、許そうともしなかった。あたしの子どもっぽい解決策は、母を救うため、死そのものに立ち向かって彼女のしわを取り除こうとすることだった。

あたしが八歳のころ、ジャーゲンズのボディローションが切れていて、代わりにマヨネーズをスプーンですくって使ったことが一度あった。ママは前にかがんで鼻をくんくんさせ、ふたたび横になると手で口を押えて笑った。

「もしそれで効き目があるなら」とにこにこしながらママは言った、「初めっから干からびたりしなかったよ――これまでさんざんマヨネーズは食べてきたからね」
「おまえのマヨネーズは全部、あの食堂でみんなのために塗っちまったんだろうよ、笑顔のバターを大盤振る舞いしたみたいにな」と継父はぶつぶつ言った。あいつは夕方に飲む一杯のアイスティーを欲しがったし、足を投げ出して休みたがったし、首をさすって欲しくもあった。ママの視線を感じると、あたしは休みなく使い走りをして、文句ひとつない状態になるまであいつの世話をした。そうしておいて、あたしはママのところに戻るのだった。でもそのころには、夕食の支度にとりかからなければならなくて、明日か明後日になってまた彼女の足をさすってあげるまで、もう彼女との静かな時間を持つことはできなかった。

継父に折檻で叩かれることよりも、ママの足を両手に抱えていられる時間が盗み取られてしまうせいで、あたしは倍も継父を憎んだ。ママのそばから引き離され、あいつのところに走って枕を持っていったりテレビのチャンネルを変えたり、言いつける用事がなくなったとあいつが納得するまで、じっと立っていなければならなかったりすると、あたしはあいつの突然死の場面を思い浮かべて自分を慰めた。あいつを麻薬取締局の役人と勘違いして、バイクに乗ったならず者たちが家に乗りつけ、ボー伯父さんがトラックのフロントシートの下に忍ばせているような、先端を短く切ったショットガンであいつの頭を撃ち抜くのだ。芝刈り機が爆発して、あいつがばらばらの肉片になって飛び散り、緊急対応部隊がビニール袋に回収してまわるのだ。あいつの禿げかかった薄い黒髪を見ながら命令されるのを立って待っているとき、あたしは血みどろのビニール袋のなかにあいつの頭皮が見えるさまを思い浮かべ、夜、子ども部屋の暗がりのなかで、妹にその場面をどうやって話して聞かせるか考えながら、笑顔が顔中に広がって幸せな気分になったし、妹は妹で、秘密の勧善懲悪劇の彼女なりのヴァージョンを、あたしにささやいてくれたものだった。

継父に叩かれるときには、あたしは考えることはせず、逃走や復讐の物語を思い浮かべることもなかった。継父に叩かれるとき、あたしは自分のなかに深く引きこもって、生きているのは目だけになり、風呂場の壁に残るシャワーの水滴を、シンクの下のパイプを、陶器のトイレの便座についたあたしの血を、宙を切るあいつのベルトの留め具をじっと見つめる目になっていた。耳は身体から切り離されて、何も理解することができなかった——あいつの怒号も、あたし自身のかすれて恥辱に満ちて息も絶え絶えの懇願の声も、あいつがロックしたドアの向こう側であがる母の叫び声も、理解することができなかった。叩かれ終わってドアが開き、母の顔を見て、あたしのほうに伸ばした母の手が震えているのを見るまで、あたしが我に返ることはなかった。そのときでさえ、彼女があいつに何を叫んでいるのか、あいつがあたしたちふたりに何を叫んでいるのか、理解することもできなかった。ママはあたしを寝室に連れていって、冷たい布で顔を拭いてくれ、あたしの両脚をぬぐい、あたしが彼女の足にすりこんだあのローションを使ってあたしの痛みを和らげようとした。彼女が泣くのをやめたときになって、やっとあたしの聴力は戻ってきて、あたしはじっと横たわったまま、彼女の声があたしの名を、あたしの背中をさする彼女の手のようにそっと優しく呼ぶのを聞くのだった。そのときあたしの頭のなかにはなんの物語もなく、なんの憎しみもなく、彼女の手があたしの身体に置かれたまま静かに横たわっていることにたいして、そしてこのときだけはドアにロックがかけられてあいつが閉め出されていることにたいして、圧倒的な感謝の気持ちだけがあった。

それを隠しておくんだよ。見せてはだめだよ。実際に何が起こっているか誰にも言ってはだめ。私たちは安全ではないのだから、とあたしはママから学んだ。安全な人たちもこの世界にはいるよ、でもそれは私たちじゃない。あんたの傷なんか誰にも見せるんじゃないよ。

父さんに叩かれてることを誰にも言っちゃだめだよ。そんなことをしたら、恐ろしくて口にもできないことが起きるんだから。

ママは結婚後できるだけ早く安酒場をやめて、製粉所で働きはじめた。でも製粉所では一年が限界で、空気中に舞う粉にすぐに身体が参ってしまった。そのあとでは簡易食堂での仕事しか選択肢がなかった。チップは大きな助けになった――安酒場にとどまったり、バーのホステスとして仕事ができれば、もっとたくさん稼ぐことができただろうけれど。ビールやワインを給仕するほうがいつでもよい稼ぎになったし、ウィスキーの給仕ならさらにもっと稼げたけど、そのためにはグリーンヴィル郡の外に働きに出なければならなかった。そんなに遠くに行くことは、彼女も新婚の夫も念頭になかった。

その簡易食堂はいずれにしてもよい選択肢だった。街なかにある数少ないきちんとした食堂のひとつで、男たちが日曜の午後に家族を連れていける場所だった。仕事で彼女はくたくたになったけど、製粉所のときのように病気になってしまうほどではなく、彼女は店に来るお客やチップやお客との会話が気に入っていた。

「あんた、なかなかやるね」と支配人は言った。

「ええ、私のやり方が気に入ってる人たちもいますから」と彼女は笑って言った。その言葉を聞けば、本気で言っているのではないと疑う人はいなかっただろう。トラック運転手たちも判事たちも、みなママが好きだった。そしてお客たちは、彼女のポケットに二十五セント硬貨を滑り込ませないときには、いろいろな物を彼女のところに持ってきた――ちょっとしたお土産や友だち向けのカードや、一度か二度は指輪ということもあった。ママは微笑み、冗談を言い、お尻を叩き、自分が売るつもりのないものへの手付金のように見えるギフトにたいしては、毅然として受け取りを拒否した。あたしがまだ小さくてカウンターの向こうが見えないころに、彼女はあたしを食堂に連れていくようになり、カウンターに座らされたあたしは彼女を見ていることができたし、あたしが寒くなったり眠くなったりすると、車のなかで暖かくくるんで寝かしてくれた。

「あれは私の娘よ」と彼女は自慢したものだった。「四歳なんだけど、日曜の朝には新聞の漫画欄を読んでくれるのよ。ちょっとしたもんでしょ?」

「ちょっとしたもんだな」男たちは頷き、ほとんどはあたしのほうを見やりもしなかったけれど、ママに微笑んでもらいたい一心で何にでも同意するのだった。あたしはじっと男たちを見ていて、尻のポケットから取り出す財布や、前腕に雑に貼られた絆創膏や、顎のひっかき傷を観察していた。哀れな男たち、貧乏なのはあたしたちと大差ないのに、コーヒー一杯と受け皿の下に滑り込ませる五セント硬貨でママの時間を買うことができたのだ。あたしはやつらのことが、どいつもこいつも憎かった。

継父はトラック運転手だった——大きなトラックと、一層大きな憤怒をため込んだちっぽけな男。癇癪を起こしては仕事を失ってばかりいた。誰かが何か、ちょっとした冗談を、何か些末なことを言うと、小柄な継父は自分の体重の倍近くもあるものを手に取り、誰であろうとそんな口を利いた人を殺そうとするのだった。「あいつを怒らせるなよ」と人びとはいつも言っていた。「あの人を怒らせるんじゃないよ」とママもあたしたちにいつも言っていた。

あたしはあいつを怒らせないように努力した。用事を足してやった。あいつが話すのを、脚の重心を左に、そして右にかけながらまっすぐに立ち、顔の表情を用心深く空っぽにして聞いた。あいつにはいつもあたしに言いつける用事があった。あいつが怒鳴ると、妹の顔が、片手いっぱいの小石を水たまりに投げ込んだみたいにめちゃくちゃに崩れるのだった。妹の視線はあたしのところに飛んでくる。あたしは妹をじっと見て、妹を憎み、自分を憎んだ。

妹はあたしをじっと見て、あたしを憎み、自分を憎むのだ。一瞬後には、あたしはため息をついて──五歳、六歳、七歳、八歳の子がまるで老いぼれた老婆のようなため息をついて──妹にそこにいなと告げると、立ち上がってあいつのところに行く。あいつのために、あいつの手、小柄なあいつのばかでかい手のために、そこに行ってじっと立つ。あたしはその手が、立派な黒馬に乗って疾走してくる略奪者たちに切断されるのを思い描き、稲妻のような剣を振りかざす武装した女たちが、あたしの名前さえ知らないにもかかわらず、とにかくあいつを殺してくれるところを思い描く。腫れものや火ぶくれや消耗性の病を思い描き、突然車がひっくり返る事故や広がっていくガソリンを思い描く。復讐を思う。正義を思う。空想にすぎないなら、復讐でも正義でも、どっちだって同じだろう。日常の現実においては、ただじっと立っているだけなのだ。実際、あたしはじっと立っていた。前かがみになった。横たわった。

「はい、ダディ」

「いいえ、ダディ」

「ごめんなさい、ダディ」

「それはやめて、ダディ」

「お願い、ダディ」

それを隠しておくんだよ。見せてはだめだよ。実際に何が起こっているか誰にも言ってはだめ。私たちは安全ではないのだから。安全な人たちもこの世界にはいるよ、でもそれは私たちじゃない。あんたが怖がっていることを、誰にも見せるんじゃないよ。そんなことをしたら、恐ろしくて口にもできないことが起きるんだから。

時どき、脳の襞に埋もれていたこだまのように、沈黙のなかからママの声があたしの名を叫ぶのが聞こえ、真夜中に目を覚ます。聞こえるのは彼女のきつい声、あたしをぎゅっと抱きしめるときに使った優しい声ではなく、集金人や召喚状執行官にたいして使ったきつい声だ。ときには笑い声も聞こえてくるけど、咳の前触れのようなか細い寂しい笑い声で、やがて怒りに満ちた笑い声になる。あたしはその笑い声が嫌いだ。まるで恥じるようにあたしの名前の後に続く、真夜中のその響きが嫌いだ。自分が同じような笑い声をあげているのに気づくと、あたしはいつものののしりはじめ、ママが秘めているあの強靭な力をあたしもこだまのように響かせはじめる。

成長するにつれて、教師たちはあたしに言葉づかいを直すように注意し、恋人たちはあたしが言うことに苛立つようになった。あたしが自分の言葉にママの激しい怒りを酢のように振りかけた話し方をすると、教師たちはあたしにシュガーとかハニーって言うのよ、と思い出させた——まるでハエでも惹きつけるべきだ、というように。そして「ああ、ハニー」とあたしの女友だちはささやいたものだ、「そんなふうに話さなきゃいけないの？」そう、あたしはそうしなければいけなかった。あたしがママの笑顔を浮かべ、ママの使う言葉を口にすると、みんなは身体を固くして後ずさり、見たこともない人間であるかのようにあたしを見た。みんなは大声をあげたりせず、小声で非難し、腹を立てたときでさえ、その言葉づかいは、ママの烈火のごとき怒りの勢いを帯びることはないのだった。

「そうしなくちゃいけないの？　そうでないといけないの？」みんなはあたしに懇願した。それから「ほんとにお願いよ！《フォー・ゴッズ・セイク》」と言った。

「冗談じゃねえよ！」とあたしが叫び返しても、みんなは笑うどころではなかった。

「そうしなくちゃいけないの？　そうでないといけないの？」

小声の非難、ささやき。

「ほんとにお願いよ、なんだって最後にケツ野郎ってつけなくちゃいけないの？　肛門オブセッション、あなたのはそれだわ、いかれた《ゴッダム》肛門オブセッションに憑りつかれてるのよ！」

「そうだよ」とあたしは言った、「そして、あんたったら、いかれた《ゴッダム》の言い方さえ知らないんだね。あんたみたいに上品にいかれた《ゴッダム》たって口にする女なんて、くそったれ飯ほどの価値もないよ！」

下品で粗野で乱暴な言葉、そしてもっと乱暴なジェスチャー、ママはそれらを知り尽くしていた。この畜生野郎、私の庭から出ておいき、と家具を持ち出しに来た警官に叫んだ。くそったれのろくでなし野郎！　スカートの下に手を入れてきた男に向かって言った言葉。くそでもひり出してろってんだ、と彼女が口にしない日はなかった。あたしがこうした言葉を使うと平手打ちしたけど、汚い言葉のもつ力を教えてくれたのはママなのだ。いかれた、って言ってごらん。何か言うときには、畜生《ジーザス》ではじめて、最後はくそ《シット》で終えるんだよ。あの笑い声もつけ加えるのさ、心が痛んでることを隠す笑い声をね。ああ、痛む心は絶対他人に見せたりしないんだよ！　その代わり、心なんて持ってないってやつらに思わせるんだよ。

「蹴っ飛ばされたら、倒れたままでいるんじゃないよ。悪態をつき返してやるんだよ」

「はい、ママ」

というわけで言葉づかい、そして口調と抑揚だ。あたしを怒らせたりしたら、ママの声で七代先まで呪ってやる。でもあたしを怒らせるのは、簡単なことではない。あたしは自分の怒りをママの憤怒に照らし、たいていの人は時間を費やすだけの価値はないのさ、という彼女の主張にも照らして調整するからだ。「私たちは別の種族なんだよ。私たちみたいなタイプは、地上にそうたびたび姿を現すわけじゃないんだよ」とママは言い、あたしにはその意味がわかった。この世の頑固者たちのすごさが、あたしにはわかる。そしてあたしはママの娘――野にはびこる葛よりも強靭で、あたしが知っているどんなノータリンの、性悪な、不感症の、老いぼれくそったれ野郎よりも底意地が悪い。でも本当を言うと、あたしが時どきわざとそんな話し方をするのは、母を、生き延びた人、耐えた人であり、でもつねにそのことを黙っていられるわけではなかったその人を思い出したいためなのだ。

あたしたち、妹とあたしは彼女にそっくりだ。三月に妹が電話してきたとき、一瞬ママの声だと思った。アクセントも南部方言そのままで、その場その場の言葉や思考をゆっくりと間延びしたように話す言葉づかいもそのままだったが、打ちひしがれた感じはママのものではなかったし、あるはずがなかった。一瞬あたしは両手で、懐かしい柔らかな肌に、老齢と酷使のために薄くなった皮膚にさわっているような感じがした——それはちょうど孫息子たちをじっと眺めていたかと思うとくっくっと笑って、あの子たちをよく見てごらんよ、とあたしに言った日のおばあちゃんの手のようだった。「ごらん、うちの血がだんだん薄まりながら伝わっているのがわかるだろう」と。おばあちゃんはぺっとつばを横に吐くと、あたしの肩をぎゅっとつかんだ。あたしは振り向いて、おばあちゃんの手を、巻かれた太いコードみたいに頑丈な手を、その手の下のあたしのむきだしの肩を、その筋肉が冷たい牛乳のなかの泡のように盛り上がってくるのを見ていた。おばあちゃんの隣にいると、あたしは頑丈で力強い自分を感じ、あんなに頑丈で力強く自分に自信が持てたのはあのとき以来一度もなかった。妹が電話をかけてきたあの三月、自分が年をとったように感じ、あたしの手は針金のようにやつれ、血管に流れる血は火照って勢いがなくなったようだった。

妹の声はうつろだった。電話越しの言葉は鉄で縁取られたようにビリビリ震えた。あたしの舌は歯に張り付き、ずっと昔にしまい込んだはずの恐怖が口いっぱいに広がった。

「できることはすべてやってくれてるの。今朝もう一度手術をして、化学療法と放射線療法も。医者だから、あの先生にはわかってるの。でも、畜生……」

「こん畜生っ」

「そうなのよ」

ママはひとりで目を覚まし、激しい怒りと哀しみに襲われた。「いつも予想してたとおりだったよ」とあとになって彼女はあたしに言った。「何が起こるか、何を予期すべきか、自分でわかってると思ってるだろ。ところが、ふっと身体の力を抜いたとき、そいつがやってくるのさ。人生がくるっと向きを変えて、こっちを叩きのめすんだよ」

彼女はそこに横たわり、やつらが、この間ずっと付きまとい、すべての明日を奪うチャンスを窺っていたやつらが、ついに自分を制圧したことを知った。今ややつらが彼女を制圧し、包帯とチューブと、溶けた鉛のように感じられるシーツの下で、身体を動かすこともままならなかった。本当のところ、こんなことが起こりうるとは信じていなかった。両手を首に当てようとしたけど、腕はどちらも動かせなかった。「あんまり頭にきたから、シーツを蹴って穴をあけようとしたけど、無理だったよ」継父が入ってきてベッドの脇に座ってすすり泣くと、彼女は何度もゆっくりと呼吸し、顔の表情をじっと固くした。身体中を目にして、彼女はすべてを身体の奥底からじっと凝視していた。

「手に入れられないものは欲しがるんじゃないよ」と彼女はいつも言っていた。それが生き抜くための彼女のルールだったし、今やふたたびそれにしがみついた。自分で変えられないものからは顔を背けて、新しい状況に適応しはじめたのだ。ブラジャーがつけられるように、乳房状のものを縫って作る方法を考え出そうとした。「こういうしろものは、買ったらものすごく高いからね」と、あたしがベッドの脇に座ると彼女は言った。あたしはゆっくり頷いた。あたしがどれほど怖がっているか、どれほど不安でいるか、どれほど怒っているかさえ、彼女には見せないようにした。彼女の勇気にたいする誇りと、彼女の強さにたいする信頼だけを彼女に伝えた。でも心のなかでは、彼女にも怒って欲しかった。「どうにかやっていくよ」と彼女はささやき、そこに怒りはなく、あたしはただ頷いた。

「大丈夫だからね」とあたしは言った。

「大丈夫だからね」と彼女は言った。強がりを言うしか、互いに与えあうものがないこともあった。

事柄が自分のママで、しかも既成事実であるような場合には、彼女が出血している状況下で政治を持ち出すことなど不可能だ。部分的乳房切除も全切除と同様に効果的だと書いてある先月号の記事を引用することなどできないし、父権制や階級や対決戦略について話すこともできない。あたしは電話で冗談を言い、ヘルシーな料理レシピとビタミン療法を満載した手紙も書いた。彼女と自分自身のために、何事も起こりえないし、癌は日常茶飯事の出来事であり（実際にそうだし）、死はシナリオの一部ではないと信じているふりをした。

それを隠しておくんだよ。見せてはだめだよ。実際に何が起こっているか誰にも言ってはだめ。すべての動きを止めてばらばらに崩壊せよと全世界が迫り、ついにあたしたちの怒りをあらわにせよと全世界が迫るなか、ママはなんとかやり遂げる。ママは歯を食いしばり、いつもの辛辣な笑い声をあげ、必要だと考えることはなんでも、手に入らないものを彼女が欲しがる様子を見てやろうと待ち構えている人たちの助けなど一切借りずに、やり遂げる。

五年、十年、二十年――ママが癌を患って二十年になる。「あの医者、七一年にフロリダのタンパで、私が死ぬって診断した医者ね、あの青二才ったら七面鳥の骨をのどに詰まらせて死んだんだよ。私のことを癌で死ぬことになる、なんて悲しいことだろうって言ってた人たちは、ふん、トラックに轢かれたり、なんやかんやでぽっくり死んじまってさ、一方の私は生き続けてるんだからね。たいしたもんだよね」

まったくたいしたものだ。その間少しまた少しと、母はあたしから盗み去られていく。子宮摘出手術のあと、片方の乳房切除手術があり、五年後にはもう片方の切除手術があり、歯も次々と抜けやすくなり、合わない靴を履いて長年続けたウェイトレス仕事のせいで足の小指が石灰質化してしまい、一連の化学療法のたびごとに髪の毛や爪が抜けていき、ママはますます山のようではなくなり、ますます洞穴のようになっていき、いろいろなものが取り去られていく空っぽの場所になっていった。

「私や、ばあちゃんや、グレース伯母さんから医者が取り去ったもの――くそっ、それでもうひとり人間を作り出すことができるじゃないか」

女、ごみからの創造物、身体の部位を継ぎ足したもの。あたしはお酒を飲むと、深い洞窟から出てくる蝙蝠《こうもり》たちのように、クモの糸でできた女のように、彼女が立ち現れるのを見る――全身が黒く縁取られ、クロムメッキされた子宮や型取りされたガラスの指、プラスチック製の胸郭やまばたきしない赤い目をしている。ママと、おばあちゃんと、伯母たちと、妹と、あたし――取り出せるすべてのあたしたちの部位がそこにある。

「生身の人間には生身が必要だね」とママは一度あたしに歌うように言い、笑いながら付け足した。「でも私たち、今は昔ほどたくさん必要ってわけでもないね」

ママが話すとき、あたしは耳を澄ましていた。彼女が話すことは真実だとあたしは信じていた。耳で彼女の言葉を聞くのと同じくらい、彼女の顔を食い入るように見つめていた。彼女はうなだれて、悪い歯を手のひらで隠す癖があった。「そんなふうにしないで」とあたしはよく言った。すると、あたしの真剣な様子を彼女はよく笑ったものだ。あたしと一緒に笑うと、彼女の目の下にできたあの影の灰色が薄れて、一瞬あたしには力が漲《みなぎ》り、重要な存在になったように感じた。彼女を笑わせることができたときほど、自分が重要な存在になったと感じたことはなかった。

エルヴィス・プレスリーやリッチー・ヴァレンスの伝記映画のように、大人になったら貧しい子が恩返しをするシナリオにあたしは憧れていて、ママのために家を買って、手に鍵を握らせて言ってみたかった。「全部ママのものだよ——ここからあそこまで全部、この壁も、ドアも、門も、錠前もね。嫌なやつはここに入れなくていいんだよ。日向ぼっこをしたければしてもいいし、気分しだいで月光を浴びながら裸で歩いてもいいんだよ。もし街でふざけまわりたければ、一緒に街に繰り出すこともできるよ」

母の恋人にはなりたくなかった。あたしはそれ以上のものになりたかった。彼女があたしを救い出すのをあたしたちふたりともが望んでいたように、あたしは彼女を救い出したかった。手に入らないものを欲しがってはだめだよ、と彼女はあたしに言った。でもあたしは彼女ほどものわかりがよくなかった。あたしはその夢を叶えたかった。それを断念することなど絶対できなかった。

あたしが家を出た日に、継父は消滅した。あたしは自分の人生からあいつの存在をこすり取り、あいつを連想させるあらゆる動作や言い回しを追い払った。あいつにかんして残ったものは電話のなかの声、あたしが家にかけると時どき出てくる声だけになった。でもママはあたしの身体のなかで、暖かく守ってくれる脂肪の層となって厚みを増し、あたしを包んでくれた。彼女の身体と同様に、あたしの筋肉は骨にぴったりまといつき、振り向くあたしは、あの怒って目をむいたブルドッグみたいな表情、彼女が浮かべるのを見ていつも恥ずかしく思っていたあの表情を浮かべている。でもあたしの脚は頑丈で、彼女みたいに前かがみではない。あたしは三十年もウェイトレス仕事をすることはなかったし、あたしの最初の恋人は良い靴を買うことの大切さを教えてくれた。あたしは頭をうなだれるママと同じ癖があるし、同じようにすぐにかっとなるし、彼女が入念に隠していたのと同じ、心の奥深くまで達した傷跡がある。でも、あたしの手ほど彼女の娘であることを物語るものは他にない――その年齢を重ねていく様子、早くも薄くなった皮膚を通して血管が浮き上がってきた様子。あたしのなかにママの肉体が再生されているのだから、あたしの手は美しいとつぶやいてみる。

恋人たちはあたしのことを笑って言う。「あなたの話すこととときたら、十語に一語はママなんだから。ママが言った。ママが昔よく言ってた。ママは愚か者を育てたりしなかった、ってね」

あたしは間延びした南部なまりを話しながら大きく口を開けて笑い、ママそっくりの抜けた歯を見せる。


ママを見ていて、いくつかのことをいやというほど学んだ。あんたが気にかけていることを見せてはだめだよ、とママは教えてくれた。それに、手に入らないものを欲しがってはだめだよ。必要としているものをあんたに与えないことで、誰かに満足感を味わわせてはだめ。そのためには、何も必要としないってことを学ぶことさ。自分のなかの何かを欲しがる部分は餓死させるんだよ。やがて、ママは一種の禅的なバプティスト信者なのだとわかった――

いわば山頂の苦行者のように、欲望を自分自身の心から無慈悲に根絶する人。ママの教えと仏陀の教えは、相対的な程度の問題を言っているのではなく、絶望についてのものなのだ。ママの哲学は辛辣で浅薄だった。自分が生まれ変わるかどうかには少しも関心がなく、とにかく二度と貧しく困窮した状態で生まれ変わったりしたくなかったのだ。

あたしはママの娘、この地上におけるママの影、血が少しだけ薄まって彼女ほど迫力はなく、困窮や欲望にたいして彼女ほど抵抗力がない。あたしは山や洞穴ではなく、自然の猛威や大地の力ではないけど、直面できないものは見ないという彼女の才能を身につけている。自分で手に入れられないと思うものは欲しがらないし、手に入れられないものとはなんであるかについて心の中ではっきりさせておく。夜になるとあたしは彼女に伝えたことがない話、今でもまだ伝えられないあらゆる話を、朗々と話し出す——頭のなかで彼女の声は、愛と絶望と哀しみと怒りを響かせる。夜に彼女の名を呼ぶあたしの声を耳にしても、彼女に聞こえるのはあたしではなく、あたしが彼女のために作り上げたあたし——彼女のことを過剰なほどには必要としないあたし、心がそれほど脆いわけではないあたし、内面が鉄や銀でできているあたし、夢は冷たい氷と石板でできているあたし——何も、まったく何も必要としてなんかいないあたしだ。心にいつも浮かぶのは、閉じたドアとその向こう側で泣いているママだ。彼女はあたしを救い出すことができなかった。あたしは彼女を救い出すことができない。時どき、自分たちを隔てる壁の向こうにあたしは辿り着くことさえできない。

継父の誕生日になると、あたしはコーヒーを淹れ、バーボン・ソース添えのブレッドプディングを焼く。友人たちを招き、眉をひそめる話を聞かせ、ひどい言葉を使う。自分の傷跡をひっかいて恋人を抱きしめ、十二州離れたところにいるママのことを考える。故郷の南部なまりが戻ってきて、身体がずっしり重くなり、しまいには背骨の痛みが絶え間なく焼きつく。ママが早朝のキッチンテーブルに座って目に涙を浮かべ、あたしと妹に嘘をつき、そのうちあの人と別れるからね、とあたしたちに約束していたことを思い出す。あたしたち子どもが大きくなったらすぐに、貯金がもう少しできて暮らしがちょっとでもよくなったらすぐに、私は出ていくからね、と。

あたしは、彼女が今あそこに座って、あいつが目を覚ましてコーヒーを欲しがるのを待ち、一日が動き出し、忙しくなって考える暇がなくなるのを待っている様子を思い浮かべる。時どきあたしはママを憎む。時どきあたしは自分を憎む。彼女のなかに自分が見えてきて、自分のなかに彼女が見える。時どきあまりにもくっきりと自分たちが見えてきて、忘れたり変えたりすることができないいくつもの小さな裏切りがすべて見えてくる。

ママが電話をしてくると、あたしは少しだけ待ってから口を開く。

「ママ」とあたしは言う、「電話してくれると思ってたところ」

ダーシー夫人と青い眼の見知らぬ男

Mrs. Darcy and the Blue-Eyed Stranger

リー・スミス

カクテルの時間だった。一日中隠れたり現れたりしていた太陽が、重なりあった灰色の雲の切れ目からちょうど顔を出し、遠くではまだ雷が鳴っているのに、妙にまばゆい輝きで島の浜辺一帯を照らしていた。海には一面に白波が立っていた。厚い雲の下の水平線あたりでは海は鈍色《にびいろ》だったが、陽が差している手前のほうでは、ところどころ鋼のように青光りしていた。満潮にさしかかり、波は一フィートほど高くなって浜辺に押し寄せ、水際の人びとは徐々に居場所を失い、互いの距離を縮めていった。八月にしては珍しく、予想を裏切る不安定な天気だった。先ほどの通り雨のあと風が強まり、海側から波を越えてまっすぐに吹きつけてきていた。凧揚げにはもってこいの風で、そこらじゅうで凧が舞っている。凧を揚げるのはほとんど孫たちで、糸をこんがらがらせたり、テレビアンテナに絡ませたりし、そうするとすぐに本土まで行き、エルの金物店から新しい凧を買ってくる。この八月二十五日の夕暮れ間近、凧揚げ日和のカクテルの時間に、ダーシー夫人は初めて幻視を体験したのだった。

別荘の下の浜辺には、ダーシー夫人の娘たちが集まっていた。背が高く、花のように優雅な彼女たちは、たおやかに身を傾けあい、ジントニックに少し口をつけては、強風に負けずに話をしていた。家族としての特徴は、特に際立っていないまでもはっきり見て取れた。狭い額、高い頬、やや間隔が狭い黒い眼。高くまっすぐな鼻は、やや尊大で貴族的に見えるが、鼻炎に罹りやすいという欠点もあった。みな美しい顔だちをしていた。

だがダーシー夫人は、いくら努力してみても――そして、育てる過程で実際に努力してきたのだが――この娘たちのなかに自分の面影を見つけることはできなかった。ダーシー夫人自身は金髪で、背が低く太っていて、上腕は鳥の喉袋のように肌が幾重にも垂れている。かつては美しい少女だったが、痩せていたことはなかったし、時流に乗った少女だったことも時流に乗った若い女性だったこともなかった。娘たちはみな父親に似たのだ。手も父親譲りで、長くほっそりとしていた。別荘のなかで、ダーシー夫人はトリクシーが持ってきてくれた何冊もの手芸の本をめくりながら、下の浜辺にいる娘たちに目をやっていた。手芸の本だなんて、とダーシー夫人は思った。手芸の本。あの娘《こ》ったら何を考えてるのかしら。ダーシー夫人は立ち上がって、部屋着の前を掻き合わせると、ドアのところに行って佇んだ。

「出てきたとき、お母さんは何をしてた?」とトリクシーが訊いた。トリクシーは長女で、十代の子どもが三人いた。短く刈った髪には白髪が混じり、べっこう縁のメガネを鼻にどっしりと載せていた。「お母さんは何をしてたの?」トリクシーは風に負けないようにもう一度尋ねた。

次女のマリアが敷物のキルトの上で姿勢を変えた。「たいしたことはしてなかったと思うけど。台所でうろうろしてたわ」

「あら、夕食の準備は必要ないんだけど」とトリクシーが指摘した。「もうすっかり済んでるんだから」

「どうだったかしら」とマリアが言った。彼女は話す前に、いつもじっくり考えるか、じっくり考えている印象を与える。「子どもたちが誰か入ってきて、飲物か何かをもらってたのかもしれないわ」

「料理を手伝ってくれるように、頼んでみたんだけど」とトリクシーが言った。「お母さんが昔は料理に凝ってたこと、覚えてるでしょ?」

「本当に頭にくることが何かっていうとね」と三女のジニーが突然言った。「このあいだ、精神科医のところでも言ったんだけど。あたしがママのことを考えると、何をしてる姿を思い浮かべるか、わかる? 少しでも小さな器に残り物を入れ替えてる姿なの。例えば、ローストビーフを食べたとするじゃない? あたしだったら、作った鍋にそのまま残りを入れておくわ。でも、違うのよね。食後、ママは小さめの器を探さないと気がすまないわけ。冷蔵庫に入れるために、タッパーウェアか何かをね。ローストビーフ専用のタッパーウェアってやつ。で、誰かがサンドイッチを作って、ローストビーフが一インチ減ったとするじゃない。そうすると、また別の器を探さなきゃならない。それからまた別の、また別の、また別の、という具合。ちょっとした料理を作るたびに、十五種類くらいの器に次々に入れ替えていったんじゃないかな。子ども時代のことで覚えてるのは、そのことだけよ」ジニーは深く前かがみになって、強い風に負けずにウィンストンを吸った。それから砂のなかにタバコを押しつけて消すと、勢いよく仰向けになったので、長い黒髪がキルトの上に扇状に広がった。

「そのことについて、強い怒りの感情があるわけね」とマリアが慎重に抑揚をきかせた声で言った。マリアは心理学者で、夫のマークもまた心理学者だった。その夫は姉妹たちから三十ヤード離れたところで、別荘の裏手にあるテラスに座り、双眼鏡で何かを観察していた。「あなたの怒りは、その出来事が些細なのに比べて妙に不釣り合いに思えるわ」とマリアが所見を述べた。

「ふざけないでよ」とジニーが言った。

マリアの子どものひとりであるアンドルーが、靴の紐を結んでもらいにやってきた。「なんで爆竹を買っちゃいけないのさ?」と不平がましく言ったが、返事も待たずに走り去っていき、ブルージーンズの脚がぼやけた小さな点になった。

「さて」とトリクシーが言った。風が弱まって話ができるようになったことに加え、何事につけ物事の核心をつくのがトリクシーのやり方だった。「ふたりには手紙でも書いたけど、今の状況ではなんていうか、ちょっと目的をなくした感じがお母さんにあるのは理解できるんだけどね。でも前にも言ったように、先月ラーリーの家に行ってみたときには、信じられない光景だったの。お母さんの暮らしぶりに目を疑ったわ。そこらじゅう埃だらけ、いつも埃にはうるさい人だったのによ。コカコーラなんかも飲んでたし。市販のフルーツジュースもよ。冷蔵庫には冷凍ピザが入ってた——いい、ピザよ、想像できる?」

マリアはピザを思い浮かべて微笑んだ。ピザという言葉自体が、ラーリー市の実家での子ども時代の食事とあまりにもかけ離れていたからだ。マホガニーのテーブルの長く伸びた輝く広がり、銀の食器、壁紙の孔雀、深紅の花模様の東洋ふう手織りじゅうたんを彼女は思い出した。「ピザなんて!」とマリアはそっと言った。「お父《ポップ》さんが聞いたら、死んじゃうわ」

「もう死んでるでしょ」とジニーが指摘した。

「本当なのよ!」とトリクシーが言った。

「喪に服する期間があっても当然だと思うのよ」とマリアは言ってみたものの、滔々《とうとう》と講義をするつもりはなかった。「もう一度生活に立ち戻るためには、絶対に必要なプロセスだから」

「でも厳密には、喪に服しているとも言えないわ」とトリクシーが言った。「関心を失ってるだけなの。何事にも関心を示さない状態としか、わたしには見えないわ。人生への関心の欠如よ」

「あたしにはわかるな」とジニーが言った。

「それもきっと喪の一種なのよ」とマリアが言った。「喪の服し方は、当然ひとりひとり違うから」

「十人十色だものね」とジニーが言った。姉たちは彼女を無視していた。

「でも、昔は始終忙しくしてる人だったじゃない?」とトリクシーが言った。「いつも何か手芸をしてたし。ボランティアも年中してたし、ブリッジもしたし、昔はどんなだったか覚えてるでしょ」

「二色使いのハイヒールとストッキングを、毎日履いてたわ」とジニーが判決を下すような口調で言った。

「そう、わたしが言おうとしてたのもそれよ」とトリクシーが続けた。「なのに、今お母さんは何を履いてる? スーパーで買ったゴムのビーチサンダルよ。ロレーヌも辞めさせちゃったし。今じゃロレーヌは週に一度通ってきて、水回りと床を掃除するだけなのよ」

「あの家にロレーヌがいないなんて、想像できないわ」とマリアは言った。ロレーヌは彼女たちの少女時代にいつも中心を占めていた存在で、糊のきいた白い制服を着て、『ポパイ』に出てくるオリーブ・オイルのようにひょろ長い人だった。

「だから、ロレーヌもママのことをとても心配してるの」とトリクシーが言った。「みんなも想像がつくと思うけどね。わたし、公営団地まで彼女を訪ねていって、ちょっとお金を渡して、自宅の電話番号をメモして、いつでも電話して欲しいって言ってきたの。掃除にあの家に行ったとき、何か心配事があったらいつでもって」

「それは良かったわ、トリクシー」とマリアが言った。

「それで」とトリクシーが言った。自分のふたりの娘たち、日焼けして綺麗な脚をしたリッチモンド育ちの少女たちが、浜辺の向こうから泡立つ波打ち際をこちらに歩いてくるのが見えた。「お母さんに、わたしこう言ってみたのよ」とトリクシーは続けた。「『また教会に通ってみたら？　街の老人クラブのどれかに入ってみるのはどう？　今じゃ、信じられないくらいいろいろな種類の会があるのよ。山にも登るし、芝居を見にニューヨークにも行くし、事前になんでも手配してあるの。そう、フロリダのディズニーワールドで、すっかり楽しんでる一行も見たことがあるわ！」って、お母さんにそう言ったの」

「それは理解できないな」とジニーが言った。

「もちろんあなたにはできないでしょうね。まだ二十七だから」とトリクシーがぴしゃりと言った。時どきジニーが妹ではなく、あたかも自分の娘であるかのように、トリクシーには感じられるのだった。

「でも、ここに来ることには、お母さんは関心を示したのよね」とマリアが指摘した。「それだけでもたいしたものだわ」

「関心は示したかもしれないけど、動き出そうとはしなかったの」とトリクシーが言った。

「わたしが提案して、わたしが連れてこなきゃならなかったのよ」

「お姉ちゃんって、たいしたものよね」とジニーが言った。

「ジニー、あなた自身も適応するのに今苦労してることは認めるけど、でもそれは言い訳にはならないわよ、子どもじみたふるまいの言い訳にはね。老人ホームのことを考えはじめたほうがいいんじゃないか、というのがわたしの意見なの。ちなみに、キャズウェルは同意してくれたわ。もちろん、そうなったらあのラーリーの家を売らなきゃならないし、いろいろと厄介で複雑だけどね。でも、十分あり得る選択肢として考える必要があるってことよ」

「マーガレットがやってくるわ、彼女の考えも聞いてみたら」とマリアが言った。「今朝も、ママに会いに来てくれてたんだし」

「いつ?」とトリクシーが鋭く問い詰めた。

「えっと、十時くらいだったかな。姉さんがハンモックショップに遊びに行ってたときよ、きっと」

「一本取られたね!」とジニーが言った。


マーガレット・デイル・ホイティッドはこれまで離婚を一度、死別を二度経験した人だった。砂の上をゆっくり堂々と歩いてくる。丈の長い白いカフタンが風に膨らみ、片手に持ったマティーニをこぼさないように注意深く運んでいる。彼女たちのところに辿り着くと、トリクシーの肩に片手を置いて身を支えながら「乾杯!」と言った。「本当に、嫌んなっちゃうわね。この自然ってものが、ってことだけど」マーガレットの声は耳障りで断固とした響きがあり、つねにお金に恵まれてきた人の声だった。彼女たちの母親との夏のつきあいはもう四十年来になり、母ロリーと父ポップがロリポップ荘《ぺろぺろキャンディー》と呼ぶ別荘を、マーガレットのサンド・キャッスル荘の隣に建てて以来のつきあいだった。その頃には、島のこの南端には何も、ほぼ何も建っていなかった。彼女たちは開拓者だったのだ。

「マーガレット、お元気?」とジニーが尋ねた。ジニーはいつもマーガレットが好きだった。

「この老婆にも、まだいくらか元気が残ってますよ」マーガレットは得意のウィンクをしてみせた。「ここだけの話、肩がちょっとおかしいんだけどね。ほら、三月に転んだこと、知ってるでしょ」

みんなは知らなかった。

マーガレットはマティーニをすすり、荒い息をしながら海の彼方に目をやった。ジニーは立ち上がると、ジーンズの砂を払った。マーガレットの金のメダリオン・ネックレスが気まぐれな太陽の光を受けて煌めいた。

「ママのことを訊きたいと思ってたところなの。どう思ってらっしゃるか」とトリクシーが尋ねた。自分との関係を誰にも詮索されないと確信できる距離に、自分の娘たちが腰を下ろしたことにトリクシーは気づいていた。

「ママ、ママ、こんがらがっちゃったよ」と、マリアの六歳の娘クリスティが泣き叫んだ。

「ダディーのところに持っていってごらんなさい」とマリアは言った。「糸を切ってくれるから」

トリクシーとマリアも立ち上がった。

「あのね」とマーガレットが耳障りな声で言った。「言わせてもらうとね、年をとるってことは、地獄よ」マーガレットは笑い、トリクシーの肘につかまって身を支えた。風が吹いて、マーガレットの大きな白いスカートがはためき、両脚にまとわりついた。突然ジニーがフリスビーを追いかけ、つかまえると、それをトリクシーの息子のビルに投げ返した。マリアはキルトを持ち上げると、砂を払い、ロリポップ荘へ、テラスにいる夫のほうへ戻っていった。夫は双眼鏡で海を見ていて、赤い顎ひげがパイプのまわりに渦巻いていた。ロリポップ荘のスクリーンドアが開いて、ダーシー夫人が戸外の光にまばたきしながら、ゆっくりと出てきた。海辺では、マーガレットが銀杯を高く掲げると、トリクシーに向かって「じゃあね」と言った。

「見て、ママ、見て!」クリスティとアンドルーが大声をあげはじめた。「見て、ママ、虹よ、虹!」

マリアは大袈裟な身ぶりで、テラスから子どもたちに頷いてみせた。

「どうなった?」と、マークが双眼鏡を下げないままで訊いた。「うまく解決したかい?」

「もう、本当に難しいわ」マリアはキルトを手すりにかけると、椅子に腰かけた。「そもそもジニーがとても扱いにくいのよ。この家族全体の問題って苦手なの、昔からずっとそうだわ。乗り越えなくちゃいけないことが多すぎるんですもの。解きほぐすべき幾層もの意味があるのよ」

「やっぱり核家族構造がいいという議論はいくらでも出てくるね」とマークは言い、しばらく前から目で追っていた光景に双眼鏡の焦点を合わせた。彼が見ていたのは、甥のビルを相手にフリスビーをしているジニーの胸が、ピンクのTシャツの下で揺れ動く様子だった。

だが、そのときジニーがフリスビーをやめ、海を眺めはじめ、ビルもそれに倣い、海辺ではすべての動きが停止した。

「ママ、ママ、ママ！」と、クリスティが甲高い声をあげた。

「こいつはすごい」とマークは言い、双眼鏡を下ろした。「二重の虹だ」マークが妻の身体に腕をまわし、ふたりでテラスに一緒に立ったので、その姿は核家族として満たされ、風に逆らって立つ一個の建造物のようだった。

「これまで何度も夏に来ているのに、こんなのは見たことなかったわ」とトリクシーがマーガレットに言った。

水平線上に、巨大な虹のピンクと青と黄とまた青が揺らめき、雲の重なりの上にかかり、みんなが見ているうちに雲が切れて、ふたつ目の虹――初めはほとんど光の煌めきだけで、微かな色の気配にすぎないものだったが、ひとつ目の虹の下に弧を描いて空にかかりはじめ、徐々に色が広がり、最後には二本の虹が空いっぱいに広がった。海辺の子どもたちは「はい、ポーズ」のゲームをしているかのように、動きを途中でぴたりと止めていたが、またはしゃいだ声をあげながら散っていき、めちゃくちゃに跳ねまわり、四方八方にぐるぐる回った。砂とフリスビーが飛んだ。屋根つきポーチでは、マリアと義理の息子の背後で、ダーシー夫人が初めはためらいがちに、蟹のように奇妙な横移動をしながら、徐々に午後の陽ざしのなかへと出てきた。ダーシー夫人はゴムのビーチサンダルと花柄の部屋着を着ている。彼女は両腕を突然上げると、二重の虹のほうへと高く差し延べ、「アイ、イー、イー!」と大きく長く叫んだ。「イー、イー、イー!」ダーシー夫人は立ちすくみ、それから失神して砂だらけのテラスにうつ伏せに倒れた。

翌朝は澄みわたり、美しく明けた。ジョギングをする人たちは早朝から、島の端から端へと行ったり来たりしていた。釣り人たちは本土に通じる橋の上に並び、海峡の引き潮の流れに釣り糸をまっすぐ垂れていた。湿地帯の草は風になびき、珍しいサウスキャロライナの鳥たちが上空を飛んでいった。誰かがフグを釣り上げた。大きな屋敷が立ち並ぶ街路では、新たな一日の準備のために、白い制服姿の女中たちが前夜の酒瓶やゴミを出しにきて、日なたで噂話に興じていた。子どもたちは湿地帯に突き出した桟橋まで駆けていっては、蟹が罠にかかっていないか覗き込み、かかっていると金切り声をあげた。

島の南端では、ジニーがタコノマクラの平たい殻を探して海辺を歩きまわり、引き潮とともに潮だまりが変化していく様子に見入っていた。以前に島の中ほどから、海峡に筏を浮かべて乗りだしたときのことを思い出した。湿地帯の草のあいだをゆっくりと漂いながら桟橋をいくつも通り過ぎ、潮の流れが強くなるにつれてスピードが増して、しまいにはものすごい勢いで島の南端をまわり、ちょうどこの場所に差し掛かったところで海に飛び出して、ようやく波に押し返されることになるのだった。ジニーが覚えていたのは、最後に海に飛び出すたびに感じた心底からのパニックであり、海流の驚くほどの強さだった。その記憶のなかで、彼女はいつもひとりのようだった。マリアは加わろうとしなかったし、トリクシーはそんなことをするには大人になりすぎて、大学かどこかに行っていた。でも、どの夏にも友達の姿があった。思い出すのは、州都のコロンビアから来ていたミッチェル家のことだが、彼らの別荘も五年前に売りに出されてしまった。ジョニー・ブリッジリーは、初めてのボーイフレンドだったっけ。パジェット家のお誕生日会では、かならずくす玉遊び《ピニャータ》が用意されていたものだわ。ジニーは潮だまりに座り込んでヤドカリをつついていた。水は透明すぎて、そこに流れているのが時どきわからなくなるくらいだった。太陽がすでに両肩に暑く感じられ、何をするのも億劫に思えた。

ロリポップ荘では、飾り気のない大きな居間で、ダーシー夫人がソファベッドに横たわり、子どもたちと友達に取り囲まれ、起き上がろうとするたびにみんなに制止されていた。

「やっぱり思うんだけど、ママ、こんなのまったく馬鹿げてるわ。いい、まったく馬鹿げてるのよ。マートルビーチのお医者さんのところに連れていかれるのが嫌だなんて。そのほうが良ければ、ジョージタウンでもいいのよ。これほどの発作を無視して済ますことだけは、絶対だめよ」とトリクシーが言った。

「これって何かの策略なんじゃないかしら」と、台所でマリアはマークに囁いた。「注目欲しさの奇行ってやつ。もちろん無意識だろうけど」

「かもな」とマークは言った。「あるいは軽い脳卒中だったかもしれんよ」

「脳卒中ですって！」とマリアは言った。「本当にそう思うの？」

「いや、あくまでも可能性さ」とマークが言った。マークはコーヒーカップを手に取ると海辺に出ていった。姪たちはすでに日焼けオイルを塗り終え、腹ばいになって夏休みの課題図書を読んでいた。彼自身の子どもたちはずっと遠くで、濡れた砂で城を作っていた。

「スクランブルエッグを作ろうかしらね」とダーシー夫人が言うと、向かいの家から様子を見に来ていたスージー・レノルズが急いで立ち上がって、彼女の代わりに作りはじめた。

今朝のダーシー夫人には、どこか変わったところが、どこかこの世ならぬところがあった。危うく死にかけたのかしら? ただ転んだだけ? それとも何? なぜ医者に診てもらうのを拒むのだろう? 大きめのソファベッドにいくつもの枕に囲まれて横たわっていると、ダーシー夫人は驚くほど小さく見えた。まだ花柄の部屋着のままだった。裾から丸々した小さな足首が見え、はだしの足はふっくらとして、血管が青く走り、黄ばんだ足の爪には、赤いペディキュアのなごりが一、二か所残っていた。両腕を腹の上で折り曲げ、手を組んでいた。白髪まじりの金髪の巻き毛が一面に広がり、乱れた髪の下で、皺の寄った顔は新たな光に満ち、それがあたりを照らしているようだった。

トリクシーは母親を見ていると、腹立たしさが募ってきた。かつては母親がいつも念入りに化粧をし、地味で落ち着いた服を着こなしていたことを、トリクシーは覚えていた。海辺に来ている他の高齢の女性のように、もう少し考えてきちんとした服を着れないのは、なぜなのかしら？　マーガレットでさえ、マティーニを手放せなかったり、なんでも仕切ろうとしたりするけど、これよりはましだわ。人生は何があっても続いていくものなのに、とトリクシーは考えていた。

急にダーシー夫人が微笑んだ。喜びに満ちた笑顔はサーチライトのように部屋を一巡したが、特に誰かに向けられたわけではなかった。

「少し良くなったように見えるわね？」と、レノルズ夫人が台所の入口からトリクシーに声をかけた。夫人はスクランブルエッグとトーストを載せた皿を持ってきた。

「さあ、どうかしら」とトリクシーが言った。「あんまり心配してたものだから、よくわからないわ」

「あら、わたしにはもう大丈夫に見えるわ」とレノルズ夫人が言った。「ちょっと帰ることにするわ。用があったら、また声をかけてね」

ダーシー夫人は上体を起こして食べはじめた。マリアは本を片手に、枝編みの肘掛椅子から静かに母親の様子を観察していた。朝の光がいくつものガラス戸から差し込み、部屋を渡る微風が卓上の雑誌のページをぱらぱらめくっていった。ビルが潜水用足ヒレと水中マスクを取りに戻ってきた。海辺の子どもたちの声が大きくなった。「気分はどう？」とマリアは慎重に訊いた。

次女を見るダーシー夫人の潤んだ青い眼が、深みを帯びたように見えた。「虹を見たとき」と、彼女は柔らかな南部なまりの声で言った。「本当に不思議だったの！　突然、なんて言うか、何か存在を感じたんだよ、どんなふうだったか言えないけど、それが身体中に広がっていって、しまいには身体が浮き上がってね。そのときあの人が見えたの」

「誰が見えたんですって？」マリアは本を置いて、椅子に前かがみになった。台所では、トリクシーがコーヒーカップを落とした音が聞こえ、やってくると彼女はソファベッドの端に座った。

「それが、わからないんだよ！」と、ダーシー夫人は不思議そうに言った。「さっぱりわからないのさ！」彼女は勢いよく食べはじめた。

「お母さん、どうもよくわからないんだけど」とマリアは穏やかに言った。「テラスに見たことのない人が、見たことのない男の人がいたということなの？　それとも、その人は正面玄関から家のなかに入ってきたの？」

「あら、違うのよ」と、ダーシー夫人はフォークを振りながら快活に言った。「違うの、全然違うのよ。ポーチに出ていって虹を見てたら、そこらじゅうに何か圧倒的な存在を感じたの、ああ、それがどんなだったか、どうしても言えないわ！　それからあの人が見えたの」彼女はみんなににっこりと微笑んだ。「トリクシー、お塩を取ってきてくれないかしら？」と彼女は頼んだ。

トリクシーは言われるがままに立ったが、台所の入口に息子のビルが立っていることに気づくと立ち止まった。ビルは足ヒレと水中マスクを持ったまま、目が祖母に釘付けになっていた。「海に行ってらっしゃい」とトリクシーは息子に言った。「さあ！」彼は出ていった。トリクシーは塩を取ると、それを持って戻り、手渡した。母親のほうは座ったまま、落ち着いてトーストを食べ続け、部屋着の前面にお構いなしにパン屑をこぼしていた。

「お母さん、もう少しわかるように話してくれない？」とマリアが頼んだ。「わたし、その男の人が誰なのか、まだわからないんだけど」

「でも、わたしにもちっともわからないんだよ！」とダーシー夫人が言った。「あら、ありがとう」とトリクシーに言うと、卵に心ゆくまで塩を振りかけた。「その男の人は長い髪をして、白い長い服をね、ちょうどマーガレットのドレスみたいなものよ、わかるでしょ、そんなのを着ていて、見たこともないほどきれいな青い眼をしてたの。その人はわたしを見ると、両腕をわたしのほうに差し出して言ったんだよ、「ロリー」って。ちょうどそんなふうに、ただ名前だけを」

「それで、どうしたの?」とマリアが言った。

「もちろん、わたしはその人のところに行ったわ」ダーシー夫人は朝食を終えて立ち上がった。「泳ぎに行こうかしら」と言った。

「あら、わたしだったらやめとくわよ」とトリクシーが即座に言った。

ダーシー夫人は聞いていないようだった。いつもと違う笑顔をひとりひとりに順に向けると、寝室に入っていき、ドアをそっと閉めた。姉妹は互いに顔を見合わせた。

「こんな話、聞いたことがないわ!」とトリクシーが言った。「なぜ老人ホームのことを持ち出したか、これでわかったでしょう?」茶色の短い髪の下で、トリクシーの顔が勝ち誇ってでもいるかのように見え、マリアはつかのま、生まれあわせの不思議について思いを馳せてしまった。目の前にいるこの女がもし自分の姉でなかったとしたら、自分たちふたりには何ひとつ共通点はなかっただろう。まったく何ひとつとしてだ、とマリアは考えた。

「その点については、すごく慎重に話を進めていく必要があると思うのよ」と彼女はトリクシーに言った。「ちょっとマークと相談させてね」

トリクシーは横になろうと二階に上がっていった。階段を昇りながら、結局キャズウェルが正しかったのだと思う。自分たちの家族だけで、ジョージア州のシーアイランドにでも行くべきだったのだ。

ジニーは海辺で他の人たちと合流し、水際にマークと立って子どもたちが泳ぐのを眺めていた。

「これをきみの背中に塗ってあげるよ」と、日焼けオイルの容器を見せながらマークが言った。

「いやよ、結構よ」とジニーは言った。「お願い、もういいの」

マークは容器の蓋を閉めた。「で、ダンとはどうなったんだい？」と彼は尋ねた。「僕に話してみたら？」

「いいえ」とジニーが言った。「話したくないわ」

「マーク、マークったら！」マリアがふたりのところに走ってきた。辿り着くと、彼女は今あったことをすべて話した。ジニーが笑いはじめた。

ビルが水をしたたらせながら海から上がってきて、女の子たちも後ろからついてきた。

「底の逆流がめちゃくちゃ強かったよ」と彼はみんなに向かって叫んだ。返事をしないでいると、彼は水中マスクを上げながら近づいてきた。「お祖母ちゃんは頭がいかれちゃったんだね？」と彼は叔父と叔母たちに訊いた。

「本当？」と女の子たちが尋ねた。「お祖母ちゃんは精神科病院《ナットハウス》に入るの？」

「もちろん違うわよ」とジニーが言った。

「精神科病院って何？」とクリスティが訊いた。

ジニーは大笑いした。

「そいつは難問だね」と、マークが顎ひげをひっぱりながら言った。

ゆっくりと優美にダーシー夫人は彼らの脇を通り過ぎていき、水際に立つと、赤いゴムの水泳帽を調整した。肌が白かったので、波しぶきを浴びている小麦色に日焼けした子どもたちに交じると驚くほど目立った。彼女は一度振り返って手を振ると、まっすぐ波に向かって歩いていき、腰の高さまで海に入った。それから両手を上げると、水に飛び込んだ。

「きみのお母さんが泳ぐのを見たことは、これまでなかったように思うんだが」とマークがマリアに言った。

マリアは呆気にとられていた。「お母さんは泳がないわよ」と彼女はようやく言った。過去何年も、母親の海辺での日課には変化がなかった。九時頃に起きて、ときには散歩をし、買物に行き、友達とお酒を飲んだりするが、あえて泳ぎに行ったりしたことは、一度も、決して一度もなかった。マリアは突然泣き出した。「たしかにお母さんは助けが必要だわ」とマリアは言った。

「馬鹿を言わないでよ」とジニーが言った。「助けは誰だって必要よ。ねえ、子どもたちみんなをちょっとトランポリンに連れていこうと思うんだけど、いい？」

彼らの目の前では、白波のちょっと先で、ダーシー夫人の赤い水泳帽が波の浮き沈みに合わせてコルクのように上下していた。


三日が経過したが、どの日も快晴で青空が広がり、穏やかで牧歌的だった。キャズウェルが到着した。ロリポップ荘はいつもの夏の日課に戻っていった。計画が立てられ、実行され、食事の献立が作られ、食料品が買い出されて料理された。キャズウェルとマークはミュレルズ・インレットでボートをチャーターすると、ビルを釣りに連れていった。キャズウェルとマークが仲良くやっていることに、マリアはいつも驚嘆した。ふたりでいったいなんの話をするのか、彼女には想像もつかなかった。トリクシーの娘たちは、チャールストンから来た育ちのよい男の子たちと知り合い、デートを楽しんでいた。昔ながらの友人たちがやってきては去っていった。マーガレットはダーシー夫人をリッチフィールド・プランテーション・

ホテルのランチに連れ出した。父親のポップの名は頻繁に、さりげなく、愛情を込めて口にされたが、ダーシー夫人が気にかけている様子はなかった。彼女がふたたびあの「存在」や青い眼の見知らぬ男のことを口にすることもなかった。あいかわらずビーチサンダルと部屋着姿で別荘のなかを歩きまわっていたが、料理にはわずかに関心を示し、クリスティやアンドルーとチェッカーもした。

木曜の朝には、トリクシーもようやく気を緩めはじめた。母親にシュリンク・アートを楽しんでもらう潮時だ、と彼女は考えた。トリクシーはその道具を全部揃えて持ってきていて、今それを荷物のなかから取り出すと、台所に持っていって広げた。他の人たちは近くのハンティントンビーチ州立公園に蟹を捕りに行っていた。「さあ、お母さん」とトリクシーは言った。「これを少しやってみない。すごく面白いのよ、とっても簡単だし、どんなものができるかきっと驚くわ」

「そうね、もう少ししたらね」とダーシー夫人は言った。枝編みの肘掛椅子に座って、海辺を眺め続けていた。

「だめよ」とトリクシーがきっぱりと言った。「今がちょうど良いタイミングなのよ。もうじきみんなが帰ってきて、そしたらサンドイッチを作らなきゃならないでしょ。ねえ、見て、お母さん、この透明なプラスチックに絵柄を写すだけでいいのよ、この油性ペンを使ってね。もちろん、絵柄は自分で考えてもいいの。それからその絵柄を切り抜いて、三分間焼くだけでいいのよ、そうすると――」

「焼くの？」と、ダーシー夫人が小さな声で繰り返した。

「そうなのよ！」とトリクシーは言った。「そうするとね、ちょうどステンドグラスみたいになるの。本当にきれいよ。アクセサリーでも、クリスマスの飾りでも、なんでも作れるの。素敵なクリスマスの飾りができるわよ」

「でも、それをどうやって吊るしたらいいんだい？」ダーシー夫人はテーブルの娘の脇にやってきた。

「それはね、オーヴンに入れる前に、小さな穴を開けておけばいいのよ」と彼女は言った。「ほら、穴開け器もちゃんと持ってきてるわ」

トリクシーはプラスチック板と絵柄のカタログと油性ペンを並べた。オーヴンを三百度にセットした。「これでよし」と彼女は言った。「準備万端よ。どれをやってみたい？」

「これなんかどうだろうね」とダーシー夫人が言った。彼女は透明プラスチックを、木靴に一束のチューリップが挿してある絵柄の上に置いた。トリクシーはこの選択にやや驚いたが、母親が聞き分け良く従ったことのほうにもっと驚いていた。天気が晴れてからというもの、すべてがずっと好転しているように見える。おそらくみんなで考えていたほど、物事は複雑だったり深刻だったりするわけではないのかもしれない。それでも、マークとマリアが母親のためにラーリー市内での診療を手配してくれたのは安心材料だった。どこから見ても評判のいい、優れた医師だという。母親もその医者になら診てもらおうとするだろう、とトリクシーは確信していた。やかんがピーッと鳴りはじめた。トリクシーはアイスティーを作ろうと立ち上がった。取り出した水差しは古びて重い茶色の陶器で、物心がついた頃からこの別荘にあるものだった。トリクシーは横目で、母が舌を少し噛みながらペンを握りしめている様子を見守っていたが、母はまるで小さなぽっちゃりした従順な子どものようだった。トリクシーは紅茶にレモンと砂糖を加えた。

「これでよし、と」とダーシー夫人は言い、皺の寄った丸顔をかなり紅潮させて、椅子の背にもたれた。期待を込めてトリクシーのほうを見る。「次はどうするんだい？」

「次はこれを切り抜くのよ」とトリクシーが言った。「それから穴を開けて、そしたらオーヴンに三分よ」

台所の引き出しの奥からトリクシーが見つけてきた先の丸い古いハサミを使って、ダーシー夫人は注意深く絵柄を切り抜いた。トリクシーはその絵柄を受け取って、母がチューリップを青く塗ったことに気づくとやや動揺した。それでも、非難しているように受け取られるのは良くない。「お母さん、これ、すごくきれい」とトリクシーは言った。「ほら、見てると、これが縮んでくのがわかるわよ」ダーシー夫人は椅子の向きを変えて、オーヴンのガラス窓から中が覗き込めるようにした。

そのとき勝手口のドアが勢いよく開いて、突然みんながどっと入ってきた。ふたつのクーラーボックスは這いまわる蟹でいっぱいで、子どもたちはみな一斉に喋っていた。

「それはポーチに置いといてちょうだい」とトリクシーは指図した。「すぐ向こうに出して。今すぐよ。ほらほら。ビル、こんなに汚い足跡をつけてどういうつもり？　ポーチでその靴を脱いでらっしゃい」

「ビルは落ちちゃったんだよ、ビルったら、落ちちゃったんだよ！」アンドルーは蟹捕り用の撚り糸を手に持ったままあちこち跳ねまわり、糸の先端では重しの小石とチキンの首肉が揺れていた。

「アンドルー、ちょっとはしゃぎすぎよ」とマリアが言った。

「ああ、飢え死にしそう」黒いビキニ姿のまま、ジニーは裸足で台所に入ってきて、ダーシー夫人の近くに行ったので、夫人が自分のチューリップが目の前で小さく、小さく、さらに小さく縮んでいくのを見る顔を、ただひとり実際に目にすることになった。ジニーはひどく奇妙な感覚に襲われて身動きできなかった。目にしているのは、母を前にした自分自身の顔であるようで、叫び出したのも自分自身の声であるようだった。

日曜日は終日こぬか雨が降り続き、あらゆるものの表面を美しく輝かせた。みんなが出ていくのに何時間もかかったように感じられ、別れの挨拶はほぼ一日中続いていた。ロリーは、みんなが前夜遅くまで、母親である自分をどうしたらよいか相談していたことを知っていた。ここを去るのを拒んだことによって、自分が厄介な問題を引き起こしたことにも気づいていた。でもまだ去りたくはなかったし、それにこれまでは、誰にたいしても問題を引き起こしたことなどなかった。だからこれでいいのだ。頑固を押し通して、自分の扱いについてはできる範囲でやってもらうことにして、早くに寝てしまった。

何度も互いに口にしていたように、それ以外の人たちはみんな出発しなければならなかった。しかたがないことだった。キャズウェルは会議のためにワシントンに飛行機で直行しなければならない。子どもたちは新学期がはじまり、トリクシーは娘たちが学校に着ていく服を買いに行かなければならない。マリアとマークは教授会や研究会や授業がある。クリスティがもう小学校一年生になるというのは信じ難かった。

「ねえ」とジニーが言い出し、みんなを驚かせた。「ねえ、もう一、二週間、あたしはここでぶらぶらしてることにするわ。構わないでしょ？　みんなは帰って大丈夫よ。しばらくしたら、あたしがママをラーリーに連れて帰るから」人のために何かをしようとするのはジニーらしくなかったので、マリアは大いに関心を持って妹をじっと見つめた。

「どうしてそんなことをする気になったのか、教えてくれる？」とマリアが言った。

「構わないでしょ」とジニーは答えた。

そして彼らは出発し、トリクシーとキャズウェルと彼らの大きな子どもたちは長い流線型の車に乗って、マークとマリアはヴァンに乗って出ていった。クリスティとアンドルーは見えなくなるまで、車の後ろの窓からものすごい勢いで手を振り続けた。ロリーは雨ざらしの裏ポーチに立って、道路の向こうの湿地帯から霧が立ちのぼるのを眺めていた。給湯器の側面についた水滴の中に模様を探してみた。水滴のひとつひとつが異なり、深遠で微かな光沢を帯びているようにも見えたが、通過していく車を映しているだけなのかもしれなかった。

「ママ」とジニーが声をかけたのは三度目だった。白いスラックスとウィンドブレーカー姿のジニーが、勝手口のドアを開けて立っていた。娘はロリーの瞳をじっと覗き込んだ。

「いい、ママ、あたしロングビーチまで車で行って、友達と夕ご飯を食べてこようと思うんだけど、いいかしら？　電話番号は電話の脇に控えておいたわ。戻るのは今晩かもしれないし、明日になるかもしれない。冷凍庫にはピザが入ってるからね。大丈夫？」

「大丈夫だよ」ロリーはジニーに微笑みかけ、この娘が去っていくのも見送った。ジニーは踏み段を軽い足取りで降りていき、小さな車に乗ると、ドアをパタンと閉めた。

ロリーは別荘のなかに戻った。静寂が真綿のように彼女を包んだ。冷蔵庫からコーラを出し、グラスに注ぐと泡を口で吸った。ひとりで微笑み、ランプをいくつか点けた。しばらくして電話のところに行きマーガレットにかけた。やがてマーガレットが、以前からよくロリーに話していた友人を連れてやってきた。

この友人は、ヴァージニア州のノーフォークから来た、同年輩の裕福な寡婦だった。「お医者さんには原因がわからないらしいのよ」と彼女は言った。「神経がやられてるみたいなんだけど。ここのところが、痛くてしかたがないの」前腕を持ち上げたので、いくつもの重そうな腕輪が、風にそよぐチャイムのようにジャラジャラ鳴った。「時どき痛さのあまり、外出もできないほどなの。ベッドから起き上がることもできなくなるのよ」

「わかるわ」とロリーが言った。薄い色の眼が暗さを増して鋭くなり、それから彼女は微笑んだ。「横になってみて」とソファベッドを指差して言うと、ロリーは自分の指輪のない柔らかな白い手に、マーガレットの友人の手入れの行き届いた筋ばった手を取った。

「それでいいのよ」と、マーガレットが枝編みの肘掛椅子から耳障りな声で言った。「こわがらなくていいのよ。わたしの肩もそんなふうにして治してもらったんだから。うちの寝椅子で、わたしもちょうどそんなふうに横になったの。あの緑のやつよ。びっくりするわよ。もうロリーが言うとおりにするだけでいいの。目を閉じて。力を抜いて。そう。力を抜くのよ」

施療がすんで、すっかり具合が良くなり、喜びに顔を輝かせたマーガレットの友人は、ぜひお支払いをさせて、せめてあなたのお好みの慈善事業に寄付をさせて、とロリーに頼み込んだ。ロリーは断り、みんなしてシェリーで乾杯した。

「本当に、どうやったの?」とマーガレットの友人が訊いた。「まったく、これまで何人ものお医者にどれだけのお金を費やしたことか。ヴァージニアビーチのカイロプラクティックの先生にまで、診てもらったんだから」

「簡単なことなのよ」とロリーは言った。

「そんなこと言って!」と、マーガレットが信じられない様子で言った。「信じられないわ！」マーガレットはすごい勢いで煙を吐き出し、ランプの心地よい明かりのなか、煙は青く漂った。

「わたしはまったく何もしてないんだもの」とロリーは言った。「言ってみれば、わたしは媒体にすぎないわけ。仲立ち人かしらね」

「関節炎にも効くかしら?」とマーガレットの友人が訊いた。「友達がひどく痛がってるのよ」

「やってみてあげてもいいわよ」とロリーは言った。

ふたりが帰ってしまうと、彼女はピザを温め、グラスの牛乳を飲み、使った皿は流しにそのままにしておいた。風呂に入った。色の褪せたパイル織りの部屋着を着た。海に面したガラス戸を両側に開け、テラスに出る。そこに立つと、すべてが冷たく、すがすがしい香りに満ちて、肌を刺す冷気が夏の終わりを告げていた。海岸沿いに明かりはほとんど見えず、避暑の観光客や滞在者はおおかた去ってしまっている。ロリーの向こうでは、暗闇のなかで、波が浜辺に寄せては返している。唇に塩辛い味がした。ロリーは寒いとさえ思わなかった。湿ったデッキチェアに腰を下ろして、ゆったりと背にもたれた。「さあ」と彼女は夜に囁いた。

解説

利根川真紀

このアンソロジーに収録したのは、アメリカの女性作家たちによって十九世紀末から二十世紀末にかけて執筆された短編小説で、母と娘の連帯や葛藤、愛や裏切りが中心主題として繰り広げられている。その根本は、国や時代の違いを超えて繰り返される母と娘の物語であるだけに、現代日本の私たちが読んでも、懐かしく思い出したり、そういうこともあるだろうと、違和感なく共感できたりする部分が大きい。その一方で、母娘の物語は背景となる社会の制約によって幾重にも決定づけられて展開するため、その意味では当の社会の独自性、特殊性を色濃く伝えるものであることを、私たちは目撃することにもなる。

どの作家も、その代表作となるような短編のなかで母と娘の関係を扱っていることが多いが、このことは何を意味するだろうか。母になる人もならない人も、すべての女性は娘なのだから、母娘は身近なテーマであるはずだが、そうしたテーマが文学作品で中心的に扱われるようになるまでには紆余曲折があったことも指摘されている。そこに社会と個人（とりわけ、女性）と作品との微妙な力関係を見ることができるのだろう。

娘が繰り返す母との融合と分離

アメリカでは一九七〇年代の第二波フェミニズムの流れのなかで、女性の視点から親子関係の見直しが盛んになり、アドリエンヌ・リッチの『女から生まれる』（一九七六年、一九八六年十周年版）やナンシー・チョドロウの『母親業の再生産――性差別の心理・社会的基盤』（一九七八年）など、今では古典とされる母娘関係に関する研究書があいついで出版された。リッチがこの著作のなかで「母親と娘のあいだのカセクシス（感情や愛を特定の対象に発現すること）は、本質的でありながらゆがめられ、誤解されてきて、これまで書かれたことのない偉大な物語だ。人間の本質で、生物学的に似通ったこの二つのからだのあいだに流れるエネルギーほど激しく響きあうものはない」（高橋訳三一七）と指摘したことは有名だ。それに呼応するかのごとく、メリッサ・ボストロムによれば、母娘関係を扱った文学アンソロジーも、一九八五年から一九九一年にかけて三冊、さらに一九九八年から二〇〇〇年にかけては六冊という具合に、アメリカを中心に盛んに出版されるようになってきている。

女性読者たちが母娘物語を求めた理由のひとつとして、社会学者チョドロウが指摘しているように、女性特有の自我のあり方への関心が高まったことが考えられる。精神分析の対象関係論を援用して母親業を分析するチョドロウによると、育児が核家族においてもっぱら母親によってになわれることが、男女のジェンダー意識の形成に影響を与え、母親業が再生産されるメカニズムを生み出してしまい、これにより父権制的な社会が維持されていく。女児の自己形成のあり方は、エディプス・コンプレックスによって母親を断念する息子とは異なっており、娘は前エディプス期の母親との一体感を維持しつづけることにより、母との融合と分離のあいだを生涯揺れ動きつづけることになるという。本アンソロジーにおいては、娘が大人になってからもその人生を左右しつづけるほどの母親の存在は、メイスンの「シャイロー」やアリスンの「ママ」など、一九七〇年代以降の作品に顕著に見て取ることができる。

本アンソロジー収録作品においては、濃密な母娘関係を主題として扱おうとするためか、父親の不在が目立つのも特徴的である。オコナーの「善良な田舎の人たち」では、母が離婚した設定になっており、移動の自由を制限されたひとり娘ハルガと母だけの母子家庭における娘の自我の独立に焦点が当てられている。スペンサーの「暮れがた」やメイスンの「シャイロー」やスミスの「ダーシー夫人と青い眼の見知らぬ男」でも、娘の父親はすでに他界していて物語の現在には登場せず、未亡人としての母と娘との抜き差しならない関係が展開されていく。

母と娘の自由を妨害するものとしての父権制社会に対する反発が書き込まれているのも、複数の作品に見られる共通点となっている。グラスゴーの「幻の三人目」の最後では、母の生まれ育った屋敷を守ろうとする娘は、医者でもある継父の運命を決するほどの力を発揮するし、ヤマモトの「十七の音節《シラブル》」の最後で、いつもは夫に従順な母が思春期を迎えた娘に伝えるのは、反父権制のメッセージである。娘の一人称によるアリスンの「ママ」でも、最愛の母を父権制から奪還しようと娘は語りつづける。

母の視点、母の声

文学作品における母娘関係の歴史的変遷については、アメリカの文学研究者マリアンヌ・ハーシュが『母と娘の物語』（一九八九年）のなかで、十九世紀から二十世紀にかけての英米を中心とした英語圏およびヨーロッパの女性作家作品を取り上げ、詳細に跡づけている。〈フロイトの「家族物語《ファミリー・ロマンス》」〉の筋書きに対して、十九世紀ヴィクトリア朝の小説では、娘を主軸に据える〈女性版の「家族物語」〉のパターンが見られるようになるが、母の姿は抑圧されてしばしば不在であり、権威主義的な父の代わりに理解を示す兄のような男性が登場して娘の成長を促す。一九二〇年代のモダニズムの時代には、フロイトおよび女性精神分析家たちが前エディプス期を重視するようになったことを反映して、小説においても母が存在感を増すが、娘たちは父権制社会のなかで母に対して矛盾した想いをいだく。一九七〇年代の〈フェミニズムの「家族物語」〉になると、ようやく父および男性たちの存在は二義的となり、母と娘の相互に浸透しあう関係がクローズアップされる。とはいえ、この物語パターンにおいて中心となる主体はあくまでも娘であることが多く、母は父権制の犠牲者もしくは加担者として娘の前に姿を現す客体にとどまり、その結果母の声が語られることには依然として困難がともなう。以上のようにハーシュは変化の軌跡を描き出している。要するに、精神分析では子どもの視点から物事が説明されるし、フェミニズム運動では旧世代に対して娘の世代からの抗議というかたちで声があげられていく。こうした流れのなかに、今回のアンソロジーに収録した作品を位置づけてみれば、母親の一人称で語られる物語はオルセンの「私はここに立ってアイロンを掛け」のみであり、一九五六年という早い時期に執筆されたこの作品のユニークさが際立つ。

アンソロジーで取り上げた女性作家たちのなかで、収録作品を執筆したときに実生活においても娘がいたのは、ギルマンとオルセンであり、この二人の作品には子育てに関して自伝的要素が反映されている。当時九歳の娘を手放したばかりだったギルマンは、「自然にもとる母親」において、社会が当然視していた母性本能や育児方法に対する反発をアイロニカルに描き出している。オルセンは四人の娘の子育てが一段落し、末娘が学校に通いはじめた頃に「私はここに立ってアイロンを掛け」を執筆したが、この作品では、ひとり親として働きながら子育てをする母親の視点から、社会の育児支援体制が整っていないことへの批判や、娘に対して十分な時間と関心を向けられなかったことへの自責の念がつづられている。

アメリカ南部の娘にとっての母

本アンソロジーのもうひとつの特徴として、アメリカ南部出身作家の作品が九編中六編と、数多く収録されている点を挙げることができる（グラスゴー、オコナー、スペンサー、メイスン、アリスン、スミス）。先に紹介したアドリエンヌ・リッチもボルティモアで南部出身の両親がいる家庭に育ち、著書でもしばしば自身の南部生まれについて言及している。『女から生まれる』の「核」となる章と彼女が呼ぶ第九章「母であること、娘であること」を書きはじめて、リッチは南部の幼少期に四年間彼女の乳母だった黒人の母について思い出している。この母娘関係についての記念碑的な評論が、アメリカ南部の人種的・ジェンダー的ヒエラルキーのなかで育ったからこそ培われた感性によって生み出されたことを考えると、あらためて感慨深い。

二十世紀アメリカ南部においては、他の地域と比較すれば家族や共同体が依然として中心的役割を果たし、奴隷制の過去を引きずった人種差別と階級意識とジェンダー意識に特徴づけられる父権制社会が、他の地域にもまして優勢だった。またこの父権制は、一九六〇年代の黒人公民権運動や一九七〇年代のフェミニズム運動の高まりにより、とりわけ南部においてそのひずみを露呈していくことにもなった。収録作品でも、物語の周辺に何気なく出没する黒人たちの姿によって、日頃から白人女性の行動規範が限定されたり支えられたりしていた様子を垣間見ることができる。スペンサーの「暮れがた」では、南部の田舎町に姿を見せる幽霊でさえも人種が問題となる。グラスゴーの「幻の三人目」には南部から連れてこられた忠実な黒人執事が登場し、オコナーの「善良な田舎の人たち」では作品の最後で青年が聖書を売りつけていた相手は黒人だろうと噂され、スミスの「ダーシー夫人と青い眼の見知らぬ男」では、娘たちが子どものときから家事手伝いに通ってきていた黒人女性が話題に上る。

彼らの存在によって、白人女性たちは南部父権制のなかでの自分のいるべき場所を巧妙に教え込まれていく。

畢竟、娘たちはこのように複雑に入り組んだヒエラルキーのなかでの自分の占めるべき場所を、幼い頃から主として母親によって教え込まれることになり、母に対する両面価値的な感情が刺激されただろうことは想像に難くない。階級ごとのジェンダーに関する固定観念を伝達する母は、父権制社会で生きていくすべを娘に教える反面、母親自身がそれに対して違和感を禁じえず、娘には異なる生き方を選んでほしいと望んでいる事情もある。スペンサーの「暮れがた」では、サザン・レディたるものの心得は母自身によって体現されているが、不器用な娘は期待通りにふるまうことができず、母を落胆させる。オコナーの「善良な田舎の人たち」やメイスンの「シャイロー」の母親たちは、娘がなぜ伝統的な女らしいふるまいをしようとしないのか理解することができず、娘たちは母親とは違う生き方を選択しているようだ。アリスンの「ママ」で、貧しい母が生き延びるために男たちに媚びを売るのを目撃する娘は、憤りでいっぱいになる。

なお、本アンソロジーでは各短編小説を、原則として初出の発表順に収録している。アンソロジー最後の作品、スミスの「ダーシー夫人と青い眼の見知らぬ男」のみ例外で、発表順からいえばスペンサーとメイスンのあいだに置かれるべき作品だが、あえて最後に位置させてみた。この短編では作品の最後で、母親みずからの視点から、老いたからこそ見えてくる光景が扱われているためである。母を失っても逞しく生きていく乳児の姿が印象的なギルマン作品で始まるこのアンソロジーは、こうして最後の作品で、娘たちに対する母としての役割とは別のところで、ひとりの女性としての人生がなお続いていくことを告げ、年齢ごとに変化していく母の姿や娘の姿を印象的に描き出すことになる。

各作家の紹介

シャーロット・パーキンズ・ギルマン
Charlotte Perkins Gilman（一八六〇―一九三五）

「自然にもとる母親」（一八九五／一九一六）

コネティカット州に生まれた。ギルマンの最も有名な作品である一八九二年出版の短編小説「黄色の壁紙」は、第二派フェミニズム運動によって再評価されて今日に至っている。出産後鬱に苦しむ母親がひそかにつづる日記の形式をとるこの作品には自伝的要素があり、作者自身がかつて娘の出産後に受けた高名な医師S・ウィア・ミッチェルによる「安静療法」に対する批判が込められているとされる。この短編出版の翌年一八九三年六月に執筆され、みずからが編集に携わっていた週刊の雑誌『インプレス』の最終号一八九五年二月十六日号にシャーロット・パーキンズ・ステットソンの名で掲載されたのが、短編「自然にもとる母親」であり、この作品にも自伝的要素が反映されている。

ギルマンは妻・母としての自分と文筆・社会活動をする自分との折り合いをつけることに悩み、長らく別居していた夫と一八九四年に離婚する。翌月には東部に住む元夫と後妻となる女性のもとに九歳の娘を送って手放し、自分はカリフォルニアに残って執筆や講演に専念することになる。自伝で語っているところによると、ギルマンの離婚および子どもを手放すという行動は周囲の人びとから「自然にもとる母親」と非難されることになり、その結果、雑誌出版も続けることができなくなった。『インプレス』は彼女がカリフォルニアで当時かかわっていた女性の活動団体の機関誌だった。

こうして時系列を整理してみると、「自然にもとる母親」の中心人物エスター・グリーンウッドには作者ギルマンの体験が投影されていることがわかるが、エスターは「黄色い壁紙」の母親とは異なり、一人称で語ることはない。声を与えられているのは町のゴシップ好きの女性たちであり、彼女たちはいわゆる母性本能を当然視し、母親は自分の子どもだけに関心を集中させるべきと主張しつつも、作品の最後では放任主義の母に先立たれたリトル・エスターが愛情豊かな養母に育てられるようになったことを喜んでいる。こうした自分たちの自己矛盾に気づかない町の女性たちの姿——自分は「オールドミス」ながら、エスターの母性本能の欠如をひときわ声高になじる女性もいる——は、作者によって距離を持ってアイロニカルに描かれている。もともとすべての母親が必ずしも育児に向いているとは限らないため、むしろプロフェッショナルな技術を備えた人たちによる集団的な育児が望ましいというのがギルマン自身の考えであり、この考えは彼女の他の作品でも展開されている。

エスター・グリーンウッドが因習的なジェンダーとは無縁の少女時代を過ごし、町の保守的な妻像・母親像にとらわれない自由な女性に成長するにあたっては、幼い頃に母を亡くして父親に育てられたという設定になっている点が注目に値する（作者ギルマン自身の父親は彼女の幼少期に家庭を捨てて出ていき、彼女は母親の手で育てられた）。「黄色い壁紙」の医者とは異なり、「自然にもとる母親」では、時代に先んじた型破りな医者である父親のおかげで娘は自由に育ち、彼女自身の娘リトル・エスターの子育てにも影響を与えることになった。この幼い娘がダムの決壊を自力で生き延びる力強さを備えていたのは、エスターの子育ての有効性を物語っているだろう。

母による子育ての方法や娘の母に対する愛情のあり方は、決して時代を超えた普遍のものではなく、あくまでも取り巻く社会の規範によって形成される部分が大きいことを、この短編は裏づけている。その意味で、母娘関係を本質主義に還元してしまわないためにも、この短編を今回本アンソロジーの冒頭に収めることにした。

ギルマンはやがて一九〇九年から新たな月刊雑誌『フォアランナー』をひとりで刊行しはじめ、自分の主張を発表する場を持つが、「自然にもとる母親」はその雑誌にも二回掲載されることになる——一九一三年六月号には一八九五年版をほぼそのまま、また大幅に加筆した版を一九一六年十一月号に（この雑誌はこの年の十二月号が最終号となる）。ここからも、彼女がいかにこの作品に愛着を持っていたか、うかがうことができる。翻訳の底本に使用したペンギン版は『フォアランナー』一九一六年十一月号掲載の“The Unnatural Mother”を収録している。なお一八九五年と一九一三年の出版時のタイトルは定冠詞ではなく不定冠詞の“An Unnatural Mother”だった。

「幻の三人目」（一九一六／一九二三）

エレン・グラスゴー
Ellen Glasgow（一八七三―一九四五）

ヴァージニア州リッチモンドの上流階級の生まれ。グラスゴーは南部社会への批判を込めて白人女性の生きざまを描くことを得意とする多作の長編小説作家として知られるが、一九一六年から一九二三年にかけて幽霊短編小説も書いており、「幻の三人目」はその幽霊ものの第一作にあたる。当時グラスゴーは、ニューヨークからヴァージニアの屋敷に戻り、反目していた父親が一九一六年一月に死去すると、十四歳のときから住んでいたその屋敷を相続し、それまで屋敷で何人もの家族を介護し看取ってもくれた看護婦アン・ヴァージニア・ベネットと二人で暮らしはじめる。屋敷を維持する費用の足しにしようと書いたのが、この作品だといわれている。

「幻の三人目」においても屋敷が大きな比重を占めている。主な舞台はニューヨーク五番街のドクター・マラディックの屋敷だが、彼がここに住むことになったのは一年ほど前に、ここで暮らしていた未亡人女性と結婚したからだった。彼女はこの屋敷で生まれ育ち、この二番目の夫がいくら懇願しても引っ越しに同意しないほど屋敷に愛着をいだいている。

そこで暮らした人として言及があるのは彼女の母のみで父への言及はなく、また二か月前に肺炎で急死し、その後幽霊として屋敷に姿を見せる彼女の娘ドロシーアは、彼女の前夫の母にちなんで名づけられたのだという。この物語の語り手でもある看護婦マーガレットについても、わざわざ彼女の母方の親戚として看護婦長が登場することによって、母の娘としてのアイデンティティが印象づけられている。こうして娘の系譜が強調され、ゴシック物というと屋敷に閉じ込められる女性を想像しがちだが、この短編では屋敷は母から娘に受け継がれるきわめて濃厚な女性の空間として描かれている。ドクター・マラディックがこの屋敷の取り壊しを決めると、それに抗うべく、自分の命と母の命を奪われた仕返しに、娘の幽霊が物語の最後に事件を引き起こす。

死後も毎日屋敷に戻ってくるというドロシーアの姿を見ることができるのは、娘の母親と祖母の代からこの屋敷で働く黒人執事と看護婦マーガレットのみだが、彼らに共通するのが、ヴァージニア州やサウスキャロライナ州などアメリカ南部にルーツを持つ点であることもまた、この短編の大きな特徴である。こうした南部をルーツとする母と娘たちの前に立ちはだかるのが、夫である外科医ドクター・マラディックや精神科医ドクター・ブランドンなど三人の医者であり、これらの北部男性は女性の声に耳を傾けようとせず、すべてを自分に都合よくコントロールする父権制の象徴として描かれている。ドクター・マラディックは昔からの意中の恋人との結婚に必要な財産を手にいれようと、まずは愛を装って未亡人女性と結婚し、つぎにその連れ子を病気にかこつけて死に至らせ、最後には妻を精神科病院に送り込むべく、自分の魅力の虜になっている看護婦マーガレットをうまく利用しようとする。医学の権威をかざす男性たちによって、看護婦や患者たちは搾取され、母と娘は引き裂かれていく。しかしながら、こうした父権制の北部に対して、南部的な母娘たちは生死を超えて団結することにより父権制を転覆する力を秘めている。

小説は、十年後から看護婦マーガレットが二十二歳のときの出来事を回想して一人称で語る形式になっている。彼女は二人の高名な男性医師に対してそれぞれ、看護婦としての自分の将来を失う覚悟で異を唱え、ミセス・マラディックを守ろうとした。彼女が十年後の語りの現在においても、狂気のレッテルを張られずに看護婦を続けていることは、作者グラスゴーの共感も彼女とともにあったことを示しているだろう。

この短編ははじめ、雑誌『スクリブナーズ・マガジン』一九一六年十二月号に発表され、その後一九二三年に短編小説集『幻の三人目、その他の短編』に収録される際に多少の修正がなされた。翻訳の底本にしたルイジアナ州立大学出版のグラスゴー短編集に収録されているのは、一九二三年出版の短編小説集のヴァージョンである。

「十七の音節《シラブル》」（一九四九／一九八八）

ヒサエ・ヤマモト Hisaye Yamamoto（一九二一—二〇一一）

カリフォルニア州南部で生まれ、両親は熊本からの移民だった。主にカリフォルニアを舞台に日系アメリカ人を描く短編小説で知られ、なかでもしばしばアンソロジーで紹介されるのが、彼女の二作目の短編、『パルチザン・レビュー』一九四九年十一月号に掲載された「十七の音節《シラブル》」である。のちに短編小説集『十七の音節、その他の短編』（一九八八年、増補版二〇〇一年）に収録されたものを、翻訳の底本とした。

移民二世であるヤマモトはこの短編を、ディテイルは違うものの移民一世だったみずからの母の物語であるとインタビューのなかで語っている。異文化のなかで孤立して家事や子育てに追われ、十分に自分の創造力を発揮することができなかった母の暮らしを指していると考えられる。ヤマモトは一九五五年にイタリア系アメリカ人と結婚し、ロサンジェルスでみずからも母として五人の子どもを育てた。

三人称で物語が展開するこの短編では、主に移民二世の娘の視点から、母と娘とのあいだの距離やコミュニケーションの難しさが、使用言語の違いとして表現されている。移民一世である母は日本語を駆使し、俳句でみずからを表現するのに対し、二世の娘ロージーの母語は英語であり、放課後には日本語学校に通っているにもかかわらず日本語は苦手で、特に込み入った事柄は英語でしか表現することができない。母が最も深い内面を娘と共有したいと願って自作の俳句を説明しても、その想いは娘には届かない。

これに対し、父は妻が俳句仲間といるときにはかたくなに妻を避け、妻も夫にみずから俳句の説明をすることもない。二人にとって日本語は母語であるため言語はここで問題ではなく、この意思疎通の欠如は、妻が夫に心を完全に許していないこと、夫もそれを察知しており、結婚生活に不和が潜んでいることを物語っている。

実際この小説では、恋愛や出産は不吉なものとして扱われ、異性愛関係は日本の封建的な父権制を女性に強いるものとして描かれている。隣町に住むハヤノ家の夫人が足を引きずり、身体を震わせつづける様子は、一度目の出産およびその後三回の夫の無理解による妊娠・出産と結びつけられている。また、ロージーの母が十八歳で経験する日本での恋愛は、相手が旧家の跡取り息子だったために因習的な家制度に阻まれて成就せず、未婚のままの出産は死産に終わる。自殺する代わりに十九歳で渡米するしかなかった彼女が、見知らぬ男性との見合い結婚を急いだのは、家族からの軽蔑にいたたまれず、またひとりで生きていく経済力がなかったせいだろう。この夏、母の恋愛した年齢に近づいた娘のロージーが初めてのデートに急ぐシーンでも、密会場所が夕闇に不吉に浮かび上がっていた。

娘のロージーがちょうど思春期を迎え、異性愛に目覚める様子は、真夏の収穫期のトマトの匂いや手触りや果肉の味覚などをまじえて、みずみずしく鮮やかに描かれている。鮮やかなだけに、その断念を迫る母の声は娘にとってあまりにも唐突で理不尽だ。父権制社会に生きるしかない以上、母親は娘を強制的異性愛に馴致し、結婚に軟着陸させようとすることが多いなかで、この短編の母親は、異性愛制度が女性を抑圧するものであることをあえて娘に伝え、結婚しないことを約束させようとする。日常生活においては夫にみずからの不満を表現することもなく、ただペンネームのもと俳句づくりを通してだけその内面を守ろうとしてきたこの母の苦悩が、痛いほど伝わる結末になっている。しかも俳句づくりもわずか三か月ほどで唐突に終止符を打たれる。この春以来彼女が母語である日本語で創作する十七音に込めた想いは、息子を死産した十七年前から痛感している父権制社会の仕打ちに対してみずからを取り戻そうとする決死の覚悟だったはずだ。

なお、ハヤシ夫妻に雇われているメキシコ人の名前 Jesus は、スペイン語読みでは「ヘイスース」となるが、作品末尾でイエス・キリストと二重の意味が込められている部分があるため、伝わりやすさを重視して日本人に馴染みがある英語読みの「ジーザス」と表記したことをおことわりしておく。

フラナリー・オコナー
Flannery O'Connor（一九二五―一九六四）

「善良な田舎の人たち」（一九五五）

大学院時代にアイオワ大学の文芸創作科で学び、北部で執筆を続けた五年間を除き、オコナーはジョージア州で暮らした。体調不良のために帰郷し、父の死の原因となった膠原病の一種である難病ループスを彼女も患っていることが判明すると、その後は三十九歳で亡くなるまでミレッジヴィル近郊の農場で母との二人暮らしとなった。短編小説を得意とし、その多くがこうした農場を舞台に、母と娘または母と息子の暮らしにみなぎる緊張を、農場で働く白人や黒人をまきこみながら時にコミカルに時に衝撃的に描いている。「善良な田舎の人たち」は、第一短編集『善人はなかなかいない』（一九五五年）を編むにあたり最後の段階で追加された作品で、同年同月出版の雑誌『ハーパーズ・バザール』六月号にも掲載された。翻訳の底本としたライブラリー・オブ・アメリカ版には、短編集のヴァージョンが収録されている。

南部社会において女性に期待される役割がもっぱら結婚と出産であることは、農場の小作人ミセス・フリーマンが自慢する二人の娘の姿によって示されている。結婚して妊娠中の十五歳の次女は嘔吐の数を自慢され、十八歳の長女は求婚者の存在を自慢される。対照的に、農場経営者のミセス・ホープウェルには娘に関して自慢できることがひとつもない。母親は義足の娘がダンスもできないことを哀れみ、娘が遠くの大学で哲学の博士号まで取ってしまったことをぼやいている。一方、三十二歳で独身の娘本人は、母のつけた名前を、醜い響きに惹かれて勝手にハルガと改名してしまい、食事中に十七―十八世紀フランスの哲学者マルブランシュの思想を持ち出して母を糾弾し、ハイデガーの本を下線を引きながら読みふけることで、母親とは違う自分を主張している。心臓の病さえなければ、この農場で母の介護を受ける生活などしていないと、これが不本意な生活であることをハルガは憤り嘆いている。

　母親のミセス・ホープウェルは、相手が「淑女《レディ》」か「ろくでなし連中《トラッシュ》」（貧乏白人）か、上流階級か下層階級かにつねにこだわり、階級意識が強いものの、自分には差別意識はないと思い込んでいる自己欺瞞的な人物である。彼女の日常会話は、三種類のクリシェを順繰りに使いつづけることで成立しているほどだ。優越感に浸り、他人を見下す様子は、彼女がしばしば口にする「善良な田舎の人たち」――農場で雇用しているフリーマン家の人たちと聖書の訪問販売に訪れた青年――に対して顕著に示されることになる。

母の屋敷でつねに母に監視されて暮らす娘にとって、母からの独立は、この見知らぬ青年の登場によって思いがけずきっかけを得たように思われる。この十三歳年下の青年は、ハルガ自身への興味を隠さずに表現し、彼女が他の人と違うことを肯定するかに見える。しかし、彼を誘惑することで救いと教えをもたらそうと画策するハルガは、あくまでも自分が優位にあることを前提としていて、義足を取り去られて無防備になった彼女が思わず叫ぶ言葉――「あなたは善良な田舎の人なんでしょ?」――は、あろうことか彼女がいつも軽蔑していた母親の口癖の繰り返しだった。母との相違を折あるごとに主張しつづけた娘は、結局のところ母と少しも変わらないことが露呈されてしまう。特別なこだわりから、手入れのときにさえ目を逸らしつづけてきた彼女の大事な義足が、青年によって旅行カバンに乱暴に投げ込まれてウィスキーや避妊具や猥褻なカードと一緒に運び去られるとき、その神秘性ははぎ取られてにわかに物質性を帯び、青年の行為の暴力性が読者に向かって襲いかかる。読者はこの不意打ちの瞬間をまざまざと目撃させられることになる――オコナーを読むとはこの種の衝撃を体験することに他ならない。眼鏡も義足もないまま、森の外れの納屋の二階に取り残された娘には、どんな今後が待ち受けているのか気にかかる終わり方になっている。

ホープウェル家の母と娘の緊迫したやりとりを展開するこの小説の冒頭と結末は、小作人のミセス・フリーマンに焦点を当てている。このことが意味するのは、ハルガと母のあいだにある緊張関係が、一組の母娘の葛藤を超えて、父権制の色濃い南部社会を反映し、階級意識やジェンダー意識によるヒエラルキーをめぐるせめぎあいが顕著に観察される場になっていることだろう。「淑女《レディ》」を気取る母を心理的に支えているのは、「ろくでなし連中《トラッシュ》」と呼ばれる貧乏白人の存在を不可欠とする社会構造だが、同時に、女手ひとつで農場を管理・経営する母は南部でのジェンダー規範において無力であることを免れない。ミセス・フリーマンのように「善良な田舎の人たち」と呼ばれても少しも自己卑下したりしない人たちの存在が、ホープウェル母娘の対立が所詮は階級を超えられないこと、似た者同士の対立にすぎないことを額縁のように示唆しているわけだ。

ティリー・オルセン
Tillie Olsen（一九一二―二〇〇七）

「私はここに立ってアイロンを掛け」（一九五六／一九六一）

ネブラスカ州生まれ、両親はロシアからのユダヤ系移民だった。高校を中退し、低賃金の仕事を転々としながらストライキを組織するなど労働運動に従事した。十九歳で初めの夫と結婚して長女を出産すると、活動の拠点をサンフランシスコに移し、やがて同志であるジャック・オルセンと出会って再婚するが、反共産主義の時代に活動を続けつつ四人の娘を育てる暮らしは経済的に厳しかった。創作活動は寡作だが、とりわけ労働者階級の女性の苦労と活力を描いた作家として知られている。

短編「私はここに立ってアイロンを掛け」は三十八歳の母親による一人称のモノローグで全体が構成されている。長女エミリが問題を抱えているとして高校の関係者から呼び出しを受けた母親が、それをきっかけにみずからの十九年間の子育てを振り返り、娘の主体性を尊重すべく呼び出しに応じない決断をするまでが語られている。エミリの父親は娘が一歳になる前に貧困に耐えられずに家族を捨てて出ていき、再婚の夫への言及はあるものの、第二次世界大戦への出兵もあり、家庭内での彼の存在感は薄い。五人の子ども（三人の娘と二人の息子）を抱え、生計を立てるためにつねに外で働きつづけなければならない母親にとって、仕事と育児の両立は困難を極め、経済的にも心理的にも余裕のない生活のしわ寄せがとりわけ長女を苦しめたのではないかと、母親は自問自答する。

最後から二番目の段落において、エミリの十九年間の出来事が端的にクロノロジカルにまとめられている。それまでに語られたことの出来事部分のみを羅列したものだが、この段落に盛り込まれずに漏れてしまっている内容にこそ、この作品のユニークさがある。すなわち、作品のそれ以外の部分における描写の反復からも明らかになる、子育てに逡巡する母の想いである。娘が生まれたばかりの頃に持っていたまぶしいほどの美しさに、母の語りは何度も立ち戻る。娘の発言は随所で想起されているものの、娘の内面の感情は、泣くことや、食事を拒否して痩せていくことや、母の接触に身体を固くすることや、パントマイムでの活躍など、むしろ娘の非言語的な表現から母親によって繰り返し読み取りが試みられている。娘の内面を推し量ろうとする母の側の想いもまた、すべてが言語化されるわけではなく、非言語的手段によっても表現されている。作品の冒頭から最後までアイロンを掛けつづける手の動きからは、家事労働に追われて子どもに十分な時間と愛情を与えられなかったことに対する加害者意識と同時に自己犠牲意識という、母の分裂した感情がうかがえ、母娘関係の複雑な現実を示唆しているようだ。

母親がエミリを出産してひとり親となる年齢と、パントマイムの才能を発揮して周囲を驚かせる現在のエミリの年齢は、ともに十九歳にあえて設定されることによって、娘が母とは違う人生を切り拓く可能性が強調されている。エミリは成長の過程で、姉妹間の競争意識や年下の子どもたちの世話といった家庭内の事情はもとより、大恐慌や戦争や核の恐怖といった社会状況など様々な運命的な力に翻弄されるものの、それらに屈してしまわない強さを秘めている気配がある。
一番下の子どもが学校に通いはじめ、自身の子育てが一段落した作者オルセンは、サンフランシスコ州立大学やスタンフォード大学の文芸創作科に学び、この短編はちょうどその時期、一九五三年から五四年にかけて執筆された。初出時のタイトルは“Help Her to Believe”であり、雑誌『パシフィック・スペクテイター』の十号（一九五六年冬号）に掲載され、一九六一年に現在のタイトル「私はここに立ってアイロンを掛け」で、四作の短編をまとめた『なぞなぞを教えて』に収録された。雑誌出版時には、タイトルの出所になった小説結末部分は、自分がアイロン台の上の無力なドレス以上の存在であることを娘が「信じる」ことができるようにとされていたが、新たなタイトルのもとに短編集に収録されたときにはこの「信じる」という動詞が二か所、「知る」ことができるようにと変更されている。この変更により、母の娘への愛が想像上のものではなく実在していることが強調される結果になっているだろう。

エリザベス・スペンサー　**「暮れがた」**（一九五九／一九六八）
Elizabeth Spencer（一九二一―二〇一九）
ミシシッピ州に生まれ、母方のプランテーションでの親族との交流など、昔ながらの南部流の暮らしのなかで子ども時代を過ごした。一九五三年から二年間グッゲンハイム奨学金でイタリアに滞在し、一九五六年にイギリス人と結婚した後はカナダ在住の期間も長く、アメリカ南部を外から見る視点が彼女の作品に独特のニュアンスを与えている。一九五五年に南部に一時帰国した際には、人種隔離を違憲としたブラウン判決を受けて緊張が高まっており、しかもすぐ近くの町で十四歳の黒人少年エメット・ティルが惨殺された事件の直後だったこともあり、人種問題に関して保守的な父親と口論になって故郷を去り、帰るべきホームを失ったことをメモワールのなかで印象深く語っている。短編「暮れがた」はカナダで執筆され、初出は『ニューヨーカー』一九五九年六月号であり、翌年O・ヘンリー賞を受賞し、その後一九六八年に第一短編集に収録された。一九八六年からは南部のノースキャロライナ州で暮らし、翻訳の底本に使用した二〇〇一年出版のタイトル『南部女性――新旧短編選集』が示すように、南部は彼女にとって創作の原動力でありつづけた。

短編「暮れがた」では、ミシシッピ州の州都ジャクスンが近代化ゆえにすでに南部色を失い、近くの古い町リッチトンにもその画一化の波が押し寄せてきている。州都との自動車の往来も頻繁になったことに対応して、町では、道路を舗装して曲がり角をなくし、幹線道路につなぐ工事が進行している。町の人びとが目撃するのが、その新旧が出会う地点によく出没する年配の男の幽霊であり、その幽霊は馬車に病気の黒人少女を乗せていて病院に行くので、道路を塞いでいる車両を移動してほしいと頼んでくることでも知られている。この町では人種の特定がまず重要らしく、この幽霊が白人なのか、肌の色の薄い黒人なのか、町の人たちは気になっている。

この歴史ある町の旧家の娘フランシスと貧しい青年トムは、育った階級が異なることから、子ども時代には接点がなかったものの、トムは大学に行くために町を離れ、フランシスはヨーロッパに滞在した経験から、生まれ育った故郷の考え方にとらわれない自由な側面を持つ。にもかかわらず故郷への変わらない愛着もあり、この新旧の体験こそが、二人に幽霊を目撃させ、たがいに惹かれあう要因にもなっているようだ。

一方で、旧世代のフランシスの母親はサザン・レディとしての階級意識が強く、長患いの床にあって、娘を独身のまま先祖代々のハーヴェイ屋敷に残していくことが心配でたまらないが、かといって、下層階級出身のトムとの結婚を認めることは感情的にできずにいる。強い階級意識と娘の幸せを願う気持ちとの狭間で母親が最終的に選んだ結論は、壮絶なものだった。

母の自殺という真実に娘が到達するために、なぜ彼女が早朝に黒人に会いに行くことが必要だったのかを考えてみるとき、南部社会において人種意識が階級意識やジェンダー意識と複雑に絡み合って、ひとつの父権制的なヒエラルキーを構成しているという事実が浮かび上がってくる。フランシスは前日に、病気の黒人少女をみずから自動車で病院に送っていくことを思いつきもしなかったことから、自分にも人種差別意識があったのだと自覚し、早朝に再度黒人男性に会いに行き、少女の容態を尋ねたのだった。娘は人種差別意識に対して一歩踏み出したみずからの経験を踏まえたからこそ、階級意識が強かった母親が、それを超えようと一歩踏み出した行動が、娘のための自殺だったのだと理解できたのではないだろうか。娘を支配する独裁的な母親に対して、娘は愛憎半ばする感情をいだいていたが、母親の娘への愛情もまたそれなりに激しいものだった。

物語の最後の段落が、娘が別れを告げたとしてもなお存在しつづける母の大きさを象徴的に描き出して印象深い。小説はフランシスとトムが未来に向かって車で走り去るところで終わらずに、二人に埋葬の儀式を施された屋敷が、威厳を取り戻してかえって美しいたたずまいを呈する様子を描写している。華やかな社交の数々を物語る母親の衣装や装身具が残されたままの屋敷は、まるで母親が生きつづけているかのようであり、母親の存在感が濃密にただよう終わり方になっている。

「シャイロー」（一九七九／一九八二）

ボビー・アン・メイスン
Bobbie Ann Mason（一九四〇―　）

ケンタッキー州西部の農場で育ち、この土地一帯はのちにメイスン作品の多くに舞台を提供することになる。彼女の小説にしばしば描かれるのは、ショッピングモールやファーストフードやテレビ番組など、大衆消費文化の波が片田舎にまで押し寄せ、その土地固有の風景が徐々に失われ、アメリカの他の地域と区別がなくなっていく新南部の姿である。

短編「シャイロー」では、故郷の町や自分たちの生活に押し寄せる変化への不安は、三人称の語りでありながら視点人物として、負傷した失業中の夫リロイが設定されていることにより巧みに浮上するしくみになっている。リロイは交通事故を境に十五年ぶりに妻と同じ空間で長時間過ごすことになり、あらゆる変化が新鮮に知覚されるものの、マリファナを吸うなどして肝心なときに問題の核心に直面することを避けつづける。現在形や会話を多用する「ミニマリズム」と呼ばれるメイスンの特徴的な文体は、ブルーカラーの人びとの不安定な断片化された日常を活写することを可能にしている。

こうした数多くの社会変化のなかでも、一九七九年十月に『ニューヨーカー』に発表され、一九八二年に第一短編集『シャイロー、その他の短編』に収録されたこの作品では、当時の第二派フェミニズムの高まりを反映して、ジェンダー役割の変化が妻と夫、娘と母にもたらすひずみや葛藤や不安が大きく取り上げられている。夫が妻との新しい暮らしを模索して、設計図を取り寄せて二人のための丸太小屋を組み立てようと夢想する一方で、妻はひとり暮らしに向けて準備に余念がないように見える。彼女はボディビルをして身体を鍛え、アウトラインを意識して作文を書くスキルを身につけ、みずからの人生をコントロールし立て直そうとしている。こうした妻の行動を、最近流行りの「ウーマンリブ」かと夫は揶揄《やゆ》するが、その夫が手作りする紐細工やランプや枕カバーの刺繍などは室内を飾る装飾品となり、それは「女のすること」だと義母に非難される。妻も夫も旧来のジェンダー役割の窮屈さに抗い、自由なふるまいを模索しているのは、作品が執筆された時代を反映しているだろう。

　女性に期待される役割の変化は、娘と母とのあいだに葛藤を生むことにもなる。娘が結婚前に妊娠したことを、母は恥をかかされたととらえ、また孫が生後四か月で乳幼児突然死症候群で死亡すると、あたかもそれが娘の育児放棄の結果であるかのように、十六年後になっても娘を責めつづける。他方で三十四歳の娘は、自宅でタバコを吸うことさえ、訪ねてくる母から隠さなければならないと感じ、タバコを吸っているところを見つかると自分の人生の失敗の原因をそこに帰してしまう。娘もまた、母から精神的自立ができていないようだ。こうした共依存の母娘の関係は、短編の最後に描かれる空の色が、夫婦の今後の不透明さを示すかのように、母が二人のために作ったベッドのひだカバーのオフホワイト色だと形容されることによっても印象づけられている。

夫婦の物語の根底に実はこの母と娘の葛藤があることは、作品のタイトルによっても示されている。「シャイロー」は南北戦争の古戦場を指しているが、この場所は母メイベルにとって新婚旅行先でもある。南北戦争が終了して百年以上も経過した一九七五年になって〈アメリカ南部連合娘の会〉に入会している事実が示すように、彼女は依然として旧南部的な価値観の持ち主である。一方で、南北戦争に無関心な娘がシャイロー訪問に最後に同意したのは、その土地を訪れることを執拗に勧める母に対して自分なりに対決してみようと心を決めたからだろう。こうして夫とでかけた母の新婚旅行の思い出の地で、彼女はまるで母からの独立を宣言するかのように夫に離婚を切り出す。

ただし、母メイベル自身の結婚も駆け落ちだったことが語られており、母自身もみずからの親とのあいだになんらかの確執を抱えていたこと、母からの独立と反発がつねに繰り返されるものであることが示されているのも、この作品の母娘関係を理解するときに見逃せない要素となっているだろう。

「ママ」（一九八八）

ドロシー・アリスン
Dorothy Allison（一九四九―　）

アリスンは現在カリフォルニア州でパートナーの女性と息子の三人で暮らしている。生まれ育ったのは南部のサウスキャロライナ州であり、彼女を産んだとき未婚の母は十五歳で、ウェイトレスとして働いていた。貧しい環境で育ち、高校・大学を卒業したのは家系で彼女が初めてだった。十年間におよぶ執筆の末、一九九二年に出版した長編第一作『ろくでなしボーン』で読者層を一気に広げ、この長編はベストセラーになった。自伝的な要素の濃厚なこの作品は、少女の一人称の視点から貧困、母への想い、継父からの児童虐待、暴力沙汰を起こしがちながらも情に厚い多くの親族に囲まれた生活、ゴスペルやカントリー・ミュージックへのあこがれ、レズビアンとしての目覚めなどを描いている。

この長編以前に出版された本作品「ママ」では、やはり娘の一人称の視点から、継父の虐待から娘を救い出すことができない母へのやるせない怒りと、それでも変わらない母への愛のアンビバレンスに揺れる心の叫びが描かれている。『ろくでなしボーン』の結末で十二歳だった語り手の少女のその後の人生までたどり、癌と闘って老いていく母への想いまで含めて描かれるこの短編は、時期的には先行して書かれたものの「続編」とも位置づけられ、また作者アリスンの人生と重なる部分も大きい。作者の母が一九九〇年に五十五歳で死去していることは、『ろくでなしボーン』の巻頭の献辞に記されている。実際には、長編作品の一人称の声の調子を模索するなかで数々の短編が書かれたが、この短編もそのひとつだったようだ。

短編「ママ」は二十二の短い断章から構成され、娘にとっての強い母と弱い母の両面がつづられている。六番目、九番目、十五番目の断章には似たようなリフレインがあり、自分たちを見下そうとする世間に負けずにサバイバーになるようにと、母の教えが強い言葉で引用される。ただその教えには、継父による暴行を世間に対して内緒にしなければならないことも含まれており、母は父権制社会の教えを内面化しつつ家族を守ろうとしている。一方で、二番目と最後の二十二番目の断章で語られるのは、継父の誕生日に継父とともに家にいる母の姿であり、遠い西海岸から東海岸の母に想いを馳せる娘にとっては、娘たちのために夫と別れることをずっと約束しつづけた母の、娘たちへの裏切りを痛感させる日である。そこでは、父権制社会のなかで労働者階級の無力な女性が生き延びようとするときに夫の存在がものを言う大きさと、娘を虐待していたことを知りつつその男と別れることができない母の弱さが露呈されている。「ママの娘」と自認する語り手にとって、母への溢れる愛と失望という強烈なアンビバレンスゆえに、二十二の断章という断片的な構成になっているともいえるだろう。

短編「ママ」は、アリスンの短編小説集『トラッシュ』（一九八八年、拡大版二〇〇二年）に収録されており、底本としてこの版を採用した。「トラッシュ」とはオコナーの「善良な田舎の人たち」の解説でも触れたように、アメリカ南部の貧乏白人への蔑称「ホワイト・トラッシュ（白人のくず）」に由来する。アメリカ文学における「貧乏白人（プア・ホワイト）」の怠惰で軽蔑すべき存在というステレオタイプ的偏見に対して、アリスンは当事者としての視点から抗い、蔑まれてきた彼らを内側から描くことによって、彼らの生き難さや力強さを含む複雑な等身大の人間を表すものへとこの言葉を変容させている。この短編集収録の多くの作品において、読者として母親を想定していたとアリスンはインタビューで語っている。

リー・スミス　　「ダーシー夫人と青い眼の見知らぬ男」（一九七八／一九八二）
Lee Smith（一九四四― ）

リー・スミスは、ヴァージニア州の小さな炭鉱の町で生まれ育ち、現在はノースキャロライナ州で暮らしている。女性に焦点を当てて家族の物語を描くことが多く、アパラチア山岳地帯で暮らす人たちや変化していく新南部に生きる人たちの、話し声が聞こえてくるような小説を書くことを得意とする。この短編では、家族の夏の別荘に集う母・娘たち・その夫や子どもたちの複雑な人間模様が、自然な会話と、刻々と変わる海辺のパノラミックな景色によって巧みに表現されている。

ダーシー家の三人姉妹のうち、長女と次女はすでに結婚して子どももいるが、彼女たちが依然として自分たちの母親に求めているのは、子ども時代の母の姿であり、それは料理や清掃などの家事を完璧にこなし、化粧を欠かすこともなく品の良い服をつねに着こなしていた昔ながらの全能な母の姿だ。夫を亡くして現実との接点を失ったように見える母の変貌ぶりを娘たちは心配し、母の認知症を疑い、老人ホームも視野に入れて相談するために、別荘に集まることにする。母を外側から判断しがちな上の二人の娘に対して、三女は、自身も父の死とボーイフレンドとの関係など適応に問題を抱えて、精神科にかかっていることもあり、不器用ながら母に対しても寄り添おうとしている。

三人称で物語が展開するこの小説において、母は、小説の最後のセクションを除いて、地の文で一貫してダーシー夫人と苗字で呼ばれつづけ、夫が死亡しているにもかかわらず、その片割れとしての存在を印象づけられている。四十年前に夫婦が建てた海辺の別荘は、彼女の名前ロリーと夫の愛称ポップから、ロリポップ荘と命名されたのだったが、夫亡き現在でもこの別荘名が何度か繰り返されるところにも、夫婦で一組であることが示されているようだ。最後のセクションで、娘たちが退去したあとの別荘に取り残されて、彼女は地の文で初めてロリーとファーストネームで描かれるようになり、ひとりの人間として呼吸しはじめる。

三人の娘たちが夫に似て黒い瞳で黒髪なのに対して、青い眼で金髪の母親は家族のなかで疎外感を感じてきた。その夫人が、二重の虹を背景に青い眼の見知らぬ男の幻を目にし、この男性は彼女にそっとファーストネームで呼びかける。この声は、夫人にとって、夫や娘から期待される役割から解放されて、これからは自分のためだけに生きていいのだというシグナルだったのかもしれない。翌日には、彼女はさっそく生まれて初めて海に入り、泳ぎに挑戦する。しかしながら、娘たちにはそんな母が精神的に問題があるようにしか見えない。

最後のセクションでは、老女三人が集まるが、彼女たちはみな夫亡き後の新しい人生を生きはじめている。娘たちは母の身体や精神状態を心配して近隣各地の医者を手配しようとしつづけるが、実際にはこの母には、どんな医者でも治すことができなかった他人の肩や腕の痛みを癒す力がどうやら宿っているらしい。妻であることからも母であることからも解放された彼女にとって、老いの光景は寂しさと同時にすがすがしさをともなっているようでもある。

この短編の初出時のタイトルは「ダーシー夫人が青い眼の見知らぬ男に浜辺で出会う」というもので、『キャロライナ・クォータリー』一九七八年春号に掲載され、翌年O・ヘンリー賞を受賞し、一九八一年には第一短編集『ケーキウォーク』に収録された。翻訳の底本とした、二〇一〇年出版の短編集のタイトルは『ダーシー夫人と青い眼の見知らぬ男――新旧短編選集』となっており、ここからも、スミスのこの小説への思い入れの強さがうかがわれる。この短編を執筆したとき、彼女は三十四歳より若かった計算になり、作中の三人姉妹に近い年齢だったはずだが、六十六歳でこれまでの自身の作家人生を振り返って新旧短編選集を出版したときには、どちらかというとダーシー夫人に近い年齢だった。その年齢になってから読み返しても、老いた母からみた景色が描き出せていることにお墨付きを与えたということだろう。

＊

さて、トニ・モリスンの短編「レシタティーフ」を知る人は、この作品がどうして本アンソロジーに収められなかったのか、不思議に思うかもしれない。実は編者も当初からラインナップに加え、翻訳も完成していたのだが、最終段階で版権が取得できないことが判明して収録を見送らざるをえなくなった。

モリスンは幼少期に始まる娘同士の友情を扱う小説を繰り返し書いており、そのなかには「レシタティーフ」が一例であるように、人種の異なる娘同士の友情を扱った作品も少なくない。これらの作品においては、娘たちは多くの場合ひとりっ子であり、父親は影が薄いか不在のため、結果として母娘関係の比重が増している。母の存在が娘のアイデンティティ形成に大きな影響を及ぼすことになるが、そんな母からの拒絶というトラウマを、娘たちがたがいに支えあうことによって乗り越えていく様子が描かれているのが特徴的である。

「レシタティーフ」は一九五〇年代のニューヨークの児童養護施設で、黒人少女と白人少女が同室になるところから始まり、二人を結びつけたのは、入所している他の孤児たちとは異なり、母親に育児放棄されたという共通点だった。その後施設を出てからの二十年間に都合四回偶然に出会うことになるが、その過程で、かつて児童養護施設の台所で働いていた年老いた女性マギーへの暴行について、二人の記憶が食い違う。この無力で抵抗できないマギーに対して自分自身を、そしてとりわけみずからの母親への加害願望を投影していたことを、作品の最後で二人は自覚し、たがいに認めあうことになる、という重層的な味わいの作品である。

なお、解説に書いた内容は、これまでに執筆した以下の論考と一部重なる部分があることをおことわりしておく。

「娘にとっての南部――エリザベス・スペンサーの「暮れがた」」『英語青年』五月号、二〇〇四年、一四―一五頁。

「「言葉もなく進み出て、私は両腕を差し出した」――グラスゴーの黒人乳母への讃辞」『言語と文化』七号、二〇一〇年、五九―七四頁。

「「あたしはルシネル・クレイター」、娘もルシネル・クレイター」――フラナリー・オコナーにおける娘として書く行為」『言語と文化』十号、二〇一三年、二九―五四頁。

「母の視点と娘の視点――老いの一光景」『すばる』六月号、二〇一七年、一五七―一五八頁。

「"The little girl looking for her mother"――トニ・モリスンの「レシタティフ」と『神よ、あの子を守りたまえ』における娘たちの友情」『言語と文化』十七号、二〇二〇年、六一―七九頁。

リー・スミスの短編小説「ダーシー夫人と青い眼の見知らぬ男」の翻訳に関しては、『すばる』二〇一七年六月号に訳出したものを、このアンソロジーに再録することを許可していただいた。金関ふき子さんはじめ、集英社のみなさんに感謝申し上げる。再録するにあたり、全体を見直し、改訂をほどこした。

平凡社の竹内涼子さんには、同じく平凡社ライブラリーから一九九八年に出版し、二〇一五年に改題して出版された『新装版 レズビアン短編小説集——女たちの時間』に引きつづき、今回のアンソロジーでも企画段階から大変お世話になった。遅筆ながら今回このようなかたちでまとめることができたのは、ひとえに、長年変わらぬ信頼と励ましをいただいた竹内さんの存在があってこそのことである。お詫びと心からの感謝を捧げたい。

二〇二四年二月

Langhorne, Emily. "Dorothy Allison: Revising the 'White Trash' Narrative." *Routh South, Rural South: Region and Class in Recent Southern Literature*, edited by Jean W. Cash and Keith Perry, UP of Mississippi, 2016, pp. 59-69.

Marsh, Janet Z. "Dorothy Allison (11 April 1949-)." *Twenty-First-Century American Novelists: Second Series*, edited by Wanda H. Giles and James R. Giles, Gale, 2009, pp. 3-10. Dictionary of Literary Biography, vol. 350.

◆Lee Smith

Jones, Anne Goodwyn. "The World of Lee Smith." *Southern Quarterly*, vol. 22, no. 1, 1983, pp. 115-139.

Kalb, John D. "Lee Smith (1 November 1944-)." *American Novelists Since World War II: Third Series,* edited by James R. Giles and Wanda H. Giles, Gale, 1994, pp. 206-216. Dictionary of Literary Biography, vol. 143.

Smith, Lee. "Mrs. Darcy Meets the Blue-Eyed Stranger at the Beach." *Carolina Quarterly*, vol. 30, no. 2, spring 1978, pp. 65-77.

Smith, Rebecca. "Artists and Survivors in the Short Fiction: *Cakewalk* and *Me and My Baby View the Eclipse*." *Contemporary Literary Criticism,* edited by Jeffrey W. Hunter, vol. 258, Gale, 2009, pp. 238-251.

Tate, Linda, editor. *Conversations with Lee Smith*. UP of Mississippi, 2001.

◆Elizabeth Spencer

Gorra, Michael, editor. "Chronology," "Note on the Texts." *Elizabeth Spencer: Novels and Stories*, Library of America, 2021, pp. 833-843, pp. 844-847.

Prenshaw, Peggy Whitman, editor. *Conversations with Elizabeth Spencer*. UP of Mississippi, 1991.

Roberts, Terry. "Elizabeth Spencer (19 July 1921-)." *American Short-Story Writers Since World War II: Second Series*, edited by Patrick Meanor and Gwen Crane, Gale, 2000, pp. 272-280. Dictionary of Literary Biography, vol. 218.

Seltzer, Catherine. *Elizabeth Spencer's Complicated Cartographies: Reimagining Home, the South, and Southern Literary Production*. Palgrave Macmillan, 2009.

Spencer, Elizabeth. *Landscapes of the Heart: A Memoir*. Louisiana State UP, 2003.

スペンサー，エリザベス『黄昏——エリザベス・スペンサー短篇集』原川恭一訳、松柏社、1998年。

◆Bobbie Ann Mason

Hill, Dorothy Combs. "An Interview with Bobbie Ann Mason." *Southern Quarterly*, vol. 31, no. 1, fall 1992, pp. 85-118.

Price, Joanna. *Understanding Bobbie Ann Mason*. U of South Carolina P, 2000.

Wilhelm, Albert. *Bobbie Ann Mason: A Study of the Short Fiction*. Twayne Publishers, 1998.

メイソン、ボビー・アン『ボビー・アン・メイソン短篇集』(上・下)、亀井よし子訳、彩流社、1989年。

◆Dorothy Allison

Allison, Dorothy. *Bastard Out of Carolina*. Plume Book, 1993. ドロシー・アリスン『ろくでなしボーン』亀井よし子訳、早川書房、1997年。

——. "Introduction: Stubborn Girls and Mean Stories." *Trash*, Plume Book, 2002, pp. vii-xvi.

Blouch, Christine, and Laurie Vickroy, editors. *Critical Essays on the Works of American Author Dorothy Allison*. Edwin Mellen Press, 2005.

Claxton, Mae Miller, editor. *Conversations with Dorothy Allison*. UP of Mississippi, 2012.

Garrett, George. "'No Wonder People Got Crazy as They Grew Up.'" *New York Times Book Review*, 5 July 1992, p. 3

――『ヒサエ・ヤマモト作品集――「十七文字」ほか十八編』山本岩夫、桧原美恵訳、南雲堂フェニックス、2008年。

◆Flannery O'Connor

Chew, Martha. "Flannery O'Connor's Double-Edged Satire: The Idiot Daughter versus the Lady Ph. D." *Southern Quarterly,* vol. 19, no. 2, 1981, pp. 17-25.

Fitzgerald, Sally, editor. "Note on the Texts," "Notes." *Flannery O'Connor: Collected Works*, Library of America, 1988, pp. 1257-1264, pp. 1265-1281.

Westling, Louise. *Sacred Groves and Ravaged Gardens: The Fiction of Eudora Welty, Carson McCullers, and Flannery O'Connor.* U of Georgia P, 1985.

Whitt, Margaret Earley. *Understanding Flannery O'Connor.* U of South Carolina P, 1995.

オコナー，フラナリー『オコナー短編集』須山静夫訳、新潮文庫、1978年。

――『フラナリー・オコナー全短篇』(上・下)、横山貞子訳、ちくま文庫、2009年。

◆Tillie Olsen

Bauer, Helen Pike. "'A child of anxious, not proud, love': Mother and Daughter in Tillie Olsen's 'I Stand Here Ironing.'" *Mother Puzzles: Daughters and Mothers in Contemporary American Literature*, edited by Mickey Pearlman, Greenwood Press, 1989, pp. 35-39.

Frye, Joanne S. *Tillie Olsen: A Study of the Short Fiction.* Twayne Publishers, 1995.

Nelson, Kay Hoyle, and Nancy Huse, editors. *The Critical Response to Tillie Olsen*. Greenwood Press, 1994.

Olsen, Laurie, and Julie Olsen Edwards. "Biographical Sketch." *Tell Me a Riddle, Requa I, and Other Works*, by Tillie Olsen, U of Nebraska P, 2013, pp. 159-163.

Olsen, Tillie. "Help Her to Believe." *Pacific Spectator*, vol. 10, winter 1956, pp. 55-63.

Pearlman, Mickey, and Abby H. P. Werlock. *Tillie Olsen*. Twayne Publishers, 1991.

Reid, Panthea. *Tillie Olsen: One Woman, Many Riddles*. Rutgers UP, 2010.

Scharnhorst, Gary. *Charlotte Perkins Gilman.* Twayne Publishers, 1985.
Stetson, Charlotte Perkins. "An Unnatural Mother." *The Impress*, vol. 2, no. 20, Feb 16, 1895, pp. 4, 6.
山内恵『不自然な母親と呼ばれたフェミニスト——シャーロット・パーキンズ・ギルマンと新しい母性』東信堂、2008年。

◆Ellen Glasgow

Carpenter, Lynette. "Visions of Female Community in Ellen Glasgow's Ghost Stories." *Haunting the House of Fiction: Feminist Perspectives on Ghost Stories by American Women*, edited by Lynette Carpenter and Wendy K. Kolmar, U of Tennessee P, 1991, pp. 117-141.
Fox, Heather A. "Advocating for Social Justice in Ellen Glasgow's *The Shadowy Third and Other Stories* (1923)." *Arranging Stories: Framing Social Commentary in Short Story Collections by Southern Women Writers*, UP of Mississippi, 2022, pp. 57-92.
Goodman, Susan. *Ellen Glasgow: A Biography*. Johns Hopkins UP, 1998.
Matthews, Pamela R. *Ellen Glasgow and a Woman's Tradition*. UP of Virginia, 1994.
Meeker, Richard K., editor. "Editor's Preface," "Introduction," "Editor's Note." *The Collected Stories of Ellen Glasgow*, Louisiana State UP, 1963, pp. v-vi, pp. 3-23, p. 72.
グラスゴー，エレン「幻覚のような」『ざくろの実——アメリカ女流作家怪奇小説選』イーディス・ウォートン他著、梅田正彦訳、鳥影社、2008年、111-148頁。

◆Hisaye Yamamoto

Cheung, King-Kok, editor. *Hisaye Yamamoto, "Seventeen Syllables."* Rutgers UP, 1994. Women Writers: Texts and Contexts Series.
——. Introduction. *Seventeen Syllables and Other Stories*, by Hisaye Yamamoto, rev. and expanded ed., Rutgers UP, 2011, pp. ix-xxiii.
Koppelman, Susan, editor. *Between Mothers and Daughters: Stories Across a Generation*. Feminist Press, 2004.
Lee, A. Robert. "Hisaye Yamamoto (23 August 1921-)." *Asian American Writers*, edited by Deborah L. Madsen, Gale, 2005, pp. 327-331. Dictionary of Literary Biography, vol. 312.
杉山直子「一世の母と二世の娘——ヒサエ・ヤマモトの短編における沈黙と母娘関係」『アメリカ研究』30号、1996年、121-135頁。
ヤマモト，ヒサエ「十七文字」小林富久子訳『みすず』465号、1999年12月号、2-14頁。

寺沢みづほ訳、紀伊國屋書店、1992年。

Ingman, Heather. Introduction. *Mothers and Daughters in the Twentieth Century: A Literary Anthology*, Edinburgh UP, 1999, pp. 1-42.

Rich, Adrienne. *Of Woman Born: Motherhood as Experience and Institution*. Tenth anniversary ed., W. W. Norton, 1986. アドリエンヌ・リッチ『女から生まれる』高橋茅香子訳、晶文社、1990年。

杉山直子「第1章第1節　母親が書くこと」『アメリカ・マイノリティ女性文学と母性——キングストン、モリスン、シルコウ』彩流社、2007年、13-28頁。

平林美都子「序章　母性論」『表象としての母性』ミネルヴァ書房、2006年、1-13頁。

元橋利恵『母性の抑圧と抵抗——ケアの倫理を通して考える戦略的母性主義』晃洋書房、2021年。

複数の作家紹介時に参考にした主な文献

Andrews, William L., et al., editors. *The Literature of the American South: A Norton Anthology*. W. W. Norton, 1998.
Davidson, Cathy N., and Linda Wagner-Martin, editors. *The Oxford Companion to Women's Writing in the United States.* Oxford UP, 1995.
Gilbert, Sandra M., and Susan Gubar, editors. *The Norton Anthology of Literature by Women: The Traditions in English.* 3rd ed., W. W. Norton, 2007. 2 vols.
Perry, Carolyn, and Mary Louise Weaks, editors. *The History of Southern Women's Literature.* Louisiana State UP, 2002.
Showalter, Elaine. *A Jury of Her Peers: Celebrating American Women Writers from Anne Bradstreet to Annie Proulx.* Vintage Books, 2010.

各作家ごとの紹介に参考にした主な文献

◆Charlotte Perkins Gilman

Gilman, Charlotte Perkins. *The Living of Charlotte Perkins Gilman: An Autobiography*. U of Wisconsin P, 1991.
——. "An Unnatural Mother." *The Forerunner*, vol. 4, no. 6, June 1913, pp. 141-143.
Knight, Denise D. *Charlotte Perkins Gilman: A Study of the Short Fiction.* Twayne Publishers, 1997.
——. Introduction. *The Yellow Wall-Paper, Herland, and Selected Writings,* by Charlotte Perkins Gilman, Penguin Classics, 2009, pp. ix-xxiv.

参考文献

訳出した短編の底本

Gilman, Charlotte Perkins. "The Unnatural Mother." *The Yellow Wall-Paper, Herland, and Selected Writings*, edited by Denise D. Knight, Penguin Classics, 2009, pp. 305-312.

Glasgow, Ellen. "The Shadowy Third." *The Collected Stories of Ellen Glasgow*, edited by Richard K. Meeker, Louisiana State UP, 1963, pp. 52-72.

Yamamoto, Hisaye. "Seventeen Syllables." *Seventeen Syllables and Other Stories*, rev. and expanded ed., Rutgers UP, 2011, pp. 8-19.

O'Connor, Flannery. "Good Country People." *Flannery O'Connor: Collected Works*, edited by Sally Fitzgerald, Library of America, 1988, pp. 263-284.

Olsen, Tillie. "I Stand Here Ironing." *Tell Me a Riddle, Requa I, and Other Works*, U of Nebraska P, 2013, pp. 5-14.

Spencer, Elizabeth. "First Dark." *The Southern Woman: New and Selected Fiction*, Modern Library, 2001, pp. 21-38.

Mason, Bobbie Ann. "Shiloh." *Shiloh and Other Stories*, Modern Library, 2001, pp.3-17.

Allison, Dorothy. "Mama." *Trash*, Plume Book, 2002, pp. 33-47.

Smith, Lee. "Mrs. Darcy and the Blue-Eyed Stranger." *Mrs. Darcy and the Blue-Eyed Stranger: New and Selected Stories*, Algonquin Books of Chapel Hill, 2010, pp. 333-352.

総論で参考にした主な文献

Bostrom, Melissa. *Sex, Race, and Family in Contemporary American Short Stories*. Palgrave Macmillan, 2007.

Chodorow, Nancy J. *The Reproduction of Mothering: Psychoanalysis and the Sociology of Gender*. U of California P, 1999. ナンシー・チョドロウ『母親業の再生産――性差別の心理・社会的基盤』大塚光子、大内菅子訳、新曜社、1996年。

Hirsch, Marianne. *The Mother / Daughter Plot: Narrative, Psychoanalysis, Feminism*. Indiana UP, 1989. マリアンヌ・ハーシュ『母と娘の物語』

[著者]

Charlotte Perkins Gilman
シャーロット・パーキンズ・ギルマン
(1860-1935)
社会変革を主張した文筆家。小説のほか講演活動にも従事し、女性の経済的自立の必要性を説いた。産後鬱の母親がひそかにつづる日記形式の短編小説「黄色い壁紙」は、第二派フェミニズムの流れのなかで評価が高まった。

Ellen Glasgow
エレン・グラスゴー (1873-1945)
ヴァージニア州の上流階級出身の作家。南部社会への批判を込めて白人女性の生きざまを描く長編小説を得意とした。代表作は『不毛の土地』。父の死により故郷の屋敷を相続した時期に書かれたのが、短編「幻の三人目」。

Hisaye Yamamoto
ヒサエ・ヤマモト (1921-2011)
二世としてカリフォルニアに生まれ、日系アメリカ人を描く短編小説で知られる。代表作は、日本からの移民一世の母と二世の娘との間の葛藤が、俳句に込める母の想いと絡めて描かれる短編「十七の音節《シラブル》」。

Flannery O'Connor
フラナリー・オコナー (1925-1964)
生涯のほとんどをジョージア州で過ごした。故郷の農場を舞台に、母と娘または母と息子との暮らしにみなぎる緊張を描く短編の名手。しばしば意表を突く展開を特徴とする。長編小説『賢い血』などのほか、書簡集もある。

Tillie Olsen
ティリー・オルセン (1912-2007)
ロシアからのユダヤ系移民の両親を持ち、労働運動に従事し、労働者階級の女性の苦労と活力を描いた作家。寡作だったが作品は第二派フェミニズムにおいて評価され、彼女は中心的存在として活動を牽引した。

Elizabeth Spencer
エリザベス・スペンサー (1921-2019)
ミシシッピ州生まれ。母方のプランテーションでの親族との交流など、昔ながらの南部流の子ども時代を過ごした一方で、成人後は外国暮らしが長く、アメリカ南部を外から見る視点も併せ持つ。短編の名手として知られる。

Bobbie Ann Mason
ボビー・アン・メイスン (1940-)
生まれ故郷のケンタッキー西部を舞台に、大衆消費文化によって変化していくブルーカラーの人びとの暮らしをミニマリズムと呼ばれる文体で描くことを得意とする。『イン カントリー』など、長編小説も多数ある。

Dorothy Allison
ドロシー・アリスン (1949-)
サウスキャロライナ出身の作家。代表作である長編『ろくでなしボーン』は、少女の一人称の視点から、貧困、母への想い、継父からの児童虐待、レズビアンとしての目覚めなどを描き、ベストセラーとなった。

Lee Smith
リー・スミス (1944-)
アパラチア山岳地帯の貧しい炭鉱町の出身。人物たちの声が聞こえてくるような小説を書くことで定評がある。代表作は、複数の語り手を通して三世代の女性を見舞う悲運を描いた長編『オーラル・ヒストリー』。

[編訳者]

利根川真紀（とねがわ まき）
1963年生まれ。法政大学文学部教授。学習院大学大学院博士課程単位取得退学。アメリカ文学専攻。論文に「“Oh, Sophronia, it's you I want back always”——ヘルマンにおける黒人乳母表象」（『アメリカ文学研究』第55号）など、編訳書にウルフほか『新装版 レズビアン短編小説集——女たちの時間』（平凡社ライブラリー）、訳書にレントリッキアほか編『現代批評理論——22の基本概念』（共訳、平凡社）など。

平凡社ライブラリー 964
母《はは》娘《むすめ》短《たん》編《ぺん》小《しょう》説《せつ》集《しゅう》

発行日…………2024年4月5日　初版第1刷

著者……………フラナリー・オコナー、ボビー・アン・メイスンほか
編訳者…………利根川真紀
発行者…………下中順平
発行所…………株式会社平凡社
〒101-0051　東京都千代田区神田神保町3-29
電話　(03)3230-6573［営業］
ホームページ　https://www.heibonsha.co.jp/

印刷・製本……株式会社東京印書館
ＤＴＰ…………平凡社制作
装幀……………中垣信夫

ISBN978-4-582-76964-7

落丁・乱丁本のお取り替えは小社読者サービス係まで直接お送りください（送料は小社で負担いたします）。

【お問い合わせ】
本書の内容に関するお問い合わせは
弊社お問い合わせフォームをご利用ください。
https://www.heibonsha.co.jp/contact/